发明一个亲爱的 池凌云研究集

张光昕 编

隐匿的汉语之光·中国当代诗人研究集

华文出版社

本丛书无意于面面俱到，而仅关注那些我们认为重要的、有特色的中国当代诗人及其得到讨论的状况，旨在为进一步探讨存留一份资料，或提供一条进入相关领域的线索。其间显然经过了审慎的拣选——既包括讨论对象（诗人）的选定，也包括研究篇目的选录，甚至还包括编选者的延请。

在这个喧嚣的年代，诗界从来不乏炙手可热、炫人眼目的弄潮儿，但我们的目光在其上不会停驻太久。我们更看重那些沉潜的、通过艰卓的探索为汉语写作——进而言之即汉语本身——作出贡献的诗歌写作者，愿意以某种方式向他们致以敬意。他们不事声张、摒弃夸饰的招摇，对诗歌保持着单纯的热爱以及足够的耐性和虔敬之心。他们的取向各异、风格悬殊，但有一个共同点就是：他们的写作彰显了一种布朗肖所说的写作的沉默与"无名"性质，能够经受哗声的销蚀和流俗的磨损。这也是本丛书名为"隐匿的汉语之光·中国当代诗人研究集"的由来。

在我们看来，诗人不应该随波逐流，成为文化时尚的合谋者、某些媒体舆论的传声筒，而是应该对这些保持一定的距离、采取必要的审视态度，同时从其身处的时代中提炼出"噬心"（陈超语）的主题。后一点尤为重要，诗人以锐利的敏思切入历史与人性的深层议题，同他对语言的发明、对诗艺的锻造一样，需要付出巨大的心智。本丛书对诗人的甄选即出于如许期待。

从新诗的百年历程来看，中国当代诗歌（特别是最近四十年的诗歌）已经显示了与现代时期诗歌有别的主题意向、形式特征乃至写作意识。简而言之就是，不同于后者对"现代性"的探寻和展现，当代诗歌立足于当代的历史语境，呈现出某些可称为"当代性"的质素。这种"当代性"有其自身的问题阈和书写逻辑，也许较之现代诗歌更为复杂，但也背负着"当代性"特有的焦虑与压力。从诗学方面来说，当代诗歌发展了现代诗歌的部分路向，却在开辟当代诸多命题、凸显其"当代性"的过程中，抽空了问题得以生发、延展的路径，过于强化某些单一的层面，从而窄化了自身的可能性的向度，因此难掩其局限与危机。本丛书收录的研究论文，一定程度上回应了当代诗歌面临的这些理论话题。

本丛书以"研究集"取代一般谈及当代诗歌时习见的"批评集"，除了想要回避已经被污名化的"批评"这样的字眼外——其实毋需赘言，批评本身是不应受到排斥的，真正的批评无不包含深刻的洞见和强大的辐射力——还想着意强调论析当代诗人的文字中所应具有的历史眼光、探究成分和学术本色，并对严肃的讨论表示必要的尊崇。

2017 年 1 月动笔，6 月拟定

张桃洲　王东东

发明一个亲爱的　池凌云研究集

第一辑　诗学综论

003　篝火已经冷却
　　——读池凌云的诗

019　"她的脸多么荣耀，和火焰有共同的王冠"
　　——池凌云试论

055　通向"未写之诗"的写作
　　——池凌云诗歌导读

067　脸或他者之歌
　　——池凌云的诗歌创作

111　这么多技艺，我只学会一样：燃烧
　　——谈池凌云2008年以来的诗及其形式

137　文学的饥饿感
　　——论池凌云的诗歌创作

第二辑　阅读散记

151　光芒在夜之上飞舞
　　——读池凌云的诗歌

155 灵感之风
——写在池凌云诗后

159 风吹云行
——读池凌云的诗

167 一个人的怕与爱
——读池凌云《一个人的对话》

173 黑暗是一个怎样的词
——解读池凌云诗集《一个人的对话》

181 无限接近那温和的心脏
——读《池凌云诗选》

195 关于池凌云诗歌的札记

199 海百合,深海之殇,与词的未来

207 "尽一切努力让自己变得坚定"
——记池凌云

215 吸附灵魂颗粒的潜行之光
——读池凌云诗歌

223 在声音、形象和观念之间
——读池凌云

239 说出的质感
——读池凌云诗歌

第三辑　作品精解

249 神喻,依然隐身在城墙上
——评池凌云《旧城》

255 瞬间的光华
——读池凌云的两首小诗

261 透过朋霍费尔的心灵……
——读池凌云《给大雁唱一支歌》

271 不屈的精神之骨

　　——池凌云诗歌《让枯萎长高一点》释读

279 《到一棵树中去》点评

283 《雅克的迦可琳眼泪》点评

287 《玛丽娜在深夜写诗》点评

291 《赶灵魂》点评

295 《它，或她》点评

第四辑　诗人访谈

299 池凌云访谈录

311 对话池凌云

附　录　创作年表

325 池凌云创作年表

发明一个亲爱的　池凌云研究集

第一辑

诗学综论

发明一个亲爱的　池凌云研究集

> 寂静制造了风,河流在泥土中延续
> 一个又一个落日哺育灰色的屋宇
> 它的空洞有着炽烈的过去
> 在每一个积满尘土的蓄水池
> 有黎明前的长叹和平息之后的火焰
> 我开口,却已没有歌谣
> 初春的明镜,早已碎在揉皱的地图上
> 如果我还能低声歌唱
> 是因为确信烟尘也能永恒,愁苦的面容
> 感到被死亡珍惜的拥抱。
> ——池凌云《寂静制造了风》

  这样的诗篇,我只能默默地承受。它那压低了嗓音的吟唱和看似不经意的叙述,却给我带来一阵透骨的苦痛,以至久久不能从中恢复。这样的诗篇,让我们有可能拥有了中国的阿赫玛托娃,虽然诗人自己从不曾这样奢望。对于这位早已习惯了生活在"边角"和"喑哑"中的女诗人来说,她一直在迟疑,她是否有足够的力量走到光亮中来。她只是要呼吸,要尽力地"开口"(哪怕"已没有歌谣"),只是要睁开一双泪眼看世界。现在,太多的时间已被容纳在诗中,以至她只能在它

篝火已经冷却
——读池凌云的诗

王家新

※ 原载《名作欣赏》(上旬刊),2010 年第 6 期。

的尽头回首。她的自我限定是"低声歌唱"(而且前面还加上了"如果"),她那苦涩的爱也在低低地燃烧。她甚至要像那些努力在奥斯威辛集中营中发现"幸存的怜悯"的人们一样,在一种绝对的"屈从"中去感受那天意和死亡的垂悯。是啊,这是一首垂悯之诗。需要怎样的爱、怎样的哀戚和阅历,或者需要怎样的高度,才能写出这样的诗篇?

这样的哀婉,已不是风格学上的,而是存在本体论意义上的。这样的哀婉,不是从一把自我抒情的小提琴上发出来的,它来自一把甚至超越了演奏者本身的大提琴。它的共鸣,是来自大地胸腔的深沉共鸣。

这样的声音,鉴于我们目前生活的时代的文化状况,注定会被淹没,但这又有什么?精神的命运一向如此,"我已被选中,清理我自己的遗物"(《一个人的对话》),这就是诗人自己的回应。河流会在泥土中延续,苦痛让一个诗人更加坚定,即使沙尘暴也不可能降低"诗歌的清晰度"——因为它已有了一种更内在的抵御和澄清之力。这一切,让我再次想到了汉娜·阿伦特在《黑暗时代的人们》中的一段话:

> 即使在最黑暗的时代,我们也有权去期待一种启明(illumination),这种启明或许并不来自理论和概念,而更多来自一种不确定的、闪烁而又经常很微弱的光亮,这光亮源于某些男人和女人,源于他们的生命和作品,它们在几乎所有情况下都点燃着,并把光散射到他们在尘世所拥有的生命所及的全部范围。

我想这就够了。如果说中国目前有着各种不同的诗歌圈子的话,那么每个圈子都很活跃,每个圈子的权力秩序都已排定。除了一些朋友和真正有眼力的人,池凌云的存在迄今仍在很多人的视线之外(这样也好——这把她留给未来)。她生活在"远离一切文化中心"的温州,也许她只拥有一个词:亲人。这使她在一个无爱的世界上得以坚持下去。她书写母亲的诗篇、她写给儿子的诗、她悼念父亲的那一组近作,有一种让人泪涌的力量。也许更重要的,是她还有着另外一些精神亲人,如她自己所述,他们是茨维塔耶娃、策兰、阿赫玛托娃、布罗茨基、巴赫、薇依、米沃什、凯尔泰斯、卡夫卡、凡·高等。有着贫苦孤独的早年、独自在黑暗中摸索的她,在很晚才知道他们,然而"真正的辨认总是不会太迟"。她凭着神灵的指引,凭着她一生的"弱和饥饿"找到了他们。她为这些痛苦的天才流泪,他们则在暗中为她定下高度和难度,让她去努力。去努力是什么意思呢?就是去奉献、去牺牲,"在我故国的悲哀环境中",去尽力伸展内心那水晶般的尺度。

一册由长江文艺出版社出版的《池凌云诗选》(这真要感谢编辑沉河的眼力),在这个寒意陡峭的春天让我读了又读,虽然这里面的许多诗篇我并不陌生。诗人对得起她的那些亲人,对得起一个又一个落日的哺育,对得起那一次次"贯穿肩胛骨的颤栗",也对得起日复一日那些几乎是无望的内心挣扎。她写给茨维塔耶娃的《玛丽娜在深夜写诗》,也正是她自己的写照:

在孤独中入睡,在寂寞中醒来
上帝知道你是什么样的人,玛丽娜
你从贫穷中汲取,你歌唱
让已经断送掉的一切重新回到椅子上。
你把暗红的炭火藏在心里
像一轮对夜色倾身的月亮。
可是你知道黑暗是怎么一回事
你的眼睛除了深渊已没有别的。
没有魔法师,没有与大海谈心的人
亲爱的,一百年以后依然如此
篝火已经冷却。没有人可以让我们快乐
"人太多了,我感到从未有过的寂寞"
为此我悄悄流泪,在深夜送上问候。
除此之外,只有又甘甜又刺痛的漆黑的柏树
只有耀眼的刀尖,那宁静而奔腾的光。

"亲爱的,一百年以后依然如此",这话是多么亲密,又是多么痛彻心扉!就凭这一句暗语,玛丽娜要向她的中国姐妹诡秘地一笑了。

篝火已经冷却了吗？篝火已经冷却，黎明时分的那一阵寒战已深入骨髓。但正是从这样的冷却中，暗红的炭火被永久珍藏，从这样的冷却中，从我们的汉语中，涌出了宁静而奔腾的光。

池凌云的诗歌当然是丰富的，或者说是深厚的。其丰富和深厚，其复杂卓异的心智、诗艺的"综合能力"和创作潜力都远远超出了人们对一位"女诗人"所能做出的想象，也超出了我这篇文章所能穷尽的范围。我之所以要以"篝火已经冷却"这句诗为题，是因为我想从一个诗人"步入人生中途"后的写作开始，也即从一般抒情诗人终结、难乎为继的地方开始。我们都曾怀有那么一种天赋的诗歌冲动，我们也曾读到过太多的"篝火之诗"或"仿篝火之诗"，但是，燃烧之后呢？冷，的确，但冷却得还远远不够。相比于我们面对的这位女诗人，我们很多人的写作其实还停留在生活表层和词语的空转上，说严重一点，人们很可能早已丧失了那种返回并潜入存在的更本质层面的能力。但是，请读这样的诗：

> 流动的光，最终回到黑色的苍穹
> 我们寂寞而伤感，像两个木偶
> 缩在窘迫的外壳里
> 某一颗星星的冷，由我们来补足。
>
> 在大气层以下，我们的身影更黑
> 或许银河只是无法通行的游戏
> 看着像一个艰涩的嘲弄
> 它自身并没有特别的意义。
>
> 而如果我们相信，真有传说中的银河
> 这样的人间早已无可追忆。
> ——池凌云《谈论银河让我们变得晦暗》

"流动的光，最终回到黑色的苍穹"，诗一开始就把我们笼罩在巨大的寒意中。在这里，人失去了所有庇护，而失望也会变成绝望，以至于眺望的人必须转身向内:"某一颗星星的冷,由我们来补足。"这样的诗句真是令人惊异。它不仅真正触及宇宙的冷寂、时间的本质,还转向对自身内在热量的开启。这里,词语不得不因为冷而燃烧,诗人也不得不屈从于灰烬(这"本质的遗骸"!),或者说不得不像她的玛丽娜那样,坚持"从(自身的)贫穷中汲取"。她还能有别的什么指望吗?

而在全诗的最后,在一种关于神话的追问中,不仅时间和空间得以拓展,也加强了诗本身的那种"冷的力量",虽然这会令我们更加感伤。

说实话,我喜欢这样的诗,也因这样的诗而获得对一个诗人更深的信任。我想,正是通过这样的诗,或者说通过那种因寒冷而造成的"内在的崩裂"(奥顿《兰波》),诗人完成了对其艺术本质的深化和更彻底的回归。她可以来到她的那些精神亲人们中间了。篝火冷却之后,她把自己的写作和人生都建立在一个更可靠的基础上。是的,不仅是写作,在一首诗的最后她甚至这样对自己说:"你为你将要说出的一切而活。"

是这样吗?是这样。这是一位完全忠实于自己对命运的认知的诗人。据诗人在诗集后记中叙述,她最初是以一个乡村代课老师和小城女工的身份开始她的文学梦的。充满贫困、辛酸和伤痛的早年决定了她的一生。如她自己坦言,她的写作始于尼采所说的"饥饿"(尼采是这样来看写作的:出于"饥饿"还是"过剩"?)。现在,当她免于饥饿,她作为一个诗人的可贵之处,仍在于忠实"等待在喉咙口的那一阵干渴"。在一个浮躁的消费主义时代,她依然保持着对痛苦敏锐、深入的感知力。她不仅是忠实,还把这一切上升到更广阔、深远的精神视野中来认识,在一篇题为《饥饿的灵魂》的笔记中她这样写道:

难道要艺术颂扬饥饿吗?我相信艺术的魅力正存在于广阔的怜悯和不断的对抗中:艰难的汲饮之美。事实就这样摆在那里:一方面是要从悲哀的雾霭中睁开眼睛,投入不可知的命运;另一方面又不能绝望,尽管那里空无一人。

这饥饿像一个幽灵,在大地上巡游,挑选敢于以全部心灵来承担的人……他们身上都有一种持久的力量,他们的生命长期与饥饿和苦难为伴。而真正持久的力量存在于忍受中。也只有这样的人,才会说出:话语是生与死之间的选择(卡夫卡)。

这样的话尤其是最后的引语,几乎到了掷地有声的地步!对那些以生命写作,尤其是坚持从自身的苦痛和饥渴出发写作的人,在他们的写作生涯中,其命运会把他们推向这样的时刻。写作对于我们人生的严肃性、必要性和迫切性也就体现在这里。当一位诗人经由内心的苦难和迷雾再次达到这种坚定的肯定(她当然也知道这在时下会成为某种美学冒犯),我们还要多说些什么吗?我们只能说,这使她献身诗歌,并属于诗歌。

令人信赖的不仅是其诗歌品格,还有她作为一个诗人在思想和艺术上的成熟。的确,诗歌是"经验"(里尔克),不仅如此,它还是"经验的成长"。是否能够持续地体现出这种"经验的成长",这对所有"步入人生中途"的诗人都将是一种考验。池凌云经受住了这种考验。纵览她的创作历程,我们可以很切实地感到她所经历的时间和艺术修炼是怎样通过她而说话。她带着时光的馈赠和一双阿赫玛托娃式的看透虚伪和谎言的眼睛来到我们面前,不动声色,而又深谙命运、时间和虚无的力量。她的许多作品都表明,她的诗桨,真正触到了水下的"厚重之音"。

每个诗人和艺术家的成熟都是一个谜。我只能猜,一半出自命运的造就,一半出自他们自己的努力。从池凌云的生活来看,这成熟有赖于她对时间的忍耐、心灵的坚守与磨难,有赖于她自己所说的"艰难的汲饮"。"写吧,写吧,诗人,你是时间的人质",这是帕斯捷尔纳克的诗句。池凌云的写作,正是"作为时间人质"的写作,这成为她的自救。她在诗集后记中写道:"我的诗歌在等待我,我的生活或许正在拒绝我,言不由衷,或者委曲求全,最终都会有自己的圆满。"也许所有诗人的命运都如此,而她从她的诗神那里听到的劝慰是"节哀再节哀"(《节哀再节哀》)。她忍受着时间带来的一切。她经历得太多了,以至在她看来"绿荫是最后的遗迹",在她的承受中"从未见过的光线/耐心地冲刷着全部墙壁"(《节哀再节哀》),她还知道"铜的耐心"

在等待着那些永恒铜像的继承者(《雨夜的铜像》),其结果是,"经年的／忍耐,得到常新的韵律"(《多了,而不是少了》),这正如压迫下的琴弦,在颤抖中回到其声音之源。

正是对艰难时光的体验,她领会着"正在逝去的事物中那些永不消逝的东西"(《饥饿的灵魂》),并真正知道了"诗人何为"。令她自己也惊异的是那种"爱的能力",正是它成为痛苦的根源,时光也无法将其消磨。也许,这也正是她要学习的"那条河",她追随着它"将时光的沙子细细碾磨"(《风还在吹》),而这被耐心碾磨的时光沙子,在她的诗中变成了闪光的词语。她还需要别的什么美学或诗艺吗,除了"痛苦的精确性"、艰难汲取的艺术和"修复"的手艺?在写给一位朋友的诗中她这样说:"时间会丰富我们的修补术／让一个裂开的盆子得救。"她真得感谢那造就了她的命运。

> 一个老人回到病榻上
> 让一个英俊的少年慢慢出来
> 他管住他已很多年
> 双眼皮的大眼睛拖住清晨的光线
> 和蛛网。从未做过坏事
> 也没有做值得宣扬的大事
> 他的鼻梁高而直,像一架独自驾驶的
> 傲慢的马车。没有返回
> 他做到了:没有怨言
> 用根须抓住泥土,做一棵静谧的树
> 让叶子回到大地
> 但他什么话也没说
> 那么多风风雨雨都消失了
> 只有秋天涌动的云朵
> 朝冬天行进的天空
> 擦出银亮的火花。
>
> ——池凌云《透过时间》

这是诗人照看病榻上的父亲时写的一首诗，是以一双泪眼"透过时间"看人生，诗最后的"擦出"，堪称语言的奇迹！它使一切都变得不寻常起来了。一个"擦出"，擦出了时光的质感和一种近乎疼痛的张力。这是谁在朝那里看呢？是充满爱怜的女儿，还是一个躺在病榻上的老人？总之，那朝阴郁冬天行进的天空，那擦出的银亮火花，永远留在我们的视野中了。

生活的忍耐者，也就这样变成了生活的赞美者："感谢这绝望的日子，当受损的／耳廓耸起，你不知道的／结局，传来赞美的哽咽"（《殇——致大提琴演奏家杜普蕾》）。而这一切，在池凌云的诗中，都出自同一个颤抖的、感恩的心灵。她不仅像她忠厚的父亲那样"没有怨言"，还似乎永远对生活抱有一份歉意。在这样一片土地上生活，她一再把自己定位于悲哀的学徒，"我不懂死亡，却轻言永久的别离／我不懂永久的别离，却一次次在心中描绘……"（《我不懂》），她的许多诗就建立在这样的羞愧感上，这成为她良知的根源。这不禁使我想起了这样一句并未过时的话："诗歌是良心的事业。"的确，在这样一片悲哀的土地上，从未经过良心折磨的写作会是一种什么样的写作呢？真难以想象。

这就是为什么我们的女诗人会不时超越个人的悲欢，把关注和悲悯的目光投在现实中那些辛劳多艰的人们身上（见组诗《偶然之城》等）。她知道她欠了债，爱之债。她还知道时间会给她递来更多的清单。"一切诗歌都为爱服务"，一次她这样感慨地说，而那爱，是绝对的爱，也是苦难的、未被实现的爱。正是这爱，使这片土地包括它肩负的长城成为我们良心的负担。正是这爱，使她必须有真正的担当了，使她甚至要像她的阿赫玛托娃那样，要以其柔弱之肩担当起历史赋予的重任了。她的《安息日》是一首最感人的哀歌："请给戴两副镣铐的人取下一副／让她暂时离开小小的黑房间""请给她热水和白色衬衣／原来那件已经脏了，遮住了光线""请给她爱，让她成为母亲／冲着襁褓里的婴儿微笑"……

这是何其哀切的声音！这是从锁链、从地下白骨和草根的搅拌声中发出的声音，这也几乎是从天上发出的声音……

这是"所有海洋的灰，所有的未尽之辞"……

一位让人起敬的诗人就这样出现在我们面前。如从性别的角度看,她早就是一位优异的女诗人了,她的《一个人的对话》《布的舞蹈》(组诗)等,可以说是对20世纪90年代以来女性诗歌的一次总结,但她仍在不断跨越。她的全部写作其实已远远超越了人们所限定的"女性诗歌"的范围,她的写作是向整个存在敞开的写作。她的目标很高,她也为此准备好了。她的诗,带着近一二十年以来中国当代诗歌写作的复杂经验,而又体现着"经验的生长"。这生长是缓慢的、可信赖的,但也不时是令人惊异的,如《你日食》的后面两节:

你满足了那朵漆黑的花
喂它所有光,让它胜利
我不识这平常的日子
漆黑的眼睛接纳不断下沉的火花。

你的黑灰不再炫耀火
而灼烧和死寂都是我们的天赋
我只想走向那未知的疆域
扒开每一颗黑色的种子
看它怎么在每一个白昼活下去。

我承认,这正是我自己想写而未能写出的诗,甚至是人们怎么写也写不出的诗!"你满足了那朵漆黑的花/喂它所有光,让它胜利",这是一种怎样的"胜利"?这是真正的诗歌迸发。这甚至也不是诗人自己的胜利,这是诗的胜利!或者用里尔克的话来描述,在这样的时刻,诗人一伸手接住的,不是他自己抛起来的而是神抛给他的东西!

这样的诗篇让我们惊叹。在那些优秀诗人的创作生涯中总有一些决定性的时刻,虽然他们的每一步都在朝向这样的时刻。这是飞跃。这已不是什么意象,这是不需要意象的意象。这也不是在玩修辞,这是铁树开花。这种生长和突然的绽放仍来自她的全部生活,来自气候,更来自经久耐寒的言辞之根和其神秘的汁液。说到底,成熟与开花,都由内心的磨难所赠予。一个从未在自身内经历过黑暗日食的人,一个未在自身的深渊中"接纳不断下沉的火花"的人,会写出这样的诗吗?

尼采的区分是对的。我想我们已可以看得更清楚了,出于"过剩"的写作,其全部技艺导致的往往不过是言说真实的能力的丧失,至多成为消费时代的点缀,而"源自辛劳,源于辛劳的饥和渴",源自骨肉痛感的写作,才有可能恢复语言的力量。这就是说,声音的可信赖度及其权威仍是建立在真实的基础上的。诗人去年照看病危的父亲及父亲病故后写的一组诗,让我再次确信了这一点。一个目睹父亲的血肉之躯被"贪婪的火"烧成一寸寸骨灰的人,给我们带来了怎样的诗呢?请看《我腰系一根草绳》:

> 天空一层层降落。你刚从火中出来
> 炫目而柔软,全身都是韵律
> 为了不使自己迷路,我跟随
> 洁白的灰。我害怕爱上这仪式:
> 空虚的天空
> 装着一颗空虚的心。
>
> 在你的葬礼上,我们一起度过
> 艰难的时光。我知道
> 咒语无用,逝去的不再回来。
> 而你一定能看见,我腰系一根草绳
> 围着插满七彩旗幡的灵柩转圈:
> 草绳的一头是我,另一头是灰。
>
> 我守护着被你遗忘的表情
> 你的眼睛、鼻子和嘴唇
> 在我的脸上变得炽热
> 烟霞跃过。我一直跟随你
> 顺三圈,再逆三圈
> 让所有未被发现的路得到完成。

> 现在，我已经是火的女儿了
> 我跟随你的节拍。你敞开的
> 脚步，沉默的声音
> 在疾驰。而你的呼吸，跟随
> 我的呼吸。真正的沉寂
> 在咸涩的空气中。

这不是一般意义上的悼亡诗了。它甚至摇动了那语言中的骨头，它直抵黑暗的泪水之源、人性之源，"你的眼睛、鼻子和嘴唇／在我的脸上变得炽热"，这样的诗句，真可谓惊心动魄。在悲痛中，在虚无的抛掷下，还有那犹如出自神启的诗句："顺三圈，再逆三圈／让所有未被发现的路得到完成！"

这样的写作，不仅再次展现了一种真实的令人揪心的艺术力量，对我们也是一种提醒。这样的写作，在一个消费主义至上的文化时代，再次迫使我们返回到"自身存在的倾斜度下"（策兰），或如诗人自己所说"经由辛劳进入到苦难者、贫乏者之中"，去领会那生存的奥义和命运的低语。我曾在一位美国诗人的诗中读到"负重的丰饶仍旧练习弯腰"，而像池凌云这样成熟而优秀的女诗人（请允许我在这里不一一列举她们的名字）一直就在这样做了。我虽然对人们所定义的"女性诗歌"学习得还很不够，却不时地感叹中国女性的伟大、美丽和智慧。她们容忍了那些大言不惭的男性。她们不用强势的语言讲话。她们远远比我们智慧。她们不自觉地就纠正了我们写作的姿态和角度。她们特有的敏感性，简直是在教我们一种感受力。她们"弱"吗？那"弱的分量"，在有效地降低着中国当代诗歌语言的"吃水线"。

正因为拒绝浮到生活的表层上来，正因为"我的饥饿远未完成"，诗人会再次迎来她的"精神的风暴"，迎来一次新的展翅。在近来的日子里，她一发而不可收，每天都有新作问世（贴在她的博客上），简直让人难以置信。她的《雅克的迦可琳眼泪》一出来就引起一片赞叹。《雅克的迦可琳眼泪》为巴赫的曲名，由天才的女大提琴家杰奎琳·杜普蕾演奏。现在，它已成为池凌云博客的背景音乐。

富于歌唱的银色的雨
锦瑟的心。唇的
吟诵,改变着一棵静止之树。

你的月亮追过白桦林
拨弄松的细枝。我竟会以为
是大提琴扬起她的秀发
她的眼神胜过菊花。

我看见她不会走动的黑色腕表
向她倾斜的肩。他们的笑容
都有挥向自己的鞭痕
这痛苦的美,莫名的忧郁
没有任何停顿。

只有白色的弦在走动
它们知道原因,却无法
在一曲之中道尽。

遥远的雅克的迦可琳
这就是一切。悲伤始终是
成熟生命的散步。提前来临的
消逝,拉住抽芽的幼苗
正从深处汲取。

  "他们的笑容/都有挥向自己的鞭痕",读起来有点惊心动魄啊。"悲伤始终是/成熟生命的散步",也很快被网友们奉为名句,它正好迎合了一个个成熟生命那难言的情怀,但真正令我惊异的却是那最后两三句——无人可以写出,它们属于神来之笔!

  一个倾身迎向命运"珍贵的刀锋",深知"死亡是一项沉默而持久的事业"(《地狱图》)并且具有一种玄学式感知力的诗人才有可能写出这样的诗句。我只好向池凌云同学发出祝贺了：很危险啊，你快要"成精"了。

这样的诗篇注定是那种一出现就永在的诗篇：它属于永恒。

也正是这样的诗篇和诗句，让我再次对诗人刮目相看。这是何等的感知力！这已远远超越了"知性"或"感性"这类划分了。正是以这样的感受力，诗人打通了存在的领域。而存在即"色与空"，是与我们同在的事物，但又是某种无形的先在性的莫名的力量。在成熟生命的悲伤散步中，它就这样来了，它拉住抽芽的幼苗，正从我们每个人的内里汲取！

以这样的诗性感受力，诗人似乎只一步就步入了"存在之诗"！是的，悲伤之诗和苦难之诗都必须转向存在之诗，它们必须完成这种转变，且不说这将是诗人自己的一种提升，这也正出自诗歌本身的意志。

而诗人听从了这种冥冥中的意志。正是心灵的苦难把她提升到赞美的领域，也只有在赞美的领域才有真正的哀悯，余皆消逝。总会有一个尽头，也总有一颗星在照耀我们。人们可以代替我们去活，却无人能够代替我们去死。池凌云的近作，越来越深切地触及个体存在内里这些涌动的潜流，关于下面这首近作，她在来信中告诉我也许写得过早了。但这就是"死亡的先行性"（海德格尔）。它先行来到我们中间，它和我们一起成长：

总有一天，我将放下笔
开始缓慢的散步。你能想象
我平静的脚步略带悲伤。那时
我已对我享用的一切付了账
不再惶然。我不是一个逃难者
也没有可以提起的荣耀
我只是让一切图景到来：
一棵杉树，和一棵
菩提树。我默默记下
伟大心灵的广漠。无名生命的

倦怠。死去的愿望的静谧。

而我的夜幕将带着我的新生
启程。我依然笨拙，不识春风：
深邃只是一口古井。温暖
是路上匆匆行人的心
一切都将改变，将消失
没有一个可供回忆的湖畔。甚至
我最爱的曲子也不能把我唱尽
我不知道该朝左还是朝右。我千百次
将自己唤起，仰向千百次眺望过的
天空。而它终于等来晦暗——这
最真实的光，把我望进去
这难卸的绝望之美，让我独自出神。
　　　　——池凌云《黄昏之晦暗》

这样的诗，让人一篇读罢头飞雪，这样的诗让人流泪而又"独自出神"。写作（或者说人生），就是为了"付账"，可是，真的能了清吗？甚至"我最爱的曲子也不能把我唱尽"，这又将被许多人奉为名句了。

诗中笼罩的，是人生最深切的悲伤，在"最真实的光"照下，它具有了无限哀婉的力量。它就这样来临了吗？那一个又一个词语的旋涡，那一次又一次的驻步和回首……在与不在，有限与无限，未竟与到来，脚步之沉缓，心灵之悲伤，存在之惶惑，望与被望，精神之出神……每一行诗都在哀切地要求我们留下，每一行诗又在把我们带向那最"晦暗"的一刻。是的，它是写得过早了一点：它竟提前写出了我们的一生。

这样的诗，使世俗生活中的那些虚荣和纷争，包括"诗坛"上的那些权力的分配，一下子显得丑陋和毫无意义了。

这样的诗，写了还得再写。

这也就是为什么诗人会在来信中敬畏地谈到"晚期写作"。她会的，她已经到达。或者用她自己的话说，她已别无选择。她的那些"不可比肩"的亲人们也仍在等待着。她值得我们有更远大的期待。

这饥饿仍像是一个幽灵，在大地上寻找和巡游，它还远远没有完成。■

发明一个亲爱的　池凌云研究集

一

池凌云是一个孤独的诗人,更准确地说,池凌云是一个具有悲剧气质的诗人。这一气质概而言之就是在一个失爱的世界上和一个失爱的环境里,坚持对爱和希望言说。这一言说把她和历史上那些杰出的女诗人联系在一起,阿赫玛托娃、茨维塔耶娃、索德格朗、狄金森,还有更遥远的萨福。在一种精神天文学的视野下,她们属于同一明亮的星系。寂静、高贵、遥远地发光……池凌云的写作一直在一种近乎封闭的状态中进行。她生活在一个远离诗歌中心的小城,和外界几近隔绝。这种状态决定了她的写作很少受到关注。她的写作已经持续了二十五年,但除了本地的一两个诗人和评论家偶然投来的一瞥,她在诗坛至今还是一个地道的外省陌生人。而与她同时开始写作的多数女诗人,早已名动天下,获得了各种或真诚或逢场作戏的赞赏。很多诗人的成就落后于他们的名声,而对于池凌云,其名声远远落后于她的成就。对于一个内心不够强大、对诗歌缺乏真正信仰的诗人,持续数十年的这种状态足以扼杀其诗歌热情,并伤害其诗歌才能的表现,至少也会对所谓的诗坛感到心灰意冷。对于池凌云,这一状态反而成为其诗歌独立性和独特性的保障,使其免受各种流行病毒的感染和侵害。她只管在孤寂中按照其本性指引的方向成长,诗艺和心灵不断走

"她的脸多么荣耀,和火焰有共同的王冠"　　　　　　　　西渡
——池凌云试论※

※ 本文所引池凌云诗均出自诗人的两本诗集《一个人的对话》(中国文联出版社,2005年版)、《池凌云诗选》(长江文艺出版社,2009年版)。诗人的第一本诗集《飞奔的雪花》笔者没有见到。
※ 原载《诗探索》,2010年第7期。

向成熟和完善。最近出版的《池凌云诗选》，把这种成长的高度连同其难度一起呈现在读者面前。我惊讶于这本诗集所显示的诗人心灵和诗艺的成熟、丰富，深感诗坛的势利、冷漠、自以为是的愚蠢所造成的那种忽视某些诗作的不可原宥。这种愚蠢当然也有我自己的一份。2006年年底，我和诗人曾有一面之缘，诗人以她的诗集《一个人的对话》相赠，但我只在旅途中随便翻了翻，就束之高阁了。我的愚蠢和粗疏差点让我和当代最优秀的诗人之一永远错过。

　　池凌云的成长过程与美国女诗人狄金森、芬兰女诗人索德格朗，以及瑞典女诗人安娜·吕德斯泰德有诸多类似之处。把她们联系在一起的不仅是她们共同的精湛诗艺，以及不事张扬的生活方式和写作方式，还是一种精神的状态。在她们身上，有一种共同的植物性的坚韧，就像一颗顽强的树的种子，在随便哪一处有泥土的地方扎下根来，就不再移动，然后不断向着深处汲取营养，供给自己成长。环境的贫瘠和严酷没能阻止她们的成长，相反，她们用女性的坚韧、善良和爱改造了她们所置身的环境，把它转化为生命和诗的土壤。在这一过程中，诗的甘美的果实被创造出来——但人们在品尝这一果实的时候，却很少想到诗人成长的艰辛孤独、创作的烦恼焦虑，以及无数个日夜的心无旁骛、殚精竭虑。她们的歌声是从像植物那样倾向于沉默和寂静的心灵深处发出来的："而那棵树在悬崖上／琴弦寂静无声，一端在崖壁／一端伸向高耸的天空"（池凌云《醉了的小提琴手》）。她们也许不够广阔，缺少随机应变的灵活性，但她们的自由就体现在她们深深扎根于诗意的土壤和沉默的成长中。她们的深邃足以弥补她们在广度上的欠缺，如果非要说这一植物性的生命状态有所欠缺的话。她们的生命体现了真正的树的灵魂："我们可能在一天之中失去全部果实，／但不会失去更多／因为要一棵树在一天之内倒下是困难的／除非那不是一棵真正的树。"（池凌云《真正的树》）这是一种有根的生命状态，相应地，其写作也是一种有根的写作。而充斥诗坛的是另一种广告牌式的诗人——从这种无根的写作中绝不可能结出真正的诗的果实。在她们的诗中，有一种"小人物"的真挚，完全摒弃了"大人物"的虚伪、做作、自以为是。她们写诗，就像植物的开花、结果一样自然、谦卑，诗作飘溢着真正的花的香味，拥有大自然所奉献的果实的甘甜：

"活着的愿望是一朵最小的野菊／爱得深沉，却沉默寡言。"（池凌云《一只死去的雏鸟可以再次回来》）满溢其诗作中的力量，用瑞典诗歌评论家扬·乌拉夫·于连评论安娜·吕德斯泰德的话说，也正是一种植物性的"卑贱的力量"：它具有一种"单纯的美和丰富性"，体现了"坚忍不拔的生命的非凡奇迹"。[1]

二

池凌云出生在浙江省瑞安市一个贫苦的乡村教师家庭，姐弟四人。因为贫困，她不得不在中学毕业后中断学业；也因为贫困，父母在她十五岁那年就为她定了亲（有限的聘金用于清偿家庭积欠的债务），这一婚约在她进行了长达六年的抗争之后才得以解除。离开学校后，她当过代课教师、工厂女工，其间开始诗歌写作。池凌云的诗歌就在这一艰苦的生存斗争中，伴随她一同成长。对她而言，诗歌是一种积极的生活的力量，帮助她战胜无所不在的苦难，并使她在黯淡的现实中看见未来。她以一个劳动者的姿态投入这一工作，并以同样的姿态欣悦于她的收获。对池凌云来说，为诗歌而工作，也就是为人生而工作；真正使灵魂感到欣悦的是她本身为诗歌所做的奉献，而不是那些不可靠的、短暂的奖赏，名声、地位、不朽的幻觉（而那些忘记这一点的诗人，总是不停地向诗歌榨取，把诗歌变成一台特殊提款机）。

在池凌云的诗歌创作历程中，2004年是一个重要年份，她的诗歌写作在这一年有一个不同寻常的爆发。也是直到这一年，她个人的生活才逐渐安定下来。这一年她三十八岁，她的写作已经持续了将近二十年。在这个年龄上，许多诗人的写作已经陷入停滞，但是池凌云的诗刚刚开花抽穗——在这个年龄的圪节上开出的花朵自然也就拥有了不同于青春写作的高度和深度。这是一个在地下成长的漫长的故

---

(1) 扬·乌拉夫·于连：《哦，现实——安娜·吕德斯泰德诗歌中围绕一个母题中的编织物》，载《在世上做安娜：安娜·吕德斯泰德诗选》，杨蕾娜、罗多弼、万之编译，上海：上海文艺出版社，2001年版，第81页。

事。写于这一年的85首诗构成了她第二本诗集《一个人的对话》的主体（另外收入此前之作21首）。加上未收入这本诗集的作品，池凌云这一年的创作量高达近百首。这个数量本身就足够惊人，更重要的是写于这一年10月以后的一系列诗作，显示了池凌云诗艺的成熟。在我看来，这些优秀作品至少包括了下列诗作：《分币》《按摩椅》《我在傍晚倒退着行走》《航空杂志》《阔叶林与针叶林》《钉子》《一个人的对话》《在蛇馆》《安息日》《游船》《赞美》《留下》（以上5首未见于诗集《一个人的对话》），以及组诗《旧城》（收入《池凌云诗选》时改题为《偶然之城》并增加了诸多新作）中的部分作品。在这些诗中，池凌云充分显示了其诗艺的几个突出特点：一是运用想象力对经验加以处理，并赋予其诗意的能力；二是其精微曲折而又亲切动人的语调，这一语调的获得实际上是其心智成熟的表现；三是生动的感受性和精密思维所带来的高超艺术手腕的结合，这个特点在女诗人中并不多见，它成为池凌云驰骋诗坛的胜负手。

如何处理经验一直是现代诗人面临的一个难题，与此相关的另一个问题是诗歌如何为时代和当下处境发言。20世纪90年代以来，诗歌对叙事性的重视，其目标就是解决这个双重的难题。但是在诗歌中引入叙事性，并不意味着经验问题获得了一劳永逸的解决方案，也不意味着诗歌就此获得了对当下处境说话的能力，更不意味着经验可以自动地获得"诗意"。20世纪90年代以来，几乎人人都在谈叙事性、谈经验的处理，但真正有能力赋予经验以个人独特性和诗意的诗人仍然寥寥无几。所谓的叙事性诗歌普遍存在两个缺陷：想象力的退化和主体体验的贫乏。池凌云的卓越之处不但在于她所处理的经验总是包含了丰富的感受性和深刻而独特的主体体验，而且在于她总能以生动的想象力对日常经验加以淬炼——想象的自由在她的诗中总是第一位的，某种程度上，经验只是为想象提供了跑道。而当代诗歌中随处可见的却是另一种现象，日常经验纠结的雨林扭断了想象的螺旋桨而导致诗歌"机毁人亡"，并由此展开对当下处境富于洞察力的批评。这方面最早的例子见于2004年10月的《按摩椅》中。这首诗表面上写一个人关于按摩椅的经验，但却写出了富于幻想的人在一个机械时代的悲剧处境，以及诗人对这一处境的尖锐批评——想象力在这一从日常经验过渡到对时代处境洞察的过程中起着关键的作用。第一节就写得出手不凡:"是否真的有一双手,从虚无中伸出/这一次的击打从颈部开始,直抵尾骨/机械的力禁锢了双脚/患有幻想症的人,你想去哪里?"第一行的疑问语气和"虚无"一词,起着化实为虚的作用,为接下来想象力的滑翔搭好了梯子,第三行"机械的力禁锢了双脚"正是从这梯子的顶端纵身一跃,而达到了对当代处境的洞察。第二节首两句承上一节而来:"你想再跑一千米,再爬一个山峰/没有人听到你的恳求。"这两句略显稚嫩,但接下来的三行令人刮目相看:"而关节的缝隙正接受黑暗的研磨/它们互相抵抗,挤压/一些尖锐的东西逐渐平坦。"这里的"黑暗"与第一节的"虚无"形成呼应。第三节继续有惊人之笔:"你已承受加倍击打/就要血脉通畅,心无沟壑/你赞许它一次次涌动,起伏/期待它改变在背后操纵的习惯/走出来,与你面对面。"二、三两节的描写直接基于经验,而又被想象的灵光穿透,妙在虚实之间。最后一节平实而有余味:"它有一个秘密的男性名字/它绵长的指力让我好奇/我抚摸它隐藏的手/它伸出来,抓住我的骨头摇晃。"这首诗是池凌云处理日常经验的能力走向成熟的一个标志,但正如已经指出的,它在个别地方仍保留了诗艺蜕化前的稚嫩痕迹。此后数年间,池凌云处理经验的能力在《航空杂志》《钉子》《在蛇馆》《这是拖着灰发辫的冬天》《从一座房子到另一座房子》《往事》《麻醉术》《一个针灸的下午》《今天,谁来给我们讲故事》《寄信石家庄》《傍晚送奔奔去小南门》《与Z谈西藏》《与母亲同行》《编织品》《不曾相识》《蜡像馆》《那时候我们不知自己身在何处》《过去的一天》《一颗枣核有一千种智慧》《迷醉心灵自由的麻醉师》《那一年七夕》《病中的父亲》,以及组诗《偶然之城》中一些较晚近的作品日益精湛,而尤以《从一座房子到另一座房子》《麻醉术》《一个针灸的下午》《迷醉心灵自由的麻醉师》等诗为出色,可以说达到了无懈可击的程度。这些诗的另外一个可贵之处在于它们所提供的经验本身的独特性。池凌云在从一个乡村代课教师成长为一个优秀诗人的历程中所获的体验,她观察的范围,她心灵的敏感点和敏感度,和一般生活在大都市的诗人相比,有其独特的一面,她的人生和她的诗歌的一致性,更彰显了池凌云诗歌经验对于当代诗坛的异质性,而扩展了当代诗歌处理经验的范围和深度。这是池凌云对当代诗歌的一个贡献。

相对于处理经验的能力，诗歌声音问题也许是一个考验诗人才能的更为根本的问题。独特而富有感染力的声音是诗歌魅力最直接的来源。诗人的独特性、风格的魅力，最终都需以声音的形式呈现出来。就诗的表现而言，韵律就是意义，声音就是思想。语调的丰富和随物赋形的变化，实际上意味着思想和感性意识的丰富。在池凌云那些最好的诗里，思想总是直接以美妙的声音现身。池凌云诗歌语调的独特、精微、机敏的变化在上述处理经验的诗作中已有充分展露，而当它被用于揭示事物秘密的时候，显得尤为动人。事实上，池凌云是少数有能力道及事物秘密的诗人，或者说，她是那种有秘密而且有能力告诉我们的诗人。《游船》《谈论银河让我们变得晦暗》《到一棵树中去》《辜负》《我无语时受到的灼烧比说出来的还多》《它或她》《真正的树》《赞美》《阔叶林与针叶林》《流水没有带走光芒》《谁也不敢在黑暗中独自说话》《石头比从前更是石头》《盲》《在雾中》《春天的所有安排》《一无所知》《卵球，一种态度》《无尽塔》《地狱图》《你日食》《肃静的门廊》《灯的皇冠》《秋天将月亮抹去》《别的事物》……这是一个包含众多杰作的系列。在这些令人爱不释手的诗作中，诗人的声音一点点退出，最后留下的是诗歌的声音，亲切地诉说着爱情、生命、大地和宇宙的秘密。在那首写给希姆博尔斯卡的《游船》中，这一声音的魅力几乎达到无以复加的程度。按照巴赫金的说法，语调总是关系到叙述者、叙述对象和听众三个互相联系的因素。在《游船》中，叙述者和听者都是了解生命秘密的诗人，而叙述的对象就是生命和诗歌的秘密。这首诗是在深知事物秘密的知情者之间的对话，声音的节制、微妙而曲尽其妙的变化，加强了这一对话的严肃性、心灵性和神秘性。下面是这首诗的第一节：

> 如果你事先与整条河流约好
> 如果斯提克斯河的水通向每一条河流
> 你坐的船只很小，就像你看见的事物
> 仅能运载你一人。你停下来
> 像一个心怀歉意的女神

让水从身边安静地流走。

开始两行的虚拟语气,显示了对话的内在性;"河流"由于"斯提克斯"河水的汇入而象征化了,成为生命的表征。诗人是生命的摆渡者,洞悉生命的秘密,但这一秘密属于特殊的、不能公开传授的知识,所以它"仅能运载你一人"。这大概也是诗人"心怀歉意"的原因。但是知悉这一秘密本身足以使生命变得高贵而不可战胜,"像一个女神"。"让水从身边安静地流走",则是洞悉命运秘密之后的从容态度。"安静"某种程度上正是生命的一个关键词。博尔赫斯说写作是为了"让时光的流逝使我感到心安"。这话常被视为作家的自谦,其实正是道出了写作的秘密。让时光的流逝使我们感到心安,这是诗的安慰,也是哲学的安慰——我想象不出还有比这更伟大的安慰。池凌云说"让水从身边安静地流走",也就是博尔赫斯所说的"让时光的流逝使我感到心安",而在语调上更从容,态度上也更为高贵,契合了一个气定神闲的女神的光荣。

要是河流能变得更宽些
你亲近的人在不远处的堤岸上
为你照顾好柔软的外套
没有人能分享你的权利
孤独的亡魂将倾听你
飘在空气中的美妙的告诫。

第二节延续了上一节的虚拟语气。诗人的出场使生命的河道变得广阔而满溢爱的温馨。"你亲近的人"也许是指读者——他是另一个知情者,守护着诗人和诗歌的秘密。诗人和读者总是彼此创造,彼此发现,因而也彼此依赖。没有诗人,固然没有读者;没有读者,也不会有诗人。在共同守护诗歌秘密这一点上,诗人和读者的"亲近"超越了任何血缘和情缘。他们同被诗歌选择,对诗歌肩负着共同的义务和责任。"你的权利"就是诗人的权利,就是诉说和歌唱的权利,也就是把秘密以秘密的方式传授他人的权利。"孤独的亡魂"则是我们大家——在知悉生命的秘密之前，每个人都是孤独的亡魂，苦于渡不过斯提克斯河去。在维吉尔的《埃涅阿斯纪》中，当埃涅阿斯在西比尔的陪同下来到斯提克斯河边，看到如秋天落叶之数的亡魂拥挤在河边等待渡河。西比尔向卡隆出示了金枝，埃涅阿斯以未死之身得以渡到对岸。诗人对亡魂的告诫也许就是关于这金枝的秘密。

> 告诉他们广阔的前景值得惊奇
> 多么合适，你所做的一切令人欣喜
> 我喜欢你白色V领上衣，暗色的短裙
> 我听到整条河流都在说——
> 这个女人来到这条河流上，她是多么可爱
> 两只手握着两片薄薄的船桨
> 令所有见到的人高兴。

女诗人某种程度上就是手持金枝的西比尔，对于其秘密的知悉使生命的前景变得广阔。"惊奇"是生命的另一个关键词。歌德说，惊奇是生命的最高境界。它也是诗的境界。生命和世界由此而令人欣喜。"这个女人来到这条河流上，她是多么可爱／两只手握着两片薄薄的船桨／令所有见到的人高兴"——这微妙的言辞，除了加以复述，我想不出其他赞美的方式。这是河流在说话，也是生命本身在说话。这声音之精微已非人间所有，而只能来自一个洞晓人世秘密的"女神"。此诗原来的副题为"题希姆博尔斯卡的一帧照片"，那么诗中写到的种种场景，皆出于诗人的想象，由此更见诗人心灵的穿透力和处理题材的老到。这委实令人敬佩。

《谈论银河让我们变得晦暗》以同样精微奥妙的语调触及宇宙的秘密。

> 流动的光，最终回到黑色的苍穹
> 我们寂寞而伤感，像两个木偶
> 缩在窘迫的外壳里
> 某一颗星星的冷，由我们来补足。

在大气层以下,我们的身影更黑
或许银河只是无法通行的游戏
看着像一个艰涩的嘲弄
它自身并没有特别的意义。

而如果我们相信,真有传说中的银河
这样的人间早已无可追忆。

宇宙的浩瀚与人类的渺小所构成的对比,给予我们强烈的震撼,但它并不是这首诗唯一的主题。与空间的茫无涯际相比,时间的无限广延更令人敬畏。这一切使诗中弥漫着一种宇宙性的荒凉,同时却又贯穿着人和宇宙同一性的体验和信念。这是宇宙本身在说话,或者说是作为宇宙间一切现象的见证者的时间在说话,主体的存在和事物的存在在这里趋于一致。这首诗让我想起康德关于头顶的星空和心中的道德律的伟大论断,以及陈子昂那首伟大的短诗《登幽州台歌》。它们都拥有一种非凡的力量,把宇宙的整体凝聚于精密的篇幅中。对于康德,头顶的星空和心中的道德律同时印证了上帝的存在。在池凌云的诗中,上帝似乎是缺席的,但是那宇宙性的荒凉本身却随时在召唤上帝的出场。康德理性的明澈和严峻,与池凌云感性的、诗意的"晦暗"似乎也形成了鲜明的对照,但两者同源于一种内在的洞悉。这样的诗歌不仅触到了心灵的边界,在某种程度上也探及了宇宙的边界。我斗胆在此断言,池凌云于此已经写出堪称伟大的诗篇,可以和古往今来任何同等篇幅的杰作相媲美。具有类似力量的诗在池凌云笔下还不止这一篇,《流水没有带走光芒》《盲》《在雾中》《一无所知》《无尽塔》《春天的所有安排》《时空维度》《卵球,一种态度》都是同类的杰作。对我来说,这类作品标志了池凌云诗歌的最高成就,而不仅仅是那些处理时代处境和经验的诗篇。正是这类诗篇显示了池凌云诗歌真正的独特性所在。后一类诗篇,在我们的时代也许还有另外的诗人能够写出,而能够写出前一类诗歌的绝无第二人。

池凌云诗歌的另一个特点——感受性和缜密思维的结合,从以上诗例的分析中已可见。在《游船》《谈论银河让我们变得晦暗》这样的诗里，生动的感受性、想象的直觉穿透力和精密思维的结合，诞生了堪称完美的诗篇。这一特点尤其彰显在池凌云对诗歌主题广延的拓展和深度的开掘上。此点将在下文继续展开分析，此处先行略过。

我说2004年是池凌云写作生涯中关键的一年，当然并不意味着在此之前，池凌云一直不曾写出优秀的作品。事实上，在2004年以前，诗人已经写出了不少相当出色的作品，譬如《沉湎在绿树掩映的时光里》《黑甩动长长的鞭子》《对一朵野花的十种比喻》《一秒钟归去来》《一百棵乔木的树林》《虹深处》《布的舞蹈》等，这些诗篇显示了诗人的才华，她那些后来引人注目的独特品质已然隐含其中。《黑甩动长长的鞭子》对于"黑"的发现，《布的舞蹈》对于"布"的意象，以及它和女性命运的联系的发现，《一秒钟归去来》的速度感，《对一朵野花的十种比喻》《沉湎在绿树掩映的时光里》《一百棵乔木的树林》对自然的亲密体验，《虹深处》感觉的精敏，均表现出诗人心灵和诗艺的独到之处。但是，这些诗篇的重要性和2004年以后的作品还不能同日而语。这些诗篇的不够成熟之处，在写法上表现为没有完全摆脱朦胧诗的意象写法，因而难以展开复杂的经验过程。诗人试图通过组诗的方式来解决这一难题，例如《布的舞蹈》，但也只取得了部分的成功，在语调上多少还存在借用他人的倾向，例如《一百棵乔木的树林》酷似后期戴望舒的语调。诗人的心灵和个性也没有获得完全的独立和成熟。在2004年短短一年内，诗人一举解决了上述问题，成为一个在心灵和诗艺上同时一空依傍的诗人，不能不令人惊异。

三

池凌云的人生阅历中充满了艰辛和磨难。回顾幼年的经历时，她说："关于生活，我最早了解的一个词是'贫穷'。"（《池凌云诗选·后记》）就在贫穷和孤独中成长，她度过了童年、少年和青年。成年以后，苦难依然是诗人家中最殷勤的客人："今天，我有许多悲伤／我数了一下，它们一共有四个／像坚硬的纽扣，紧紧靠在我胸前／走到哪里我都带着它们／一个人时就痛快地流泪。"（《四分之三泪水》）苦难的泪水仿佛流不完,也擦不完。"我在一尊佛像前忽然流泪／我不停地擦,还是擦不完。"(《与Z说西藏》)"我不知道先擦干左脸／还是先擦干右脸。"(《遗失的旋律》)"人多么小,多像一块哭泣的面团……"(《在蒙马特高地远眺》)遥想的幸福没有如期来临,以至姐妹见面时,只能"一起悲泣没有来临的幸福"。(《那时候我们不知自己身在何处》)池凌云的诗歌就从她本人这一艰难的人生经验中提炼主题,对其亲历的种种辛劳艰难加以文学的表现。苦难、孤独,爱的追寻、遗忘和失落,是池凌云频繁触及的诗歌主题,苦难更是其中压倒一切的母题,是其诗歌伸向存在之大地的繁茂的根系。

　　苦难是沉默的,而且总是倾向于孤单,因为愿意替苦难说话、与苦难成为朋友的人是少的。"风握住刀锋／刮开每一处湖中的明月／它唱着歌／它只唱一个字,啊！／它反复唱,啊！"(《秋天,月亮将泡沫抹去》)苦难只能唱出"啊！啊！"这样粗野的、令听众生厌的歌声。千百年来,人们一直在苦海中挣扎,但关于苦难的歌,我们又听到过多少呢？在杜甫以后,苦难在这片土地上一直是默不作声的。仿佛就为了让她为苦难做证,把苦难从沉默中拯救出来,命运才不断地让诗人为难:"让她拥有母亲的慈悲／为正在受难的人疼痛。"(《从塞纳河到佛罗伦萨·雕刻者》)诗人就是那个以抵抗沉默为使命,独自在黑暗中说话的人:"你是独自抑制黑暗的人／你为你将要说出的一切而活。"(《谁也不敢在黑暗中独自说话》)池凌云也许是第一个基于主体体验而对苦难主题进行深入挖掘,并赋予诗意的尊严的当代女诗人。在当代诗歌中,当然也有别的女诗人触及苦难的主题,尤其对所谓女性的苦难的表现,曾经是一个相当时髦的话题。但是,这种苦难的表现很多时候仅仅是出于观念甚至立场的需要,而缺乏深切的个人体验作保障。相反,在池凌云的诗歌中,女性的苦难总是与最深切的主体体验相联系,而且表现得那么节制、那么尊严、那么骄傲。是的,苦难也可以是骄傲的。她说,"唯有艰辛是纯洁的"(《偶然之城·在美和丑之间漂泊巷》),"她出众的悲伤／使她成为今晚的女皇"(《她流泪了》)。池凌云就是一个由悲伤为之加冕的诗歌皇后,是属于苦难中国的诗歌皇后,就像茨维塔耶娃、阿赫玛托娃属于俄罗斯,索德格朗属于芬兰,狄金森属于美国一样。在中国女诗人中,池凌云也许不是最广阔的那个诗人,但她却是一个拥有一种顽强的内生力量的诗人,正是这种内在的力量赋予池凌云的诗呈现出一种少见的深邃。

忠实于生活,忠实于自身的经验使得池凌云的诗拥有一种当代诗歌中少见的真实的品质。它有一种苦杏仁的味道,但也在苦涩之下掩藏着独特的甜味——它不是额外的装饰,也不是多余的消遣,而是一味清热的药剂。诗对池凌云来说完全是生活的必需和疗救,对池凌云的读者来说也同样如此。所以,池凌云的诗不是为生活的胜利者准备的,而是为生活的失败者而写。忠实于生活、以负责的态度执着于生活的读者将会在池凌云的诗中找到渴望的安慰,而那些踌躇满志、志得意满的人在池凌云的诗中会看见自身的空虚。在《一颗枣核有一千种智慧》中,池凌云写道:"我整天含着一颗枣核／为它掘一个温暖的墓穴／而它所能做的,就是讲述／短暂的甜,之后的无味／一个无用的东西,我无法期望变幻／而它变得更加坚硬／我欲将断线从它内部穿过／而它拒绝／夜色依然在黎明中滚动／棱角的创造补足言说之雪／一切图解忍受脱落／没有什么可以扯碎它／它是今天唯一延续的东西／它不会觉得寂寞。"这首诗可以看作诗人的苦难诗学的宣言。"枣核"无用、无味,只有短暂的甜,但它真实、尖锐、坚硬、忠实于自己,"没有什么可以扯碎它",因而也是"今天唯一延续的东西"。

当然,在这样的诗学中也隐含着某种危险:当生活境遇发生变化以后,这样的写作——忠实于苦难的写作还能不能继续?写作活力的有效保持有赖于诗人应对两个方面挑战的能力。一是在新的境遇下,诗人能否对苦难保持一如既往的关注和敏感。很多在困苦中开始讴歌的诗人,往往在幸福中失语。这种情况说明诗人的写作仅仅基于自身的生活境遇,而对更为广泛的人类的饥饿状态缺乏敏感。这类诗人,随着自身的饥饿状态得到改善,其写作的动力难免渐告衰退以致枯竭。这是一个爱的广度的问题。二是诗人能否在新的境遇中更新原有的主题、题材、诗艺以至原有的诗学,开拓出新的写作可能。这可以说是一个爱的深度的问题。这些年来,池凌云在更新诗歌写作的题材,开拓新的主题,挖掘新的写作可能方面做出了可贵而有成效的努力——我们将在下文对此继续展开讨论。这也就是为什么诗人自2004年以来写作上不断取得突破的原因。上述两个方面综合为一个爱的能力的问题。对此,诗人有足够的自觉。她说,"我一直以为写作的能力其实就是爱的能力,一个人爱的能力有多大,她所写出的文字就会有多少光芒,在具备了基本的文字技巧之后,一个人爱的能力和精神境界决定了作品的高度","唯有坚持,唯有歌唱,并承担起爱的职责"(《池凌云诗选·后记》)。

苦难考验了诗人爱的能力,坚定了她对爱的信仰。为了抗拒父母包办的婚约,池凌云于少年时就已遍尝远远超过一个少女承受限度的辛苦。但对于曾经给她带来苦痛和伤害的亲人,她在成年以后却报以更深厚的亲情。她为父母、为姐姐、为儿子,写下了很多感人的诗篇。我不知道还有哪位当代诗人曾经为亲人写下这么多真挚的诗篇。比起对广大底层的关切,亲情当然只是一种朴素的感情,在一些人看来大概算不上伟大。但我关心的是,这样一种朴素的感情,为什么在当代诗歌中却绝少深挚的表现?难以想象,一个缺乏亲情的人,会对底层民众有真正深刻的同情。我认为,越是朴素的感情,越是考验爱的能力的试金石。先要爱近处的人,对远处的爱才有依托;只有先爱具体的人,才谈得上爱人类。抽象地谈论爱人类是容易的,但是关爱身边的人却更有意义。正是她为亲人写下的这些真挚的诗篇,使我相信,当诗人说"只有真理和爱才能得胜"(《圣雄甘地》),"可以有爱。这是一种无穷的精神／支持你在人世轮回循环"(《偶然之城·一个婴儿被引诱出生的巷》)的时候,绝不是矫饰的表态和修辞,而是真诚的且被始终如一地实行着的信念。

从这种"近处的爱"出发,诗人的爱走向了更多的受苦的人。在池凌云的诗中,无论是"抱住鞋,睡在各自台阶上"(《旧城·第五巷》)的孤儿,"拖着一条死亡的腿"的小儿麻痹症患者(《旧城·大沙堤巷》),被迫"坦白性爱的秘密""无法羞愧。无法做一个失踪的人"的底层妇女,还是无处可去而渴望"让我去死吧"的老乞丐(《过去的一天》),都从沉默的高墙后走出来,言说他们自己。底层写作、草根写作现今是一个时髦的口号。但是以这类口号为题的作品,我所见的大部分只是一种表态文学。诗人对于底层民众本身并无深切同情,对其生存的黑暗并无体察,更甭说由此进入存之黑暗的中心了。因此,这类写作大多只停留在时事报道的水平,自然也无法赋予民众的苦难以诗意的尊严。池凌云为受苦的人所写的诗篇却是建立在对民众的饥饿与黑暗真实而深刻的体察上,无一例外地联系着具体的、感同身受的体验。诗人自觉自己属于他们,是他们中的一员,和他们爱憎相通、相连:"然而／我不应该为得不到慰藉而流泪／当我知道了那些苦难的人／我就与他们生活在一起了。"(《四分之三泪水》)她在《大沙堤巷》中这样写了小儿麻痹症患者:"他把那条死亡的腿,藏到／宽大的裤管里,在冬天的夜晚／从里面开始结冰。""从里面开始结冰"——这是诗人真正和描写的对象合为一体,从自己内部把他人的苦难承担起来。这一承担和表态文学中泛滥的同情没有任何共同之处,而和阿伦特所说的"友爱"血脉相通——它要求、呼吁着一种有意义的行动,或者说它本身就是行动。也就是说,它不是媒体所热衷的那种公共的、短暂的同情——关于这点我们在汶川地震诗里已经长了见识——而是基于私人的、以生命为长度的"联合"。这是苦难和苦难之间的握手,姐妹和姐妹、兄弟和兄弟之间的握手——当两个苦难被我和你同时面对的时候,苦难就转化为救赎,沉默就转化为对话,恨也就转化为爱。很长时期以来,人们在谈论诗人的才华时,都强调想象力、感受性、语言天分的作用。但我现在倾向于认为,感情或者说爱的能力才是诗人最重要的才华。想象力、感受性、语言天分如果没有爱的引导,对创作而言,只是一种消极的能力,单凭这些条件并不能产生积极的创作成果。就此而言,池凌云恰是我所看重的卓有才华的诗人。她所拥有的爱的意志和能力,使我对她的未来怀有更高的期待。

  尤其令人感怀的是,诗人不但没有向苦难屈服,反而把苦难转变成了命运赐予的特殊礼物,从中培养起对生命、对幸福的信念。她认为正是在苦难和贫乏中,"深藏着难以言说的幸福"[1]。她说:"生命中只有承受,没有仇恨。"(《阔叶林与针叶林》)拥有这样的信念,她不但"没有因失败而将自己抹去",而且从苦难和失败中提炼出生命的最高智慧。(《编织品》)尽管诗人在她已经过去的四十多年生活中备尝艰辛,但她依然能够充满信心地说,"我是个幸运的人"(《一个人

---

(1) 池凌云:《为谁写作》,见池凌云博客,http://www.sina.com.cn/s/blog_489e52500010085bs.html。

的对话》),"平淡的生活依然泡沫四溢"(《在瑶溪,想起一位友人》),"但是的确如此,最普通的日子／水中流出了酒"(《旧城·水中流出酒》)。如果我们仔细倾听,在池凌云的诗歌中确实回响着一种幸福的旋律。白天坏消息一个接一个,当夜晚来临,她一边流泪,一边却对自己说:"在小城里耐心过完一生是幸福的／等待一个不认识的人是美好的"(《昨天》),"需要一小块地毯／提醒我得到的一直很少／但却非常珍贵"(《偶然之城·小地毯巷》),"我希求你让我重新／幸福:拥有健康的父母／即使劳作一生,依然失败／忍受四季的炎热和寒冷／清粥小菜,节俭度日／这一切多么好……"(《病中的父亲》)。这是一种力量,我不知道是诗赋予了诗人这样的力量,还是诗人把自己的力量给予了诗。《蜡像馆》《雕像》《白水冲遗址》《少女喷泉》等诗则从另一个侧面表现了诗人对于生命的热爱。这些诗的主题与舒婷的《神女峰》有相通之处。舒婷说:"与其在悬崖上展览千年／不如在爱人肩头痛哭一晚。"池凌云则说:"生命之丰盈,只是一个任性的要求／假如有人从潮湿的石头上默默站起／她愿意跟随,到一个无人知道的小屋。"但池凌云的诗刻画入微,多用客观的描摹,一改舒婷的意象性写法。《白水冲遗址》则展现了精妙的想象和智性的精确配合:"多年以后,我看到另一些时光／洞穴中的炼丹术因埋藏太久而腐朽／而火不愿沉默,树走出篱外／惊愕的崖壁刮起狂风／这情景给我们带来新的空气和水／树向四周递送简朴的声音／我们在头上捕捉幻影之手／目睹一个人的面容走失／静谧,如一口古老的泉井。"

四

  正如上文已经指出的,池凌云是一个对存在的黑暗有着深刻体察的诗人。池凌云的诗从一开始就凸显着一种强烈的黑暗意识。她早期的诗《黑甩动长长的鞭子》已经表现出对生存之黑暗异常的敏感,"黑有条长长的鞭子／从你的手中甩出／……／我说出了一切／却无法说出这些年鞭挞我的黑暗／……／她有自己温暖的舌头和脉管／汲取黑珍珠刚刚开启的初吻／比白色更加纯洁／清晰的黑,让一朵不安的火焰／回到最初的睡眠"。在池凌云的诗中，到处散布着、弥漫着黑暗的粒子，它们出现的密度和尖锐的性质足以令读者惊心。

光的内部贮藏颤动的黑暗／一颗颗黑色的粒子环绕我的手臂／像一个城市在枯竭中燃烧。(《旧城·第十巷》)
而关节的缝隙正接受黑暗的研磨／它们互相抵抗，挤压／一些尖锐的东西逐渐平坦。(《按摩椅》)
没有一个人可以紧紧抓住我们／阻止我们在黑暗中一点点消失。(《今天，谁来给我们讲故事》)
黑的卓越与合理性，完美的运动／覆盖所有感官。从隐秘的窄门／黏稠的油膏流出黑夜／月亮和星河，缩小的宇宙。(《午后》)
你的双眼埋藏着一个冰窖／正午的太阳都无法把她填满。(《盲》)
黑夜曾给它们喝下黑色的汁液／使它们无法健康地活下去。(《安慰》)
你满足了那朵漆黑的花／喂它所有光，让它胜利。(《你日食》)
你背对缺席的婚礼，依然无法阻止／倾倒过来的黑暗。(《肃静的门廊》)

从这些诗句中不难看出，诗人的内心常为黑暗所包围。在当代诗人中，对于存在的黑暗、寒冷有如此彻骨的体会的诗人并不多。池凌云诗中的这一黑暗意识，当然与诗人频繁光顾苦难的体验有重大瓜葛，但其尖锐和沉痛之处又超出具体的苦难之上——它们一方面是对人性本身之黑暗的体认，另一方面也是对时代之黑暗的体认。人性的黑暗源于愚昧、自私、怯懦，导致爱的匮乏和丧失。时代的黑暗更具体、更琐碎，然而也更揪心，它在空间上无所不在，在时间上把我们的分分秒秒都卷入到它暴力而无情的齿轮中，"机械的力禁锢了双脚／……／而关节的缝隙正接受黑暗的研磨"(《按摩椅》)。或者如诗人笔下的钉子，把我们"牢牢固定在单调的节拍"，"看我们氧化，收获看不见的洞"(《钉子》)。当我们拥有一切交通的便利，却失去了交流的愿望和理解的能力，成了一枚"在钢铁的硬壳里弄空自己"的钉子。尤为讽刺的是，当我们不假思索地对螺丝钉的理论抱以轻蔑态度的时候,我们自己恰恰成了名副其实的螺丝钉——我们的自由就是以钉子的方式拥有"几寸锈蚀的记忆",以"造成短促人生的复杂结构"。当我们忙于在天上飞来飞去,在电视里进进出出的时候,也许恰好把我们的自由出让给了技术和制度的魔鬼。池凌云的诗呈现了这一交易中黑暗的一面。正是在这个层面,池凌云的诗呈现了一种复杂的时代性,她总是在具体的、触及当下生存的情景中展示自己精确的诗艺,因而也不缺乏中国性。尽管诗人关心永恒,但它并不是那种直奔永恒的诗,也绝不在假设的永恒的自然里陶然忘怀——池凌云的自然诗同样具有鲜明的时代因素,掺入了诗人对当下处境的关怀以至某种焦虑不安。池凌云诗中的这种黑暗意识也与20世纪80年代以来女性诗歌中所谓的"黑夜意识"相当不同。"黑夜意识"主要指向女性的生存体验,池凌云诗中的黑暗意识则指向更为广阔的存在。这一点我们将在下文继续讨论,这里暂不展开。

然而,苦难也孕育着拯救,就像黑暗的中心孕育着光明,木头的中心怀抱着火。在池凌云的生活中,诗歌本身就是作为一种代表光明的拯救力量出现的。"所有堕落的灵魂都是因为期待光明太久/只能选择黑暗作为故乡"(《我无语时受到的灼烧比说出来还多》)——这里对"堕落的灵魂"所表现出的宽容和理解,充分体现了诗的人道的力量。这是源于爱和理解的力量,也就是诗的光明的力量。如果说诗人有着强烈的黑暗意识,那么也可以说,诗人有着同样强烈的光明意识。事实上,她的内心常是黑暗意识和光明意识辩难、争持、对决的战场。黑暗意识和光明意识的对峙,造成了池凌云诗歌内在的紧张,也成为其诗歌主题发展的动力。诗人告诫她的孩子:"你要学会远离光也能生活。"(《这是拖着灰发辫的冬天》)远离光又怎能生活?那就是让自己成为光源。诗人不得不"选择黑暗作为故乡",以至自居于"黑暗的中心",但在其内心深处从未放弃对光明的期待:"它占据了黑暗的中心/它要走出去,抛开所见之物。"(《灯的皇冠》)但是,如果世上本没有光明,苦难的人类怎么办呢?诗人的回答是:燃烧。她说:"这么多技艺,我只学会一样/燃烧。"(《夏天笔记》)"在黑暗中燃烧/流出明丽的形象。"(《双重生活》)"呼啸着燃烧,也不会发光。"(《沙尘暴》)诗歌的人性之光,就是燃烧所诞生的"一点点消耗你的艰

难的光"(《玛丽娜在深夜写诗》)。她也呼唤读者和自己一起燃烧:"谁与我一起燃烧?"(《木房子在梦中着火》)

愿意奉献于价值创造的人们都有一个共同的信仰:生命的意义在于燃烧。但我们历来的信仰却相反:生命的意义在于苟存。这是两种完全对立的价值观,每个人的选择决定了他是成为光明还是黑暗的一部分——你不是成为光明的一部分,就是成为黑暗的一部分,其间供我们犹豫的空间是狭小的。至于我们的诗人,为了成为光明,是不惜将自己化为灰烬的。池凌云诗中反复出现的灰、灰烬的形象实际上隐喻了这一成为光明的过程。灰和灰烬乃是燃烧和光明的纪念:"灰烬的灰/绕过暝色四合的长廊/一座无穷无尽的塔在向上延伸。"(《无尽塔》)"你的黑灰不再炫耀火/而灼烧和死寂都是我们的天赋/我只想走向那未知的疆域/扒开每一颗黑色的种子/看它怎么在每一个白昼活下去。"(《你日食》)在池凌云的诗中,"燃烧""灼烧""火焰""灰烬"是与"黑暗"对称的另一类关键词。正是它们为无尽的苦难和黑暗带来了救赎。

因此,诗人给予那些以自身的燃烧给世界带来光明和温暖的生命以无限敬意。《圣雄甘地》和《安息日》是两首沉甸甸的作品。"仅有一根竹竿的人,诚实是唯一的武器/以为无私的爱可以唤起人类的本性/——当敌人打你右脸,你把左脸也给他/只有真理和爱才能战胜。在你的墓前/活着的人们轻呼:哦,罗摩神啊!"——这是概括而准确的甘地的精神肖像。然而,"经由你所受的痛苦,他们会看清自己的不公正",受到甘地精神光芒照耀的也包括他的敌人。事实上,"不公正"无论是对于施与者还是承受者都是黑暗。甘地因而同等地给予了"不公正"的施与者领受光明的机会。《安息日》写得更沉痛,也更尖锐。这显示了诗人眼光的敏锐和关怀的深广。诗人以女性的同情切入主人公的悲剧命运,"请给戴两副镣铐的人取下一副/让她暂时离开小小的黑房间""请给她热水和白色衬衣/原来那件已经脏了,遮住了光线""请给她爱,让她成为母亲/冲着襁褓里的婴儿微笑""请给她丝质头巾,还她带露的早晨"。与此形成鲜明对照的,是院墙外那些感受奴役的人们快乐的舞蹈、欢呼、盲目的热情所筑起的高台。这种对比,把一个人的悲剧上升为民族的悲剧。"无休止的审讯让一个患病的健康／无数健康的人病倒，在共同的身体里循环"——这里，自由与奴役、健康与疾病都走向了自身的反面，从而具有强烈的反讽意义。英雄已经化身为光明，安息在草、木和永恒的时间里。然而，在祖国无边的疆域里，"黑暗"依然是思想的主宰，关于自由和爱的知识还是一个秘密。真是痛何如哉！

五

爱的受难大概是所有苦难中最个人、最刻骨铭心而又最具普遍意义的。在当代诗歌中，池凌云属于有意回避对爱情做正面描写的女诗人。相反，池凌云不遗余力地对情爱的阴暗面做了深入的表现——爱的丧失和缺席构成了池凌云诗歌的另一重大主题。这种对于情爱的黑暗体验构成了其黑暗意识的一个重要的来源。她说，"爱的运动／是残酷，是不断地丧失／就像一切从来没有发生过"（《肖像》），"我看不见一段完整的爱"（《存在》）。那些对爱仍然抱有期望的人，似乎只能假装它的存在为自己打气："我假装一切不是不复存在／爱，并没有被荒废／依然驱动我前往陌生的地方。"（《我假装喜欢鲜花》）诗人在爱中看到的不是坚守和忠贞，而是遗忘和背叛。《那一年七夕》《不曾相识》《读一个人的回忆录》等诗都以爱的遗忘为主题。《那一年七夕》叙述一个人失爱的痛苦，以及对这痛苦的迅速遗忘，随后加速的爱和加速的遗忘。最后只剩下那个一直设法安慰失败恋人的叙述者对这爱的变形记惊诧不已。"只有我还记得曾有申诉者的痛苦银河／……／而今天，如果必须有人想起一些什么／那也是从记忆到遗忘的过渡／关于七夕，确实没有什么好纪念的。"《不曾相识》写时过境迁后恋人之间的陌生。"经过这么多年／你的梦比你更记得往事／我从未想过你的泪是假的／你长途跋涉的喜悦是假的／可是你却装作不认识我／这是我们终生的遗憾"。在这种情况下，叙述者虽然试图安慰自己，"或许你只是胆怯了／……／我还是相信／你在进食时的悲哀／你虽然不看我，却在心里想我／你极力逃避，却又想见我"，但终于还是明白了："誓约的一部分就是谎言。"她由此总结出的爱情纲领是:"只爱陌生人。"类似的悲剧几乎是恋爱的常则,鲁迅的《伤逝》对此已有深刻表现。爱情不但需要细心呵护,而且需要随时更新、成长,更为苛刻的是,需要双方同步地更新、成长。也就是说,双方只有始终保持同频共振,爱情的动力才能维持不衰。如此苛刻的条件几乎让爱情成为一桩不可能成功的事业。所以,聂鲁达说:"爱很短,遗忘很长。"《读一个人的回忆录》针对莎乐美的情感经历进行评论,表达的却是评论者在爱情中体验到的荒谬和空虚:"爱与性有时如此难以分辨 / 当每一次结合都是不可分割的一体 / 你忘记了这也是与永恒空虚的子宫调情 / …… / 一切爱都伴随着荒谬。没有什么可以不朽。"人们为了躲避空虚而逃进爱情("与永恒空虚的子宫调情"),爱情的不可能又使人们陷入荒谬。事实上,爱情的不可能是人性必须面对的深渊之一,并以其切肤之痛最醒目地昭示了存在的黑暗。

与爱的不可能主题平行发展的则是孤独的主题:

一个被遗忘的人开始透露自己的身世 / 他举起一只空杯子告别,最终却无处可去。(《微醉》)
所有人都只是单独的一个 / 然而,总有人在等他 / 从门口走进来,坐在空位置上 / 这是唯一能与我们一起悲伤的人 / 他搓着双手,惋惜过早醒来的梦 / 看到我们渐渐老去的父母 / 再也无法把故事讲下去。(《今天,谁来给我们讲故事》)
这个午后,她把双手晒了又晒 / 它们像两个走失的孤儿 / 互相抱紧,还觉得孤单太多。(《午后》)
经线压着纬线 / 互相契合,又处处隔离。(《编织品》)
一生所有,只是孤单的身体 / 只是疲倦而苦涩的心。(《在雾中》)
每一个人都是自己的陌生人。(《醉了的小提琴手》)
孤单的夜晚,我不写信 / 我只想抱住一棵树痛哭。(《存在》)

这些诗对孤独的体验可谓深入骨髓。《从一座房子到另一座房子》写了一个从寻找爱、寻找理解到习惯孤独的过程:"从一座房子到另一座房子 / 再也找不到一个熟悉的人 / 这是一个什么游戏啊 —— / 我们曾轮番躲在衣柜里 / 不出声,不让别人找到我们 / 一切爱所需的训练：看谁的孤独更持久／后来，我们忘记了要去找到对方／习惯了默默无闻地生活／宛如躲在一个大箱子里／然而，这一次是最后一次／我知道，你再也不会来找我／我们早已是没有名字的失踪者。"孤独是爱的反面，也是人之定义的反面，它是从人退化为甲壳动物："宛如躲在一个大箱子里。"当然，诚如诗人所说，孤独也是"一切爱所需的训练"，但是孤独一旦披上习惯的甲壳，人们就会用自私和冷漠来抵拒爱和理解，"忘记了要去找到对方"。在这个过程中，人们把自己制造成了失踪者。由于同样的原因，那个"唯一能与我们一起悲伤的人""再也无法把故事讲下去"（《今天，谁来给我们讲故事》）。孤独也因此成了苦难的同盟、爱和幸福的对手。《发明一个亲爱的》是孤独者与一个不存在的爱人的对话："发明一个亲爱的，即使只是一个／微小的人，我们可以告诉她／我们颠沛流离的一生，孤独的／一生，全是因为她／一个可以抱在怀里哭泣的人。"这样的诗只能是极端的孤独体验的产物。然而，诗人在诗末却话中有话地说："对于你，除了我们／已没有一处安全的地方／你没有别的机遇。你知道你是谁。"我想，诗人的意思是说，爱者与被爱者实际上是互相需要的，孤独者需要发明一个亲爱者，亲爱者也需要被发明或被发现。在真正的爱中，爱者与被爱者也是统一的，你／我既是爱者，也是被爱者。由此可见，诗人实际上从未放弃对爱的追寻。即使此身不在，你／我化身为小瓷像，爱者与被爱者依然渴望相认，"假如有人认出我，轻轻拍动瓷像／我会颤抖着说：是的，是我"（《我假装喜欢鲜花》）；即使置身地狱，那颗爱人的心依然鲜红如初，渴望安放，"弯曲，弯曲，黏土与蛛网／是不再防御的脊柱／他依然爱着那颗鲜红的心／却因无处安放而哭泣／但他没有一张可供辨认的脸／铁钩锁住早已消失的唇"（《地狱图》）。诗人一边悲悼"所有死亡都源于爱的死亡"，一边却坚执地认定"所有旋律，都在追随爱着的灵魂"（《遗失的旋律》）。她说"多年前的爱情对一生也已足够"（《旧城·遗忘之巷》），"除了无法阐明的爱／窗外摇曳的树，我们一无所有"。（《苦恼之夜》）池凌云无疑是一个悲观却坚定的爱的守望者。这样的守望者无论是在诗歌中还是在生活中都越来越少了。

　　在池凌云的诗中，从爱的丧失中发展而来的遗忘主题有一个普遍化和不断深入的过程,值得我们进一步分析。当诗人对于遗忘的考察从情爱领域逐渐向人们普遍的生存状态延展,她惊异地发现人之善忘不仅表现在爱情中,也表现在苦难人生的一切方面。

我们一直承受着灾难,却早已忘记 / 有多少人死于灾害。(《发明一个亲爱的》)

我听见颂扬之声。当我记录 / 只写下禁止和空白 / 河流的洞察,无声而缓慢 / 干涸与爱,遗忘与爱 / 这多么符合我们的本性。(《树或者河流》)

所有疼痛都会被遗忘。(《纪念一个死去的女人》)

我正在遗忘刚刚经历的灾难。(《经历》)

所有路过的人,都弹着遗忘的琴。(《时空维度》)

或者,我也将忘记我是谁 / 像探望一个老朋友那样回忆自己 / 某个难以度过的日子,难以忘怀的人 / 都不再重要。(《在夏天改写一首冬天的诗》)

遗忘,在这里实际上已经成为生活的日常状态。无论是对个人的疼痛还是集体的灾难,人们逃向遗忘,恨不得以罪犯逃离现场的速度,不怕更快,只怕不够快。为了更快遗忘,人们想方设法把疼痛和灾难非现实化,而庆幸"纠缠在梦中的一切都已消失"(《九月八日》),或者干脆"沉入深深的睡眠"(《沉入深深的睡眠》)。为了安全地活着,也为了摆脱心灵的重负,人们有时甚至主动求助于麻醉术,"一定要使用麻醉术,大夫 / 即使只是暂时的欺骗 / 即使一些病痛永远无法治愈 / 你要让她相信 / 日复一日,多少人依靠麻醉术 / 继续活了下来"(《麻醉术》),"这是一种新的处世态度 / 在确凿的光线中,像是另一个人的血液 / 流向别处。我丧失,却像在增多 / 这就是她的魔术,通向自由心灵的 / 道路,仍然畅通。碎掉的只是齑粉 / 一半现实竖立在我们中间 / 只需要今天,不要往昔 / 迟缓中的遗失就像是一次日落 / 走调的歌谣透过一扇厚重的门回响"(《迷醉心灵自由的麻醉师》)。诗人指出,借助麻醉和遗忘得到的"心灵自由",只能让我们得到一半的现实,失掉的却是救赎的机会。这所谓的"心灵自由"的实质是逃避承担责任,是心里的怯懦和思想的缺席。这样做的后果乃是美化和加强了心灵对苦难的依附状态,同时因为放弃未来而放大了苦难的力量。"我们一直承受着灾害,却早已忘记/有多少人死于灾害。"(《发明一个亲爱的》)正是因为对灾难的遗忘,"活着的人和死去的人并没有互相拯救"(《经历》)。事实上,遗忘是一个不断下沉的时间,而且拒绝"一切诗意的召唤"(《沉入深深的睡眠》)。诗人期望有人从这样的时刻"抬起头,像一个沉重的磨轮/转动,呼喊……获得自由"。她说:"我将与她一起醒来。"(《沉入深深的睡眠》)这是诗人对读者的邀请——诗人其实一直醒着,替我们在这艰难时代的暗夜里守夜,等待着她的读者。

由此可见,诗人虽然对爱的丧失、孤独和遗忘有锥心的体验,但她从未放弃对理解的寻求和希望。在对苦难的敏感程度上,池凌云与"完完全全从苦难中获得灵感"(保罗·奥斯特语)的诗人保罗·策兰存在可以类比的地方,但与策兰对理解的绝望("自称为'无人',然后给那些在精神上剥夺其作者身份的人写信,就如同在真空中进行言说,说出的话永远不会进入对方的耳朵"[1])不同,池凌云的诗始终是为理解而写。在一篇题为《为谁写作》的札记中,诗人写道:"玛格丽特·阿特伍德说,'亲爱的读者'是单数,第二人称,是一个'你'。作家写作不仅仅是要解决自己的困境,而是因为'你'","为'你'写作……她的曲折困顿,她经历的种种危险,你早已帮她承担。就像是一个拆开信件的人,在那一刻,它并不是落入别人的手中,只跟'你'有关,是'你'赢得她的芳心","她崇拜'你',她觉得应该把一切都交给'你'"。[2] 基于这种对理解的坚执,池凌云的诗无不包含着对"你"的热切期待,而且总是在与"你"的对话中展开和发展诗的主题。由此,池凌云把诗歌变成一门精湛的对话艺术。对话,于池凌云是作为对爱的丧失、对孤独和遗忘的反抗被引进到诗中的。诗人把自己的第一本诗集命名为《一个人的对话》,从中不难看出诗人的深

---

(1) [德]沃夫冈·埃梅里希:《策兰传》,梁晶晶译,中国台北:倾向出版社,2009年版,第130页。
(2) 池凌云:《为谁写作》,见池凌云博客 http://www.sina.com.cn/s/blog_489e5250010085bs.html。

意。然而,这一对话又被认为是属于"一个人"的,因而又具有某种虚拟的、否定自身的性质:它一方面表明诗人深知在走向理解的途中存在重重障碍,另一方面也暗示了诗人其实饱受孤独之苦。在那首诗集借为题名的诗中,这一虚拟的对话既可以看作诗人与自我的对话、诗人与诗的对话,也可以看作诗人与某个理想读者之间的对话——这一理想读者在这里被明确界定为一个女性。这一对话主题在《池凌云诗选》中得到进一步发展和深入,而其虚拟的方式也被沿用——这种方式可以说是属于孤独者的典型方式。《发明一个亲爱的》《你是有罪的》《阳台》是诗人与虚拟爱人的对话。诗人虽然声称"你并不存在",而且把自己对爱的期待说成是"给自己喂下毒,不辨是非"(这也是所谓"有罪"的内涵之一),但她仍然随时准备为奔赴理解而"出发",即使"这最后一击可以让我碎掉"(《你是有罪的》)。《阳台》表现了诗人对与自己一样"震惊于黑暗"的同道者的惺惺相惜之情,也是对理解的直接呼唤:"从他内心升起的苦闷哼唱/被我接纳……/而他的每一扇窗户都对着我/每一次咀嚼都在掏空我/他的嘴巴是一个大写的字母C/他乐于造成我的命运。"诗人把同道者之间的这种理解视为"一次暗中的飞翔",将"带我进入没有强烈硫黄味的居所"("硫黄味"暗示了现实的地狱性质),从而"获得片刻自由"。《寄信石家庄》《与Z说西藏》《在瑶溪,想起一位友人》《卵球,一种态度》《遗失的旋律》《谈论银河让我们变得晦暗》是朋友之间的直接交谈;《游船》《苦恼之夜》《玛丽娜在深夜写诗》《所有火焰和黑暗,所有深坑》《我今天只读两首诗》是诗人与希姆博尔斯卡、茨维塔耶娃、卡瓦菲斯这些精神上的同道之间的对话——这两类诗最典型地体现了诗人亲切动人、魅力四射的语调,这一语调的特征则揭橥了对话的深入程度。还有一些诗则可以看作诗人与读者之间的对话。《交谈》昭示了诗人与读者相互依赖的关系:一方面诗人所付出的,正是读者所收获的;另一方面读者也是造就诗人的人。《留下》则可以看作诗人留给未来的诗学遗嘱,或者对读者参与诗歌对话的邀请。尽管诗人对于对话的可能有所保留("房子等不到它的主人,/他们来了一群,又走了一群"),但重要的是始终对理解和对话心怀期待。这期待是关于诗的,也是关于未来的。

六

在池凌云的诗中,还有一个重要系列的诗是以诗歌本身为主题的。在这些诗中,诗人对诗与语言、诗与现实的关系,诗和语言的可能与不可能、诗人的职守、诗的作用和意义等诗学问题进行了深入思考。我们上一节讨论的对话主题其实已经涉及池凌云诗学的一个重要部分,这一节我们继续对池凌云诗学中的其他部分展开讨论。《语言与我》一篇可以看作诗人的诗学总纲。正如前文指出的,诗人认为写作的目的就在于抵抗沉默,为生活和苦难作证,"我抓住一个人说话,是为了阻止/沉默的树脂封住我的嘴巴。"同时诗人却又对言说的可能、语言表现现实的可能充满怀疑:"我能怎样说出我的困境?/词语不像我想的那样/被我亲近……/我以前所做的/只是一次次对着它的后脑勺叫喊。"然而诗人同时深知,一旦放弃言说,就意味着屈从于空虚的日子,屈从于坚硬、冰冷的现实:"给夜涂上颜料/再从起皱的旭日,把一个火球掏空。""为此,我将继续写下一个个词语/让它看着我一边嘲弄自己,一边哭泣着消失"——诗人一直在绝望中坚守,绝望然而绝不妥协。这一主题在《谁也不敢在黑暗中独自说话》得到忠实的回应:"坦率和勇气都不能/作为此刻你长久不变的证明/如果你决定用一生守护它们/你先要在黑暗中保持沉默,想明白/是不是真的要让某些事情发生/你是独自抑制黑暗的人/你为你将要说出的一切而活。""你是独自抑制黑暗的人/你为你将要说出的一切而活",也许没有什么比这两行诗句更能说明诗人工作的性质了:诗把现实从沉默中拯救出来,同时也为理解和对话创造了可能,由此在时代的暗夜中引进了一线星星之光,并以此守护"坦率和勇气"。《我曾这样写下文字》在诗人与诗之间展开对话。诗人作为诗的书写者,似乎是诗的主人,但实际上诗一旦完成,就脱离了诗人的掌握,它的命运完全取决于它和读者之间的遭际:"不同的人,造成你命运的千差万别。"在这首诗里,诗人对诗与现实的关系表达了一种相当乐观的看法:"你说'出航',让出海的生命充满了危险/你说'归来',无数悲痛的离别之人/再次获得重逢。"词在这里直接变成了现实。在另一处,诗人表达了词与诗人的亲密关系:"我熟知它们的命运/就像词,知道我的命运。"(《自然元素》)但在多数情况下,诗人并非一个乐观主义者。《在所有细节中》是另一首对诗与现实的关系进行思考的诗:"冰在融化,越来越少的词 / 在分裂。水和鱼 / 互相辨认缺氧的现实。"词试图通过自身的分裂、成长融化现实的坚冰,但诗的行为并不能改变现实的本质——缺氧的现实决定了诗的缺氧状态,也决定了语言的缺氧状态。水和鱼在这里既是诗与现实关系的象征,也是诗人和语言关系的象征。时间(现实的千面之一)在这里被视为"有毒的汁液",它不断回收开过的花朵,但诗人的事业就是冒险把它们从流逝中赎回:"但它们必须回到大地 / 在石头内部,炙热的晶体在成长。"然而,诗人并没有从这里通向一个廉价的乐观的结论。她接着说:"从一张折叠过的纸 / 从一个变小的句号,我来。你采下 / 它们,用枯萎的手 / 让收藏多年的黑发变灰。"显然,诗人认为诗的艺术并不能让美永葆光彩,通过诗歌之易于枯萎的手,我们只能采摘到黑发变灰的二手的美。这里,诗人对诗的态度可以说是相当矛盾的。诗人一方面信赖诗歌的救赎力量(正是这一信念给予她在苦难中坚守的勇气,因此这一信念与其生存的本质有密切的联系);另一方面她又深知这一力量的局限和在现实面前的无力。诚如奥登晚年所说,"诗不能使任何事情发生"。诗既不能改变人们受难的事实,也不能给受难者恰当的安慰,由此导致诗人对诗的作用和意义产生怀疑。这好像是诗人的动摇,但恰恰是这动摇让我看到了诗人的仁心与大爱。正如前文所说的,池凌云从来不是一个为诗而诗的诗人。作为一个忠于生活的诗人,她要求她的诗拥有一种温度(而不是体面的风度),能给苦难的人带去温暖。在另一首诗中,诗人写道:"微小的笔负担着寂寞和创伤 / 空无一人的道路在伸展 / 只有它们能理解,带刺的雨 / 玷污了最好的墨色。"(《存在》)对池凌云而言,诗歌是勇敢的承担,这承担既包括生命的寂寞和创伤,也包括自身的"空无一人的道路",还包括现实"带刺的雨"对"最好的墨色"的玷污、涂改、擦洗。在如此不利的情况下,依然坚持"说出一个弱小的词,给予怜悯 / 给予爱"(《九月八日》),并经由怜悯和爱的启示体会"那让我疼痛的,也在疼痛 / 那让我破裂的,自己早已破裂"(《树或者河流》)。这是心的力量,是有能力"使一颗石子变软的力量"(《不是火灾,是深渊》)。按照悲观论者的看法,包裹我们的皮肤就是我们的边界。但是依靠爱和怜悯的力量，诗歌最终得以越出这孤独自我的边界，战胜遗忘，走向人群，走向理解，走进人心。

池凌云不仅是一个忠实于生活的诗人，更是一个忠实于自己内心的诗人。忠实于内心，忠实于个体生命的体验，这可以视为其诗学的根基。如果诗歌对池凌云来说是一种内心生活，那么写作对她就是一个剥开自己、剥开灵魂的过程。在这一过程中，诗歌除去了自我的日常表象，而得以深入到一个没有身份、没有名望甚至没有知识的内在的、本真的自我。这就是池凌云的体验诗学的根本要义。她说："关于任何作品，唯一该问的问题是——'它是活，还是死？'"活的诗"不仅能诉说，还能倾听，甚至能伸出手，握住你的手"。[1] 诗之活需要诗人用自己的内在生命为它供给血液和温度。因此，诗的写作实际上意味着内在生命的额外支出与损耗："最深处的琴弦消磨我／我的血液绚丽缤纷。"（《醉了的小提琴手》）忠于存在的高昂代价是用血液支付的。《茧》对这一命题的探索达到了令人震撼的效果："安抚从内部开始，／凭着深处的柔软，你到达／……／一颗从未到达过的小心脏。／不知自己是什么／它抽雪白的丝／向着沸腾的水，挺立／剥开自己。""茧"的意义不在于把自己紧裹起来，躲进"仿佛没有寒冷"的"最后的安全地带"，而在于打开自己，变成丝（诗），给世界带去珍贵的、稀有的温暖，"当世界整个变成金属／一头蚕，变成琉璃糖／把自己打开"。忠于自身生命的写作就这样在沸水里献出自己。在这一过程中，诗人既然把自己深处的柔软暴露给世界，也就失去了任何保护，处于世界上最不利、最无助的地位。在这一地位上，只有读者能够保护诗人。正确的、充满善意和理解的阅读保护了诗，也保护了诗人，而错误的、粗暴的、歪曲的阅读就是对诗和诗人的侵害。这就是诗人为什么依赖读者的原因。保罗·策兰某种程度上就是被这种粗暴的阅读谋害了。诗坛对于池凌云诗歌的长期漠视也是对诗人和诗的一种蓄意伤害。诗人对此深有体会地说："美是万事中最难的事。"（《盲》）

作为一个成熟的诗人，池凌云在其诗作和诗学随笔中还提出了若

---

[1] 池凌云：《为谁写作》，见池凌云博客 http://www.sina.com.cn/s/blog_489e5250010085bs.html。

干独特的、与上述体验诗学密切联系的诗学命题,其中有三个命题特别引起我个人的共鸣,它们是无知、无名与饥饿。

"无知"是诗人第一个重要的诗学命题。长期以来,池凌云有意让自己的心灵保持一种"无知"的状态。她说"我至今不知道什么是正确的/除了生命的渺小/时间飞逝"(《与Z说西藏》),"你从来不知道什么是真实/什么是虚假/炫目的亮光/这世上有形的一切/你并不认识它们"(《盲》)。她甚至宣称自己"一无所知"。"我对黎明的色彩一无所知/可火红的炭火一直在内心喧腾/死去的贫穷的囚徒啊,那把铲子/只是一个梦,挖开是另一个梦/露出金属的指针和刀柄是谎言/是命运设下的又一个骗局:/鲜红的色彩使夜晚变得明亮/一把奇妙的匕首的全新的涂鸦。"(《一无所知》)在这里,"铲子"是被现代人奉为上帝的理性的象征。在信奉理性的人们眼中,它是一切知识的来源,但诗人却宣称它"只是一个梦",而人们依赖理性认识世界的愿望则是"另一个梦",由此获得的知识只是"谎言"和"骗局"。显然,诗人认为理性虽然有助于我们认识世界的物质性的一面,但它并无助于心灵对黎明的色彩的感知,也不能为我们提供关于内心喧腾的炭火的正确知识。与此相关,理性("铲子"和"匕首")对待世界的态度是狂妄的,因狂妄而故步自封。这种态度,正如里尔克所写的:"我怕人的聪明,人的讥诮/过去和未来他们一概知道/没有哪座山再令他们感觉神奇/他们的花园和田庄紧挨着上帝。"(里尔克《我如此地害怕人言》,杨武能译)一经这样的知识触及,万物便"了无声息","它们毁了一切的一切"。与此形成对照的是"无知"的态度,它是谦卑和开放的。借助于谦卑,借助于"不满","无知"向着人的全部存在,向着无限,向着巨大的神秘开放。这样的"无知"也是走向理解的起点。正是通过保持心灵的"无知"状态,诗人赋予了她的诗一种开放的、理解的力量。这一力量构成了池凌云诗歌完整的、贯穿始终的结构支撑。

"无名"是诗人第二个重要的诗学命题。写于2004年的《白色中的黑色》第一次提出了要从诗作中"擦掉我的名字":"我厌弃了这些在黑夜中写下的文字/它们曾与谎言并排放在一起/得到的耻辱比荣誉更多/我要在天亮之前/擦掉我的名字,与它们分开。"表面上看来，诗人要与自己的作品分开是因为"它们曾与谎言并排放在一起／得到的耻辱比荣誉更多"，但内在的原因是诗人认识到艺术的本质是"无名"的。在同一首诗中，诗人还写道："我只依靠默不作声的树／与消隐的生命交谈／路过的人谁也看不见我。"2009年的《雕刻者》进一步对这一主题进行了发挥："她诞生了，得到火的允诺／四肢运动协调，却无处可去／那个胸膛像竖琴的雕刻者／早已隐匿在另一块无名的大理石中。"这里诞生的、被赋予名字的是"雕刻"，而"雕刻者"在"雕刻"诞生以后就从作品中隐匿了、退出了。就诗学意义而言，"无名"有两层含义：第一层含义关联着诗歌写作的心理机制。"无名"在这里意味着诗人始终把自己作为一个"无名者"奉献于诗歌之前，创作被视为一种自我的让渡和献出，而不是占有。在这一认知中，重要的是诗被认为是高于诗人的，诗人只是那无数献身于诗的劳动者中的一员。重要的、无限重要的是诗，那具体的和总体的诗、完成的和未完成的诗。第二层含义联系着诗歌的阅读机制。基于"无名"的信念，诗人拒绝将诗篇据为己有，而只是作为一件被献出的礼物交给理解的，也就是阅读的过程。因此，"无名"也意味着诗歌作为纯洁的礼物被献给了同样的"无名者"。这样，诗歌就成为一曲由无名献给无名的理解之歌。正是基于这样的诗学信念，池凌云把她的第三本诗集的后记题名为"遥寄无名"。上述"无名"和"无知"的共同之处在于它们都坚守着一种低头进献的谦卑姿态，同时因这谦卑而向着无限之物和神秘之物开放。

"饥饿"是池凌云第三个重要的诗学命题。尼采曾说，艺术作品的审美价值主要取决于创造它的是饥饿还是过剩。池凌云对此深有体会。她说："事物因饥饿而存在，生命因饥渴而充满渴望。在饥饿中活着，这样的灵魂是轻盈的，适合与万物和睦相处。是饥饿使精神得以更新和延续，这一切就像在说：真正的言说之力——是无声，是对一切饥饿之源的真诚和无私的爱。"[1]在诗人看来，出于饥饿的写作才能成为有尊严的写作，出于过剩的写作只能流于消遣。但是我们随处见到的写作都是过剩的产物，出于饥饿的写作在当代诗歌中少之又少。

---

(1) 见《池凌云诗选》封底说明。

在《池凌云诗选》后记中，诗人引西蒙娜·薇依的话："若无辛劳，若无源于辛劳的饥和渴，任何同民众相关的诗歌都是不真实的。"正如前文已经指出的，池凌云的诗歌正是那种源于"辛劳的饥和渴"而与民众相通的诗歌。诗人从自己的饥饿和黑暗时分出发，终而理解了民众的饥饿与黑暗，也理解了存在本身的饥饿与黑暗。

在池凌云的上述诗学命题里，透露着诗人对于诗歌的一种独有的虔敬意识。我认为正是这一意识把她和大部分当代诗人区别开来，成为我们这个时代一个孤独而醒目的存在。当代诗歌中的这种虔敬，在海子、骆一禾、戈麦、昌耀相继去世以后，已经趋于绝迹。诗歌的轻佻化、游戏化成为时髦，固有的功利化变本加厉——诗歌的马车便一意孤行地在名利的康庄大道上奔驰。池凌云选择的却是一条泥泞的、充满艰辛的道路。但也许泥泞和艰辛才是诗歌的正道，而人人趋之若鹜的康庄大道也许恰恰是歧途。池凌云以她特有的对诗歌、对爱和幸福的虔诚，为我们构筑了当代诗歌的另类风景。

七

在当代女性诗歌中，池凌云的诗是一个需要我们认真辨识其意义的标识性的存在。如果我们把舒婷、傅天琳等视为中国当代诗学意义上的第一代女诗人，翟永明、伊蕾、海男、张真、虹影、唐亚平、陆忆敏等为继之而起的第二代女诗人，那么池凌云、周瓒、沈木槿、金铃子、宇向等出生于20世纪60年代中期及以后的女性就属于更新一代的女诗人。与第一和第二代女性诗人相比，池凌云这一代女诗人并不以强烈的女性特征引人注目。她们进入诗歌的方式不是女性的，而是诗性的。这是一个意味深长的转变，它悄然改变了或者说重塑了当代女性诗歌的面貌。这一事实所蕴含的文学史意义在不久的将来会清楚地显示出来。

无论是舒婷、傅天琳等一代女诗人，还是翟永明、伊蕾等一代女诗人，都具有鲜明的女性特征，虽然这女性特征的表现相当不同。舒婷那一代女诗人具有强烈的社会意识，对社会问题的关注远甚于对女性问题的关注。但这并不说明她们缺少性别意识的自觉，或者她们的作品缺少女性特征。这一代女诗人的女性特征和女性意识并不表现于她们对女性问题的关注，而表现于其诗歌的风格意识和美学特征。无论是舒婷还是傅天琳，都有意识地强化了其诗歌风格的女性特征。这一以温柔、含蓄委婉为主要特征的风格意识既是其诗学写作的基础，又是其在阅读层面上美学吸引力的主要来源。在一个缺乏温情、性别意识受到严重压抑的社会环境中，被刻意强化的女性温柔既是社会意识上的抗争，也是美学上的挑衅。它所引发的后果几乎是可以预料的：一方面是来自官方的僵化美学的激烈批判，另一方面是来自年轻一代的热烈倾心。在很长一段时期内，舒婷对年轻一代读者来说，不仅是活着的缪斯，也是爱情的教母——无论是对男性还是女性读者都是如此。就像欧洲的浪漫小说教会包法利夫人向往爱情一样，舒婷的诗也是针对当时读者的一种情感教育，让他们学会人的感情，学会爱一个人——舒婷诗歌的这一情感教育的功能恐怕直到现在还在发挥作用。

翟永明、伊蕾、海男、唐亚平等一代女诗人的社会意识有所减退，代之而起的是对女性问题的敏感。这一敏感带来了两个后果：一个是对女性命运的所谓"黑夜意识"。在这一意识的聚焦下，女诗人们对女性命运、女性身体都有一种又怜又恨的矛盾和怀疑心理，在文本上则呈现为意义、情感、风格的复杂性，而失去了第一代诗人身上特别招眼的那种单纯性。另一个是作为与男权意识相对立、相抗衡的女性权利意识的凸显。这一意识体现在诗歌美学上，便是对第一代女诗人的温柔美学的颠覆，代之以一种挑衅的、强悍的、咄咄逼人的甚至有几分男性化的豪放、粗犷美学。第一代女诗人的温柔美学竭力表现女性的柔弱、深情和奉献，而第二代女诗人则刻意表现女性的苦难、神秘和力量，以之与男性的力量相抗衡。伊蕾写于1985年的《黄果树大瀑布》可以视为这一豪放美学的代表作："把我砸得粉碎吧／我灵魂不散／要去寻找那一片永恒的土壤／强盗一样去占领、占领／哪怕像这瀑布／千年万年被钉在／悬／崖／上。"伊蕾的《独身女人卧室》《你不来与我同居》都具有这种咄咄逼人的挑衅性。翟永明写于20世纪80年代的《女人》《静安庄》《死亡的图案》也都打上了这种豪放美学的印记（翟永明在20世纪90年代以后的诗歌风格所有变化和丰富，这是后话）。

从诗学角度来看，无论是舒婷一代还是伊蕾、翟永明一代女诗人，都没有完全摆脱将诗歌工具化的倾向，观念或者说身份意识在她们的诗学中占据了一个相当重要的位置。这种身份意识（舒婷的"一代人"身份，翟永明、伊蕾的女性身份）某种程度上妨碍她们进入更本真的存在。对舒婷那一代的女诗人来说，诗歌是表现其社会意识的载体；对翟永明、伊蕾她们来说，诗歌则是表现其女性意识的载体——这类意识固然以其切身的经验为依据，但也难免被一种以国际化面目出现的时髦思潮所诱导。这在某种程度上造成了其文本的悬浮状态——文本化的经验和诗人、读者的切身经验存在某种隔膜和间离。也就是说，这两代女诗人的诗学中都有相当的社会学成分——其主流的诗学倾向，也许我们可以分别称为社会诗学和女性诗学。两代诗人在社会学关注点方面的差异及文学进化论的潜意识也造成了两代诗人之间诗学关系的紧张。这种紧张表现在写作上，也表现在批评上，甚至延伸到诗人的人际交往中。

池凌云这一代诗人的诗学出发点已与前代诗人大相径庭。显然，生存经验的变迁和文学经验的积累（这种积累当然离不开前代诗人已经做出的探索和贡献）使她们得以拥有一种更为开放的心态。无论是对舒婷一代的社会诗学还是对翟永明、伊蕾一代的女性诗学，池凌云这一代诗人都有所吸收，同时也有所保留和警惕。比起前代诗人对社会问题和女性群体的关注，池凌云一代诗人更加关注个体的、具体而日常的生命体验（而不是空泛的经验，更不是理论、观念的图解）。她们关注社会，但并不像她们的前辈一样试图寻找到某种社会学方法一劳永逸地解决她们面临的困境。在处理与男性的关系上，她们扬弃了第二代诗人那种对抗、对立以至敌视的思维定式——她们意识到，在一个不合理的社会里，受难的不仅是女性，也包括男性；对女性问题的解决，必须同时包括对男性问题的解决，否则便没有成功的希望。对她们来说，姐妹情谊固然重要，但这种情谊不应该成为排斥某种兄弟情谊的理由。与其说她们关注女性问题，毋宁说她们更关注人的问题——她们从个体的生命体验出发，关心人生的整体，也关怀人类的全体。由此，她们把前代诗人的社会诗学、女性诗学发展成为一种新的体验诗学或者说存在诗学。她们关注的诗学焦点也由诗和社会、诗和女性的关系转向了诗和诗人、诗和读者的关系。池凌云无疑是这一代诗人中杰出的代表。我认为，正是池凌云这一代女诗人完成了女性诗歌由女性而诗歌的重要的意识转变。这一转变在周瓒身上表现为其诗学路径在20世纪90年代和21世纪之间的某种转向——其标志性的成果即为完成于2001年的《黑暗中的舞者》。对于池凌云，这是一种更为内在、起源更早的倾向。就个人的经历而言——"娃娃亲"加诸个人身心的伤害，失败婚姻的惨痛经历——池凌云更有理由加入抗议者和控诉者的行列，但她没有。她选择做一个爱者，原谅了所有这些加于个人的伤害，为所有被伤害的人，甚至伤害过她的人歌唱。她关心的问题比所有这些伤害更大，比个人的幸福更广，也比生命更长久。她的心，比一个受伤的女性更悲哀、更柔软，但也更坚强——她所承担的是人世间所有的痛苦、悲伤和辛劳。她渴望拥有一颗广阔的"宇宙之心"，它"大过所有的心"，"但这颗巨大的心时刻都眷顾着最弱小的心"。[1] 她为无名的受难者、为甘地等所写的诗足以说明其关心社会的深度和广度；《游船》《苦恼之夜》《谈论银河让我们变得晦暗》《无尽塔》《流水没有带走光芒》《自然元素》《石头比从前更是石头》《盲》《安慰》《在雾中》《春天的所有安排》《一无所知》等诗则表现了其深沉的人性体验，并向着宇宙生命打开爱与怜悯的心灵，其中包含着真正的神秘；《真正的树》《到一棵树中去》《阔叶林与针叶林》《赞美》《还给树木》则呈现了另一种亲切的自然体验……其诗歌关怀的广度和深度在当代女性诗歌中恐怕都是鲜有其匹的，其诗歌风格和美学风貌也因之呈现出女性诗歌少见的丰富性。

当然，这种对存在的广阔关怀并不妨碍池凌云的诗歌仍然呈现出一种可贵的女性特质。然而，其表现的形态和方式都发生了改变。实际上，所谓诗歌的女性特质在池凌云的诗中被赋予了更为丰富的内涵。它不仅是舒婷所理解的温柔风格，也不仅是翟永明、伊蕾所抱持的反抗美学。它包容了温柔，也包容了反抗，转化为一种更为深沉的

---

[1] 见《池凌云诗选》封底说明。

情感——一种基于女性的特质而又超越于女性的爱。池凌云的诗虽然对男性读者开放，但在多数情况下，其诗歌的隐含读者仍然是女性。这也足以说明，女性问题仍然是诗人一直悬心的重大问题。她说："仙女与天使是一对姐妹。当所有姐妹都安静下来，我只想歌唱，哪怕没有一个字可以唱给她们听，我也想歌唱。"[1]但显而易见的是，女诗人不再简单地把男性视为女性不幸的根源。诗人意识到，这一不幸的根源有更为深远的历史的、意识的、制度的、现实的原因。更重要的，她意识到一种敌视的、仇恨的情感不能引出任何积极的成果——幸福。女性的幸福和男性的幸福，只有建基于爱的基础上。说到底，那种抱怨的、愤怒的、仇恨的情感，在把男性恶魔化的同时，也把女性自身贬低为恶的渊薮，在吞噬对手的同时，也在吞噬自身。在《一个人的对话》中，诗人写道："你是否使用了眼睛／让男人来到世界，骗取他们的爱？／我因为惊奇，张开眼睛／他们在同一个时间到来／露出白色的肋骨和闪光的皮肤／美和善行有了新的形式／我闻到与自己不同的气味／他们在另一个人身上寻找我的影子／他们都在哆嗦，失去了知觉。"在这里，男性被视为"美"和"善"的形式，而不是一种剥夺性、侵略性的异己力量。归根结底，女性的幸福和男性的幸福是一个不可分割的整体。两性之间不应该是一方征服另一方的战争，它实际上是一个能否爱、如何爱的问题。如果以战争的眼光来看待两性问题，这场战争难免会旷日持久、永无休止地进行下去。只有改变这种看待问题的方式，两性关系才有可能在新的基础上获得改善，或者说才有建立起这一关系的新的可能性。这是另一个艰难的意识转变。基于此，池凌云对所谓的女性意识也多有反省。在写于2004年的《我注视过她的眼睛》中，诗人一方面同情女性的命运，另一方面又对"反叛"的合理性及其后果表示怀疑，认为它只是加速生命的焚烧（"众多姐妹中的一个，体弱多病／我听到她呼痛／血液在皮肤下受阻／反叛的红药水加速了暗中的焚烧／她抚摸身体上无法褪去的瘀青／'这是昨天留下的'"）。在诗的结尾处，诗人委婉地批评了这种盲目的反叛，称之为"迷途"："我记得夜色中的鸽子仍是只聪明的鸟儿／可现在她们不

---

(1) 见《池凌云诗选》封底说明。

再认得归途。"池凌云关于"仙女和天使是一对姐妹"的说法,同样饱含深意。仙女和天使代表了诗人的人性理想,这一理想在第二代女诗人那里曾经遭到广泛质疑,但在池凌云身上,它并未失去吸引力。仙女是东方的,天使则来自西方,但她们都诞生于人性的需要。诗人试图在共同的人性基础上,把两个来自不同地域的姐妹结合为一个爱的家族。正如上文已经指出的,诗人认为诗歌的技艺就是爱和怜悯:"你如果歌唱,你的技艺需呈银白色/对生长的树给予怜悯/是啊,所有的树都铺成闪光的阶梯/我的歌谣唱到天使/她们穿着美丽的长裙/眼神柔和,就坐在穷人身边/月亮映照他们银色的汤匙。"(《一个人的对话》)与第二代女诗人普遍的绝望心态不同,池凌云没有放弃对未来和幸福的希望。尽管她告诫年轻的姐妹"这是幻想/我要她发誓不要显露口音,不能歌唱",但她仍然坚信生活是值得的,也不缺乏希望:"她就要伤心了,然而她会有属于自己的一天/会飞走,会有自己新的发明。"(《一个人的对话》)。这种在苦难的阴影下对爱和希望的虔诚和坚执,正是池凌云诗歌中最为感人的东西。

  池凌云是少数几个让我产生敬意的当代诗人。弗罗斯特曾说:"诗之永恒就如爱之永恒,可以在顷刻间被感知,无须等待时间的检验。"[1]从池凌云的诗中,我相信自己感到了这种永恒,并且在它们的撞击下受到了弗罗斯特所说的"永远都没法治愈的创伤"[2]。我承认,正是这种被击伤的感觉,促使我写下了这篇冗长的文章。■

---

(1) 弗罗斯特:《艾米·洛威尔的诗》见《弗罗斯特集》,曹明伦译,沈阳:辽宁教育出版社,2002年版,第916页。
(2) 同上。

发明一个亲爱的　　池凌云研究集

> 总有一天，我将放下笔
> 开始缓慢的散步。你能想象
> 我平静的脚步略带悲伤。那时
> 我已对我享用的一切付了账
> 不再惶然。我不是一个逃难者
> 也没有可以提起的荣耀
> 我只是让一切图景到来：
> 一棵杉树，和一棵
> 菩提树。我默默记下
> 伟大心灵的广漠。无名生命的
> 倦怠。死去的愿望的静谧……
> ——池凌云《黄昏之晦暗》

一

最初读到池凌云《黄昏之晦暗》那一瞬间，我知道我所听到的是一个成熟诗人值得信赖的声音：人到中年，激烈而绝对的氛围消散了，她开始懂得"伟大心灵的广漠"，不只是生命变得广阔，"广漠"亦包

通向"未写之诗"的写作
——池凌云诗歌导读 ※

耿占春

※ 原载《扬子江诗刊》，2018年第6期。

含了一切有点"漠然"的物性与情感属性,就像南方常见的杉树和具有宗教意味的菩提树,此刻它们是等值的,属于广漠世界的诸多事物之一,与个人存在、情感关切或切身需要无关,现在诗人"只是让一切图景到来",让一切存在的事物存在,她由此而得以抵达一种谦卑:"我默默记下。"事物的工具性渐渐地消退了,她开始感受到"生命的倦怠"和"愿望的静谧",开始接受一切晦暗的事物或一切事物中的晦暗。然则她接着要说,"而我的夜幕将带着我的新生／启程",向着黄昏之际的天空——

而它终于等来晦暗——这
最真实的光,把我望进去
这难卸的绝望之美,让我独自出神。

天空的晦暗变成了令人出神的"绝望之美",对诗人来说,随着对"享用过的一切付了账",一切事物的物性发生了改变,一切词语的明亮词性也犹如进入晦暗之处,甚至看起来犹如词性发生了转移、可逆性或颠倒。

伴随着"不再惶然"的中年体验,词性的转移、可逆性或颠倒在池凌云诗歌里如同一个意义谱系或意义光谱的系统转换,不惟"广漠"被赋予了"伟大心灵","沉默""寂静"的意义也扩展着一种幽暗的力量:"沉默"向"忠贞"发生了位移,"她所承载的巨大的沉默／使她看上去更加忠贞"(《布》);冬天里的野花也使"漆黑"和"死寂"发生了语义移位,"漆黑的风,给死寂的呼吸／以庇护……"(《野花》);"如果我还能低声歌唱／是因为确信烟尘也能永恒,愁苦的面容／感到被死亡珍惜的拥抱。"(《寂静制造了风》)"烟尘""永恒""愁苦的面容"是"死亡珍惜的拥抱",词性—物性发生了语义转移,词性的明亮进入了意义丰富而晦暗之地,或许因为诗人感受到"空中遍布／凡事皆可忍受的灰色"(《另外的空椅子》),一切互不相容的事物以迂回的方式反身进入对立的事物。曾被词与物的单义性孤立起来的对象,渐渐地与"广漠"晦暗的环境融合,犹如"另外的海",记忆的"冷酷"也能够被另作他解。

> 它与我熟悉的海一样
> 充满秘密。要收留那么多
> 温暖的事物,需要一颗
> 巨大而冷酷的心。而人们
> 喜爱它一次次突破极限
> 给流逝的一切以价值。
> ——《另外的海》

再一次冰火相容,诗人比黑格尔更精通辩证法,面对并欣然接纳各种生存悖论,诗人是新纪元物性论的论述者,是词性—物性之秘密更替演变的知情者,她只能在转义中确认事物,在事物的转义中重新确认词与物的关联。因为她精通"残缺已成为事实",熟知情感不纯的属性,如《你日食》中所说,"你的黑灰不再炫耀火/而灼烧和死寂都是我们的天赋"。她说,"我只想走向那未知的疆域",如同《黄昏之晦暗》的一次变奏。

在一首题目取自巴赫曲名的诗作《雅克的迦可琳眼泪》中,她如此写这种技艺的奥秘及其无法道尽的寓意——

> ……他们的笑容
> 都有挥向自己的鞭痕
> 这痛苦的美,莫名的忧郁
> 没有任何停顿。
>
> 只有白色的弦在走动
> 它们知道原因,却无法
> 在一曲之中道尽……

如果这痛苦的美中有着"挥向自己的鞭痕",那么走动着的"白色的弦"就是那根鞭子,"它们知道"却无法"在一曲之中道尽",因而诗人在一个时期内所有的诗都意味着同一首诗的变体。《笛子呈现》正是这一点的体现,"它们如何引着锋利的小刀/让自己变得圆润光滑／吹奏的人与聆听的人／用声音相见。就像水和水波／之间的震荡",而诗人之所以说"所有技艺都是神圣的",不仅因为它是已流传了数千年的"仪式",是"吹奏与寂止"的"绵绵无尽的涌泉",还因为"它为美的旋律燃焰,却无法／为全部受难饮尽鸩酒"。诗人的技艺无法消除痛苦,却能够以语义的移位使痛苦发生转义。在《夏天笔记》里,诗人写道:

这么多技艺,我只学会一样:
燃烧。

为了成为灰烬而不是灰
我盘拢双膝,却不懂如何发光。

我即将消失,你还要如何消耗我?
火焰已经很少,火焰已经很少。

又是被赋予了新的词性与物性的"灰烬"与"火焰",灰烬指向很少的"火焰","痛苦"变成了一种技能,并向"燃烧"、向"消耗"或耗费发生了语义移位,呈现出因处于晦暗之处而开始变得广漠的中年经验。

二

明亮的事物或事物的明亮,终究不是我们所能够承受的,池凌云在《谈论银河让我们变得晦暗》中说,"流动的光,最终回到黑色的苍穹／……某一颗星星的冷,由我们来补足"。

在大气层以下,我们的身影更黑
或许银河只是无法通行的游戏
看着像一个艰涩的嘲弄

它自身并没有特别的意义。

毫无疑问,"银河"曾经拥有古老的神话传说所赋予的物性,闪烁着神秘的意义之光,然而诗人知道"这样的人间早已无可追忆"。事物的古老物性已经在不一样的人间枯竭了,在当今世界,不惟银河,从古老世代里幸存下来的一切事物曾经拥有的意义,都"像一个艰涩的嘲弄",让我们自身的处境也"变得晦暗"起来。

这一暗含艰涩嘲弄的智性音调在较早时候的《交谈》中已经呈现出来,伴随着某种遗留些爱意的理解和明显的揶揄,"此刻,我伸出的手是一个独立的省份／是否已握住你?"

> 我信赖这种支付方式
> 当一个人得到,另一个人必须付出
> 我看见土地干裂,犁铧淌尽汗水
> 燕子失去整个家园
> 而你的周围鲜花开放,河水暴涨
> 世界将因此得到平衡。

当她肯定地说信赖这种"支付方式",并且世界因此得到"平衡"之时,"看见"这一行为所呈现的却是一个具有极端讽刺性的图景。因而她接着说,"我在这个安静的下午／反复诵读古老的训诫……却在深夜为自己辩护:／部分河流并不流向大海"。对诗人来说,唯一具有确定性的是增长着的对人性与物性之晦暗的理解力。这已是2005年的诗人,最抒情的时刻也莫过于《你的生日》的书写:"……那一直在风中回响的庭园的模型／不是你期望的爱。但我们／一生都得靠着它。"如同《交谈》所呈现的图景,风中的"庭园"与"土地""犁铧"、燕子的"家园"……都在值得"信赖"的"支付方式"中改变了物性,随之而来的是情感属性的语义移位,我们生活的世界将因此得到一种讽刺性的"平衡"。

池凌云诗歌中有着如此之多痛彻心扉的感受,似乎唯有《迷途》的时刻能够获得一丝喜悦——

她所钟情的快乐和痛苦,
投向山影和树荫。
树林已经成型,远方的山峰
默不作声。一份难言的感动
让我频频回头。我喜欢
这秋的色彩,金黄的稻穗
因饱满而弯腰,被拥在世界的怀中。

这是池凌云诗歌越来越显得稀有的时刻,"钟情""感动""喜欢"似乎只能出现在物性保持着它们古老的样貌之时。然而生活世界急遽变化的进程早已篡改了一切事物的固有属性,能够追溯的经验是《从一座房子到另一座房子》,"再也找不到一个熟悉的人",童年捉迷藏游戏发生了转义,"一切爱所需的训练:看谁的孤独更持久",这个不让对方找到的快乐游戏变成了"我们忘记了要去找到对方／习惯了默默无闻地生活……";能够追溯的记忆是《安息日》里写给无法安息的主人公的低语,是一个人的疼痛与群体遗忘,还有日益富裕时代里快速被消费的新闻,一个亲手杀死四个子女的绝望农妇(《阿姑山》),如今被人遗忘最快的不是故事而是新闻,以及未能成为新闻的现实的晦暗;能够追忆的是一场葬礼,《我腰系一根草绳》,"现在,我已经是火的女儿了／我跟随你的节拍。你敞开的／脚步,沉默的声音／在疾驰";能够听见的是诗人无可奈何地知道《所有声音都要往低音去》,如同"露珠与泪珠都沉入泥土／一切湮灭没有痕迹。"唯有——

盲人的眼睑,留在我们脸上
黑墨水熟悉这经历。一种饥饿
和疾病,摸索葛藤如琴弦。

茫然无助与黑墨水、饥饿疾病与琴弦,即痛苦与艺术再次交织在一起,痛苦本能地向一种技艺寻求救助。但却"无人能真正／接近那悲怆"——"给那冒烟的嗓子眼一滴水","那轰响的钟声,在空中。／

我们的沉默在燃烧。在大海中／翻掘，辨认"。(《另一个》)的确，没有人能够"为全部受难饮尽鸩酒"。

就像池凌云在一首书写茨维塔耶娃的诗章中所说，"没有魔法师"，没有"与大海对话的人"，直至"一百年后也没有"。而言说产生了它晦暗的语义学的反面，此刻诗人就是这个与大海对话的人。在需要"驱魔"或"驱邪"的时候，人们采用的是相反的法术，那就是遗忘或遗弃。"有一些疾病／需要赶走灵魂，躯体才能健康。"

> 我一次次赶灵魂，不去看比我更痛苦的人。
> 看到他们，我的痛和孤独会加深。
> 而我能承受的已经有限。我关闭自己
> 测量这卑怯……骤然而来的沉默。
> ——《赶灵魂》

存在着一种被人们认为是确定性的与客观性的"现实"图景，那就是遗忘或遗弃、沉默与卑怯，它们加深了饮尽鸩酒之人的疼痛与孤独。在这一现实中，物性与语义、词与物在一个封闭的关联中循环，如同话语及其语义的生成力量已经终结。此刻诗人不无伤痛地承认，"没有人知道我的贫乏：／难以完成的／苦涩的'有限的爱'。"与痛苦、疾病、腐朽、溃败、死亡对应的是《麻醉术》，"试试曼陀罗花做成的蒙汗药／试试吗啡，或者乙醚／大夫，那么多人正在忍受痛苦／这可是你的职责，给她镇痛／让她感到痛苦真的减轻了／相信坏死的组织已经切除／伤口并不深，而且正在愈合"。麻醉术不是让病痛的生命发生转义，而是任其在无感知状态下溃败与死亡，诗人不无讽刺地说，或许"幻觉也能挽救生命"。然而喜剧性的场景出现了——

> 如果小丑没有出现
> 我会相信一切都是真的：
> 有一种新生，只需涂上颜料——
> ——《是谁点燃道路两旁的火把》

三

诗人寻找的既不是"赶灵魂"的古老法术,也不是现代"麻醉术",她一直在锻造语言的转义,以便让生命与现实在更为广阔的意义网络中得到呈现,犹如穿过街巷《寻找一间打铁铺》的时刻——

一定有一间打铁铺隐藏在那里,
铁匠们在用大铁锤狠命敲打烧红的铁器,
那火红的解冻层
原先是铁浆,后来露出锋刃——
一把刀慢慢成形。

对诗歌技艺来说,同样存在着语言的"火红的解冻层",将"铁浆"转换为"锋刃"。这意味着让语言回转至自身的晦暗地带,如池凌云的另一首诗中所说,"我的道路也在悄悄回转","这守护光明的柔软的黄金/轻如羽毛的叶瓣与火焰共舞/这古老的深海之殇,退守的/终点,让一切死而复生"(《海百合》)。认识论与逻辑学往往通过语言的概念体系确认世界的既定秩序,诗歌的技艺与修辞学则要去除一切不发生转义的事物及其秩序。而《手珠》则是对这一古老技艺的另一种表征:或许诗人的每一行文字都将成为"手珠",手珠向语言文字发生了语义移位,"每一颗都是望向虚空的目光凝结/漆黑,明净,给未成熟的仙境/以圆润的果实"。

我不再惊讶于它能改变血液
像种子一样生长。我相信
一颗碎成两瓣的珠子能愈合。
如不能依靠它,我最终也能独自完成。

能够"改变血液"的物性被隐秘地赋予了语言与写作行为,就像话语活动获得了一种治愈性的物质力量。在池凌云的诗中,有不少篇章转义式地涉及诗人、语言及其写作行为自身,在他人的书写或表达中完成一种自我认知。《玛丽娜在深夜写诗》意味着诗人相同的处境，"在孤独中入睡，在寂寞中醒来"，"把暗红的炭火藏在心里／像一轮对夜色倾身的月亮"——

> 可是你知道黑暗是怎么一回事
> 你的眼睛除了深渊已没有别的。

在池凌云的诗中，黑暗、漆黑、沉默、孤寂、衰败、死亡……涌动在语言的深层，而在这晦暗重重的中心，则是灼热的火焰透过黑暗的深渊发出的光焰，在这一力量最微弱的时刻则是燃烧与灰烬或闪烁着微光的余烬……或许，她的语言就是这二者的熔体。她的诗章就像语言与沉默、爱与伤害、生命与衰败的一个熔体。

在《殇——致大提琴演奏家杜普蕾》一诗中亦蕴含着同样由转义所引发的自我阐释行为，其演奏技艺中也携带着同样的"暗红的炭火""改变血液"的物质力量或灼人的"火红的解冻层"："带着你的殇，我独自穿过／四月的晚风……仅有的翅翼／供我们重返灼烧之焰"——

> 我在你患硬化病的手中回旋
> 对痛的启发，让我
> 伏倒在一个重大的颓丧里
> 你这短命的天才，向每一个密闭的
> 房间，供奉我的姐妹
> 喑哑生活的乐器！

或许，艺术——"喑哑生活的乐器"的最终功能就在于迫使生活世界发生转义，在"对痛的启发"中，在对物性的新的阐释中释放出改变了的词性，以至于"我终于可以／感谢这绝望的日子"，直至从这一技艺中"传来赞美的哽咽"。诗艺在事物的转义和语义移位中发现了几乎能够与"现实性"相抗衡的力量，成为自然法则与历史命运的一个常常败北又不断返回现场进行博弈的完美对手。最终，艺术在没有宗教与神学的历史语境中对生命发出了"赞美的哽咽"。

> ……但她并不是只在远方歌唱
> 不是万事已休。从序曲
> 到最后，她说，"夜啊。"——
> 谁能接过那变暗的灯笼？
> ——《密语》

池凌云在《密语》中书写的阿赫玛托娃亦是这种艺术镜像之一。诗人就是这一技艺的传灯人，"变暗的灯笼"不惟诗歌技艺，也是幸存方式，池凌云在此质询的是：一个死于1966年的人，如何"继续活下来"？这意味着通过修辞学的诗艺能够在何种意义上改变逻辑学的现实；不惟"难愈的伤，也要在火中熔化"，与之同时"我听到火的欢唱……"，这一"听到"意味着新的物性论、新的有灵论是语言人文主义的一个传统使命。犹如诗人再次重申这一语言学的立场："灼烧和死寂都是我们的天赋。"

铁匠的锻造技艺、退守深处的海百合与珠子弥合分裂的本能，池凌云的诸多诗章通过阐释新的物性使之发生语义移位，并由此重新建构了词与物之间富有现代意味的可感性联系，它意味着对个人体验与人类经验的一切外部理解都有必要参照诗人所提供的这一转义范式。即使事物的转义不能取代某种自然现实，也将成为现实性的一个对等物。在另一层面上，无论是大提琴演奏家杜普蕾还是诗人阿赫玛托娃，抑或是《游船》上"像一个心怀歉意的女神／让水从身边安静地流走"的希姆博尔斯卡，都是诗人的自我镜像。但她却说：

> 此刻，奔涌的大海
> 正回到一滴安静的水。
> 没有一首歌属于我！

这意味着池凌云虽然总是写到她所心仪的诗人，尤其是那些受难的具有圣徒气质的女诗人或女艺术家，但她深知镜像毕竟仍不是自我,她的勇气在于坦诚告白,"没有一首歌属于我"。这是因为,在语言的锻造中,在语义生成的过程中,"转义"优先于任何一种业已铸成的艺术作品,就像语言"火红的解冻层"优越或已迟钝的"锋刃",艺术动机永远超越于它的形式化结晶,语言的不确定、未完成性与意义的生成性力量超越于语言的固化形态。转义修辞学既通过建构词与物的新型关联生成意义,也通过否定性进行言说。在当今社会的历史语境中,转义修辞学是任何一种冒神圣之名或世俗宗教激进主义思想方式的抵抗者。诗歌始终支持与深化着这一启蒙思想的未竟之业。转义不是感知方式与认识论的一个历史阶段,而是一种永无终结的生成性力量。正因如此,诗人提醒自己保持着谨慎的独处,以便让不断更新的写作最终通向一首《未写之诗》——

> 一首未写之诗让我愈加孤独
> 我独处,是为了与它在一起。
>
> 我还未开口,就为它哑默:
> 一种死亡,需要一具躯体
> 来完成。一种易逝的爱
> 需要持久的伤害来照亮。
>
> 我摩挲留下的事物
> 伴一根金黄的稻草起舞
> 替它衰败,却从不曾
> 真正得到它。■

发明一个亲爱的　池凌云研究集

> 一种永恒的语言，没有我也没有你，只有他，只有它，你看到了吗，只有她，这就是全部。
>
> ——保罗·策兰

一、脸

池凌云的创作是中国当代诗歌中的一个现象级的存在。短短几年之中，她的诗歌被发现、被传播、被研究、被颂扬。有人听到了她诗歌中的挽歌曲调；有人称颂她对诗歌的虔诚，对压抑现实的毫不矫饰的摹写；有人迷惑于她诗歌中魔法般的语言；有人指出她迥异于前代女诗人内在的声音：在浓郁的低声氛围中间隙性绽放的高音，让她比绝大多数女诗人更难以定位；有人则看到她在谦卑中诗歌品质的极度自尊，惊诧于一个来自远离文化中心的小地方诗人对诗歌核心的一次次卓越的逼近；有人则看到了她诗歌中的宗教感，对人之根性的呼唤……

然而，我想换一个角度切入池凌云的诗歌创作，从"脸"这个词切入她的诗歌，通过对她的诗歌和自述作品的梳理和分析，潜入她诗歌的源泉，进入她"最深的那张脸"，哪怕这张脸更像化石中已经炭化的

脸或他者之歌
——池凌云的诗歌创作※　　　　　　　　　　　　　　　　　　　　刘翔

※ 此文未公开发表。

脸,或似阳光穿过树丛遗落的一些碎影。

"脸"是一个经常出现在池凌云诗歌中的概念,仅翻检她最近的两部诗《池凌云诗选》(2010)、《潜行之光》(2013)及少量近作,就有不少诗歌出现了"脸""面孔""面容""面庞"等词语。如,"还有一些我不知道的人/他们是另一些美丽的名字/有着陌生的嗓音和脸孔"(《四分之三泪水》);"当我消失/它还在,仰着脸/仿佛我们从不相识/我以前所做的/只是一次次对着它的后脑勺叫喊"(《词语与我》);"我们依然怕黑,怕孤独/害怕看见自己的脸慢慢变得朦胧"(《今天,谁来给我们讲故事》);"你与我见到的人多么不同/你的脸上有蜜蜂的颜色"(《在瑶溪,想起一位友人》);"谁的脸/在融化,叫喊着——'让我出来'"(《蜡像馆》);"转过脸/玫瑰和罂粟流出青灰/同样的拒绝/落在离去之人的眼睑上"(《自然元素》);"只有在镜子中才能看见自己的面容/我却在你脸上看见了我"(《那时候我们不知自己身在何处》);"淡金色的晚霞包围他们,而他们的脸/沉落,转变为黑色"(《在蒙马特高地远眺》);"蝉鸣要将那个正在转身的人/永远留住。他发亮的脸转向暗处/一个夏天就要熄灭"(《蝉鸣》);"是因为确信烟尘也能永恒,愁苦的面容/感到被死亡珍惜的拥抱"(《寂静制造了风》);"目睹一个人面容走失/静谧,威严,如一口古老的泉井"(《白水冲遗址》);"他的脸像在说:/让我去死吧。他的眼睛一直闭着/漆黑的呼吸沉重,每一下都嵌进泥土"(《过去的一天》);"风很快就剽窃了他们的容貌/神奇的主宰者,你做了什么?"(《时空维度》);"但他没有一张可供辨认的脸/铁钩锁住早已消失的唇"(《地狱图》);"一切有了新的面貌:/一本缺页的书摇动细长的文字"(《你日食》);"你即将失去的惟一的脸/空寂的身体。进入遗忘的皮肤"(《肖像》);"这难以看清的真实的脸庞/一出生就来临的哀悼/正弯向粉红的天堂"(《一只死去的雏鸟可以再次回来》);"我不知道先擦干左脸/还是先擦干右脸。所有图像/在一块密闭的水晶里小心迈步"(《遗失的旋律》);"我们所见,是模糊的脸/在乌木的镜框中,独自摇曳晚风"(《我们所见……》);"从旋转的容器/你独自取出我的碎语/我浮沉的脸"(《你的生日》);"四个人/彼此看不清他人的脸/四个仓皇的灵魂"(《夜行四明山》);"她的脸/

在枯萎的枝条上沉思／紧闭的嘴含着暖冰"(《在咖啡馆》);"与你面对面,我就开始回忆／你不多的话语,一点点抵达"(《回忆》);"我遍寻你的正面像和侧面像／用铅笔画出的肖像画"(《画像》);"在四月的／鼓噪中出来,蒙尘的脸／披上来自你的金黄"(《暗哑》);"成为耳聋者的歌声／对着黑夜吟唱对着脸狠狠敲打链索"(《水穿石》);"惟有／盲人的眼睑,留在我们脸上／黑墨水熟悉这经历"(《所有的声音都往低处去》);"许多脸／曳着荒寂游动。一切正在发生／在一个最深的面孔被抹去的夜晚／我默默行走,双眼漫上泪水"(《是谁点燃道路两旁的火把》);"你的身体隐瞒了你／脸的模型,隐瞒了大理石"(《褐色林间》);"钢钎从各个方向插入居所／盗走熟睡之人的脸"(《太阳底下,我什么也看不见》);"而心跳的声音／逼近他的面颊,沉入／永久的尘垢"(《死亡敞开》);"易拉罐收藏我们／在天使的注视下,易拉罐／盛开你我不再热烈的面庞"(《庇护所》);"这锈住的脸,远去的声音中／蜿蜒的忍冬"(《自然的骤变》);"让我的悲哀的夜晚,天空暗淡／空气中飘浮着浮尘。未完的／劫数。向着薄雾的脸"(《在寺院》);"忘掉／那张熟悉的脸,她空空的脖子／不再纵容镜子的欲望"(《镜子的轶事》);"他的脸在囚室。为了不显现／那危险的思想,他的叹息／留在固体的海洋中"(《纪事》);"扭曲的脸／终于收回喘息。在所有倾圮的／脸中,他的伤痕／孤独而宁静"(《从此,废墟》);"少量沙／穿行于链索和失忆之脸"(《贝壳》);"早晨还未来临,趁天黑／我还能感受你无法说出的命运／所有面孔后的空／所有满盛的杯子的空"(《趁天黑》);"一个来自天空的自由的声音／除了显示不能自控的／花茎,也向我们展示／梦境的结晶:我们脸上的阴影／和游荡的光"(《月亮飞行器》);"你是怎么样的?我朝你奔走／却始终看不清你俊美的脸庞／我抱着你,亲吻你,为你写下诗篇"(《我几乎原谅了这世界所有的不堪》)……

哲学家维特根斯坦曾写道:"脸是身体的灵魂。"在人脸识别技术出现很久以前,人就可以被定义为"具有面貌之存在",在此意义上,作家奥威尔才会说:"在五十岁时,每个人都有其应得的面貌。"而当代伟大的思想家列维纳斯引入这一概念时,具有了更深邃、更浩渺的内涵。

在列维纳斯那里,"脸"是他人身上注视着自我的目光,是"他者呈现自己的方式,超越了在我之中的他者的观念,我们在这里将其命名为'脸'"。"脸"并不仅仅是指现象层面或视觉形态上可被描述和认识的外貌,并不仅仅是额头、眼睛、鼻子及下巴等具体器官结合而成的容貌。更重要的是指它的不可见性,它作为神秘、质疑和挑战的力量与我"面对面",作为爱的主体、教师及作为他者的非实体性到场与我"相遭遇",在"脸"中,呼唤着一种伦理、一种责任。

"脸"是他者的显现,是最赤裸也是最锐利的。列维纳斯认为,他者不是总体之一部分,不是"他我",而是"我所不是"。"我所不是"是在否定的意义上将他者与"我"区别开来,并为其刻上深深的界限。

脸是可见的,也是不可见的。当与他者相遇时,在面对面的状态中,脸的可见性以具象化的方式呈现。当"脸"作为他者之脸时,往往与眼耳鼻舌等联系起来,同时也与当下的"这张脸"联系起来。然而,列维纳斯却强调,"脸"不能被还原为各种五官。与他人的相遇,甚至都不要去注意他人眼睛的颜色。列维纳斯关注的是脸的纯正性。这种纯正性不关涉五官,也几乎与人的身份无关。

在池凌云的创作中,如上罗列,虽然出现了许许多多的脸,但是,她几乎没有仔细刻画这些脸,这不是一些清晰的、可供辨认的脸,也不是一些甜美的脸,而是一些无名的脸、消失的脸、模糊的脸、薄雾的脸、镜中的脸、风化的脸、喑哑的脸、蒙尘的脸、囚室中的脸、锈住的脸、被侮辱与被损害的脸、伤痕中的脸、失忆的脸、走失的脸、被剽窃的脸、融化中的脸、阴影中的脸、转过去的脸、沉落的脸、扭曲的脸、倾圮的脸、枯萎的脸、盲人的脸、躲在大理石中的脸、陷于巨大空洞的脸……裹着绷带的、在黑色面纱后面的脸、泪水中的脸、灰烬中的脸、水晶的脸、贝壳紧闭的脸、真实的脸……即将失去的唯一的脸,一个最深的面孔:

> 尤其当火光穿过面具
> 流入黑衣人的心脏。但
> 是谁点燃道路两旁的火把?许多脸
> 摇曳着荒寂游动。一切正在发生

在一个最深的面孔被抹去的夜晚

我默默行走,双眼漫上泪水。

——《是谁点燃道路两旁的火把》

在一次访谈中,池凌云指出:"一个诗人,除了要唱出自己内心的歌,还要替那些无言者,甚至是失踪者唱出秘密的歌。我肯定还没有达到这一点,但是我对那些紧闭的嘴唇印象深刻,那些从被迫关闭的嘴唇中永久遗失的话语,一直是我最珍视的东西,我甚至对它们充满了亲人般的感情。"

在看到温州诗人马叙的一幅钢笔肖像画之后,池凌云写了《肖像》这首诗。那是一张包扎着白色绷带的脸,眼睛和嘴都被绷带覆盖。这是一张空无的脸,一张不可见的脸,一张超越了五官的脸,但也正如列维纳斯所言,这不可见之脸是最柔弱、最裸露、最贫乏的,因而,人们以各种伪装来掩饰脸的纯正性与裸露性。在《肖像》这首诗中诗人写道:"……如果涌出泪水/那是盐并不了解我们。爱的运动/是残酷,是不断地丧失/就像一切从来没有发生过。"

池凌云感叹:"这不是我们自己的脸吗?而泪水流出得还是太容易了。"确实,正如列维纳斯所言:"脸的意义在于脸自身,你就是你。""脸引导你超越,脸的意义使之逃离存在,逃离作为认知的对应物。"这是不可见之脸的显现。在相遇的意义上,脸是可见的;在超越的意义上,脸是不可见的。在此,脸已经被赋予了自在主体的意义。

二、孤独者或负重飞行者的脸

发明一个亲爱的,即使只是一个

微小的人,我们可以告诉她

我们颠沛流离的一生,孤独的

一生,全是因为她

一个可以抱在怀里哭泣的人

然而,对于你,除了我们

已没有一处安全的地方。

　　——《发明一个亲爱的》

　　池凌云坦言:"我常常感到孤独,《发明一个亲爱的》也是孤独的产物,我惭愧我的内心还不够强大。这是一种弱的表现,在写作中,当弱找到一个'她',赋予'她'生命,这弱也有了意义。"

　　在《今天,谁来给我们讲故事》一诗中,池凌云描写了一些单子般的"孤独个体",所有人都是单独的一个。"在夜晚,我们把灯点亮/我们依然怕黑,怕孤独/害怕看见自己的脸慢慢变得朦胧/没有一个人可以紧紧抓住我们/阻止我们在黑暗中一点点消失/所有人都只是单独的一个/我们坐在沙发一边,留出空位置/仿佛有另一个人要来。"在《另外的空椅子》一诗中也同样如此:"一直有另外的空椅子/独自升温,或慢慢冷却/感受对它轻声朗诵诗歌的人/我感动于这种状况已经很久/当我每天从杂事中抬起头/凝视它,给它擦拭灰尘/想着使它愉快的事,它也会/假装镇定,却暗中心醉神迷。"

　　正由于孤独,池凌云要在诗中挣脱"孤独个体"的牢笼。在诗歌中,一个"孤独者",在向其他生命展开,要留出"空位置","仿佛有另一个人要来"。不管这"另一个人"是否会来,"我"已经在生命中留宿了"她",即便"她"有时仅仅是另一个自我。池凌云诗歌中的"孤独者"并不是"孤独个体",相反,常常是对"孤独个体"的超越。

　　"孤独的锐利在于何处?"列维纳斯如此发问。诚然,说我们从不独自地生存,这是平庸之语。我们被存在者和物包围着,并与它们保持关系。通过视像、触觉、同情和共同协作,我们同他者在一起。所有这些关系都是及物的:我触及一个对象,我看见他者。但我不是他者。我孑然独立。这是我身上的存在,是我生存的事实、我的"实存",它构成了绝对不及物的元素,某种无意向性或无关系的东西。一个人可以在存在者之间交换任何东西,除了生存。就这个意义而言,存在就是被生存所孤立。只要我存在,我就是一个单子。正是通过生存,而非我身上某种不可共通的内容,我无窗无户地存在。如果它不可共通,那是因为它根植于我的存在,是我身上最私密的部分。因此,自我表述的知识或手段的每一次丰富,都不会对我同生存的关系——

那完美的内在关系产生任何的影响。

在列维纳斯的哲学视界中，"孤独个体"如此深陷于自身的内在性中，陷于构成了我的生命本质的享受和满足之中，以至于既感觉不到自身的孤独，也感觉不到他者的存在："在享受中，我完全属于我自己。作为不涉及他者的自我主义者，我孤身自处却并不孤独，这是一种纯洁的自我主义和孤身自处，不反对他们……而是对他者一无所闻，置身于所有的交流与拒绝交流之外没有耳朵。"

真正的"孤独个体"是没有耳朵的，他们不需要他者，不向他者敞开，他们感受不到自身的本质的孤独。而"孤独者"相反，他需要内心的双重生活，也需要真正的他者。

在《镜子》中，池凌云观察自己："她让我看一面镜子，看另一个人的黑色的肖像。我安静下来，我成为另一个人。我眼里的远景关掉了所有灯。"在《双重生活》一诗中，也同样如此："在黑暗中燃烧／流出明丽的形象／生命究竟有怎样的奥秘／我在这里，同时在别处／我喝水，咳嗽，计算时间／另一个人正在被禁止的地方狂奔／我能闻到她的气味和喘息／我的衣服穿在她身上／像漫游的叶脉和蓝色的云／很多时候，我的痛因为她／长久地被一首悲歌追踪／如果我开口歌唱／那将是另一个人致命的嗓音。"而在《黑房间》中，我变成了许许多多的人："只有我一个人在黑房间里。我将模仿我看到的那些人，他们是我另外的肢体。他们在另一个黑房间。他们试图跳得高一点，要冲破压在头顶的东西。他们跳着，表情激动，把身边所有的东西都敲打一遍，想跳得更高一点。但他们没有做成功。其中一个跳得很高，陷落也很深。另一个在原地转圈，然后昏厥倒下。唯一的女孩，感到了寒冷，独自在黑房间跺着双脚，她是最后一个昏厥的人。我等待他们把力气用尽，散落的肢体回到我身上。从一个黑房间进入另一个黑房间，我的弹跳终于让一个密闭的房间变成热烈的烘箱。"

列维纳斯没有像前期海德格尔那样去寻求个体对存在的回应，也没有像后期海德格尔那样去肯定存在对个体的安置。列维纳斯没有将存在之光照彻的世界视为我们的安身之所，对列维纳斯来说，存在与其说是我们的家园，不如说是孤独的根源，孤独在列维纳斯那儿首先被表述为失眠之夜对无人称的存在不绝的嗡嗡作响的体验。

在散文《镜子的轶事》中,池凌云坦诚讲述了她的那些失眠之夜:"很多个夜晚,房子四周的风叫得荒凉,附近的人都沉入了睡眠,我还是醒着。我不去想让人更加寂寞伤感的事,但脑海里轮流出现的总是那些失败者和伤痛者。我对他们的理解很有限,一些私语碎片最终都会了无踪迹。我患上了失眠症。我见过那些惨白的脸,被泥巴涂黑的脸,颧骨突出双眼无神的脸,他们四处游荡,等待人们接受这难堪的拜访。对不幸命运的抗衡一直存在。"

写于 2015 年的《黑房间》,也仍然是这种痛苦的延续:"刚刚开始的日子,也像最后的 / 时光。仿佛在黑房间 / 再也见不到飞翔的鸟儿 / 晴朗的天空下,路上匆匆的行人 / 不知要去往何方。甚至 / 河道里涌上的水,也在一点点 / 离开我,乐于把我送进黑房间。"这是一种绝望的情景,黑暗的房间里的黑暗像"蜜糖一样粘在我身上"。"危险在哪里?我不知道 / 所有窗户都打开也没用 / 没有人能进来。有人 / 在门上再加上一把锁,我挣扎 / 大声歌唱,仍无法出去 / 我的黑房间,蜜糖一样粘在我身上 / 我想起曾经的屈服,我的黑房间 / 教会我不再需要灯 / 黎明只是少数人的成果。"

只有那些"不再需要灯"的强者,才能真正安然度过孤独的罂粟之夜,池凌云不敢说自己是这样的强者,但她从尼采和薇依那样的哲人的思想中获得力量。Pesanteur(法语),重力,仅仅因为自身存在便无法逃脱的万有引力。在薇依的《重负与神恩》中,这个词被译为"重负",但它并非可以被视为我们甩脱的某种负担,而是我们的存在本身与之俱来的下坠的基因。"唯一要克服的欲望就是惰性……惰性是一种本能,是为了逃避现实生活中的无奈。最主要的无奈是你无法拉住时间的飞逝。内心的反省(包括那些无目的的空想和心血来潮的举动)不能化为清晰的思想和有效的行动……从惰性中解放出来,就是净化。"而尼采则说过:"有许多重物要由精神来承担,要有人们敬畏寓于其中的强力负载的精神来承担,它的力量渴望重物,渴望最重物。"

负荷着重物,负荷着他者,克服惰性,用诚实的劳作,遵循内心的真实,从事"饥饿的写作",唯有如此,才能为心灵带来治疗的泉水,才能暂时克服无边的黑夜,才能给池凌云带来生命的意义感。"如果虚荣让一个作者丧失了言说真实的能力，一旦他经由辛劳进入苦难者、贫乏者之中，向孤独和饥饿的心灵学习，他的心灵和作品将因此获得可能的进步、丰富和完善……难度写作，抵达精神最深处的写作，或许就是这样一种'强力负载'：渴望重物，渴望最重物。这就是一个写作者的命运。或许这将使手中的笔带它的主人越走越远、越走越艰难。但这过程令人兴奋，也让我更敬畏地对待生活中的每一样东西。"

列维纳斯认为：在日常生活中，我们陷入与他人的工具性关系中，没有真正的他者性，这种向世界与世界中的他人逃避尽管有自身的合理性，却没有真正超越孤独，而只是对孤独的暂时忘却。因此，对孤独的超越只能依赖于一种绝对的、不可被消解与不愿的他者性，这是一种伦理的超越：只有通过承担起对他人的伦理责任，我才可能最终超越孤独，超越存在的荒诞性。列维纳斯以感人的语言表述了如下的思想：与其说我因为生命而孤独，不如说我因为（伦理）责任而孤独，这意味着一种更深刻的同时也是更加无法逾越的孤独。

在池凌云超绝的作品《要这些沙……》中，我们看到了那些无名的死亡和迷人的孤独幻化成了无比美妙的诗行，它试图承担起对他人的伦理责任，通过负重的飞行，阐释了超越孤独的可能性：

要这些沙，把身体吹遍
进入头发与眼睛
要这些飞行，狂野的唇
衔着星星与风

要这些黑夜，向后仰的月亮
留下白色的细线
要这些遗失，与她分开的
阴影，在一棵木棉树下

要这些丢失的眼睛，要穿越
路，要做些什么
去改变头和身体。要这些阳光

听铁与铁的敲击声,却不疯狂

要在不同的房间重逢
要这些伤人的枯树,根须
依然抓住沙。要这些泪水
泪水也擦不掉的名字

要我们都来过,没有被捆住手脚
要这些流水的生涯,不结束
要这些爱之后大雨之后依然存在的
惊奇。要这些无法挽救的
死亡,迷人的孤独和喧闹……

三、体验他者:你、我、他

池凌云的创作是从孤独个体走向他者的险途,对于这个路径,她是非常自觉的:"多重自我,一个普通人也有,诗人更是如此,体验他者是我们的使命。当我独自一人,我也在与他人相处,与另外的自我相处。我不喜欢俯视的角度,因为我们不是上帝,装成上帝来说话是一种对他人的轻慢。我的诗中如果有一个'你',那是一个人对另一个说话,是对理解的一种渴望,也是一种真诚的付出。这个'你'也是我要为之写作的那个人,他(她)的存在,是我流逝着的生命的全部安慰。"

马丁·布伯在《我与你》这本书中所讲述的内容至今仍是具有启明性的,他认为"我"与他者的"关系"(主体间关系)分两种:"我与你"和"我与它"。当"我"带着预期和目的去和某个对象建立关系时,这个关系即是"我与它"的关系。不管那预期或目的看起来是多么美好,这都是"我与它"的关系,因这个人没被"我"当作和"我"一样的存在看待,"他"在"我"面前沦为了"我"实现预期和目的的工具。作为一种"亲在",马丁·布伯描绘了"我与你"这一互为主体的本真共在。但是他说，在现实生活中，"我与它"无时不在，而"我与你"只是瞬间的闪耀，但正是这样的瞬间闪耀中，让生命拥有了意义。当"你我"相遇，"我"不再是原来的"我"，"你"也不再是原来的"你"。但这并非"你""影响"了"我"或"我""改造"了"你"，而只是"你"与"我"相依而"共在"。"当你我相遇的那一瞬间，我才成为我，你才成为你。或者，在你我相遇的一刹那，你才呈现为你，我才呈现为我。这说的正是：你与我之间的关系，离不开你，也离不开我，但是，'关系'，不是你的，不是我的。恰恰相反，是你和我，属于'关系'。"[1]

列维纳斯非常敬重布伯，对布伯哲学的评价很高，承认布伯先于自己开始了主体间性的探索。不过，列维纳斯认为布伯的突破还存在着不足之处。这种不足表现在"我—你"关系的对称性中。对于列维纳斯来说，对称的主体间性仍旧不足以避免唯我论，只有坚持一种非对称性，才能真正从自我走向他人。他说："对于布伯来说，'我'诉求的这个'你'，作为一个向'我'说着'你'的'我'，在这个吁请中被听到了。因此，对于'我'来说，'我'对'你'的吁请从一开始就是对一种交互性、平等或公平状态的建立……在我自己的分析中，达到他者的原初途径，并不在于'我'向另一个人清楚地言说，而是'我'对'他'或'她'的回应（责任）。这是原始的伦理关系。"

在池凌云的《潜行之光》中，有一辑名为"献诗"，共28首。都是她为一些心爱的（也是充满痛楚的）"你"创作的，她说过："我的诗中如果有一个'你'，那是一个人对另一个说话，是对理解的一种渴望，也是一种真诚的付出。这个'你'也是我要为之写作的那个人，他（她）的存在，是我流逝着的生命的全部安慰。"除了这一辑之外，她还有许多这类的献诗，坚持这种一个人对另一个人的执着对话。这些对话都是"非对称性的"，在这些诗中，"我"对"你"的吁请几乎从未被回应，因为这些"你"在肉体层面早已经烟消云散，只是在精神上仍然时时感召着她。

根据一个不完全统计，在池凌云的诗歌创作中，属于以一种"非对称的方式"与这些亲爱的"你"对话的人物就包括巴赫、杜普蕾、甘

---

(1) 马丁·布伯：《我与你》，陈维刚译，北京：商务印书馆，2015年版。

地、伍尔芙、普希金、帕斯捷尔纳克、曼德尔施塔姆、阿赫玛托娃、茨维塔耶娃、卡瓦菲斯、策兰、亨利·米肖、希姆博尔斯卡等。

池凌云的写作，虽然通常是一种"非对称的对话"，她并不要求她的吁请得到回应，但在精神层面，布伯哲学意义上的"你我共在"那种交互性的体验也仍然是极为重要的。

池凌云写道："在写作的过程中，我获得了很多快乐。词语构成我另一副精神的骨骼，这使我觉得获得了两次生命。如果一个空洞、简单，而另一个充盈、喜悦，这还有什么不能忍受呢，最终，我会从狭隘中走出来，特别是当我把一个喜欢的作家视同亲人，倾听他说话，同时也对他说话。"

"倾听他说话，同时也对他说话"，这是一种布伯式的"对称性的对话"，可是，从对他者境遇的绝对同情，又让她"从狭隘中走出来"，走向一种原始的伦理关系，从这个视角看又是列维纳斯意义上的"非对称性对话"。

池凌云诗歌中的"非对称性对话"最突出的表现是对历史上那些无名或卑微的死难者或幸存者的悲悼，这些人或许并没有留下可资精神交流的丰富遗产，但以痛苦和死亡的赤裸性让我们惊悚，如《昨天》《我无语时受到的灼烧比说出来还多》《沙丁鱼》《六月记忆》……她追忆的就是这样一些人。再如《四分之三泪水》一诗中的玛莎、莫泰利，她们是维塞尔的《一个犹太人在今天》中描写过的犹太裔小孩，诗中出现的"节省健康和力量，节省小小的愿望和泪水""把悲伤推到明天，希望明天不要那么快到来"等句子便源自他们在奥斯威辛集中营离世前写下的诗。

还有一些我不知道的人
他们是另一些美丽的名字
有着陌生的嗓音和脸孔
他们没有机会对我说出破碎的愿望
然而他们一定很悲伤
他们无法告诉另外的人，他们只是沉默

比起这些人的苦难，我的悲伤

只能算一点点苦涩

就像木头内部传出的锯齿声

被湿润的森林覆盖。没有人看得见

日子在孤独中被浪费

没有爱的一生，使梦想变成空洞

然而，我不应该为得不到慰藉而流泪

当我知道了那些苦难的人

我就与他们生活在一起了

他们今天和我在同一个屋子里

我流泪时，有四分之三的泪水是为了他们

玛莎，莫泰利，你，以及我不认识的人们。

根据日本学者港道隆的分析，在列维纳斯哲学中，他人的呼唤所拥有的正是这样一种非暴力的力量。在我与他人的关系中，他人对我的呼唤通过呼唤行为本身打开了交流的渠道，并要求我维系这一渠道。作为接受信息的一方，我没有选择是否接受对方呼唤的自由，也没有选择自己成为信息接受方的自由，因为在我意识到自己是接受信息的一方之前，呼唤已经到来了。在任何可能的理解之前，"他人的脸的力量已经捕捉住了我"。在列维纳斯那里，脸的力量直接诉诸我的内在良知。脸已经并首先是我的"良知之眼"所见的面貌，而并非对他人的客观描述。即使他人在生活的表象中是强大或幸福的，我的"良知之眼"所看到的仍然是他人的不幸，是这种强大与幸福在无常和死亡面前的脆弱和无奈。

在池凌云作品中，有太多的他者，这些"你"或这些"他"常常并不是亲人，不是她所倾慕的作家或诗人，也不是在历史书本中已经记录下来的受难者，而只是一些她在生活中目击的普通人、边缘人、受苦的人、没有尊严的人。她对"他者"有极好的胃口，她一直对这样一些卑微的他者保持着敞开状态，因此，在她并没有彻底理解他们之前，在她意识到她是接受信息的一方之前，"他人的脸的力量已经捕捉住了我"。

她看到了那些跳楼者"终于不再动了。他在最后一刻／停止挣扎。看自己的尸体／开成一朵冷漠的花"(《死亡敞开》);她听到疯子的号叫声,"号叫是他唯一的方式／他被迫的双唇暗黑而又慈悲／他终于让我忍不住落泪"(《疯子》);她悲悼因抑郁症自杀的女孩,"人们在谈论抑郁症,因为你没有熬过去／你选择了结束。一切真的结束了／这毫无生机的春天,每一寸土地／都像沼泽:行走的死亡／等待中的死亡;更多的／苟活着的死亡";她描写一位心灵明亮的盲人二胡琴师,"你的双眼埋藏着一个冰窖／正午的太阳都无法把它填满。"(《盲》)

在池凌云那首感人至深的《赶灵魂》中,通过对那些残肢乞丐的描写,我们看到了耻感对她灵魂的侵扰,一种爱的有限、苍白与苦涩。

每一次我从医院门口经过
总是低着头,眼睛躲避着别的
被疾病折磨的人。

为了乞讨,残肢者露出结痂的伤口
畸形的躯体,趴在地上,
他们身边都有一个放零币的碗。
在去往医院的路上
我也无力。有一些疾病
需要赶走灵魂,躯体才能健康。

我一次次赶灵魂,不去看比我更痛苦的人。
看到他们,我的痛和孤独会加深。
而我能承受的已经有限。我关闭自己
测量这卑怯……骤然而来的沉默。

我感到羞耻。身后,他们早已消失,
没有人知道我的贫乏——这难以完成的
苦涩有限的爱。

在《总体与无限》一书中,列维纳斯发出了振聋发聩的声音,"能够为自身感到羞耻的自由才是真理的基础",为了他者,面对他者,"我"感觉到自我的羞耻,因为"我"没有满足他者对"我"的期待。在《赶灵魂》中,没有廉价的同情,没有高贵的慈善,没有亲切的俯身,而是裸露出爱的无力、爱的贫乏,裸露出那破碎的拥抱,裸露出那无法表述的耻感。

池凌云的诗是尽可能容留他者的诗,这个他者不仅包括人,也包括其他的生物。在这里,我们看到了她与波兰诗人希姆博尔斯卡的相契。池凌云说:"我尊重每一个自我给予有血肉的生命,这样才不会陷于无意义的空想。尊重每一个生命(哪怕你的抒写对象是动物或植物),让一切平等。"

池凌云有许多诗,其中的他者并不是人,而是生物,如《一百棵乔木的树林》《阔叶林与针叶林》《燕子的飞行》《麻雀》《自然元素》《茧》《一只死去的雏鸟可以再次回来》《最小的梅花》《海百合》《雪地的白桦林》《蓝蜻蜓》《海鸟》《野花》《贝壳》,等等。

在那首非常优美的诗歌《到一棵树中去》中,池凌云以"无法""我们不了解""它比我看得更清楚"等来自低音区的语言,以谦卑的姿态表达了她对一棵树(他者)的倾慕,她以"自我的零度"的姿态进入一棵树中。

我无法描绘一棵树
它的憧憬引来永无终结的风
所以,到一棵树中去。

我不了解毫无保留的枝杈
那绿色,像要记录下什么
所以,到一棵树中去。

要医治一天的扭曲和贫乏
轻易就熄灭的火,被一个念头捆住
所以,到一棵树中去。

它比我看得更清楚——
生命之美深藏于根须和落叶
空气和土壤互相唤醒，获得新的素质
所以，到一棵树中去。

大自然，作为他者是神秘的，我们无从知道大自然中的众多生灵从何而来、向何而去，也许它们都来自上帝（"大写的他者"），但上帝并未显现。所以，虽然"大写的他者"并不在场，而"小写的他者"，却时时处处同我们照面。"小写的他者"是"大写的他者"的展示自身的方式，或者说是不在场的在场。列维纳斯把"小写的他者"称为"脸"。

这些"脸"可能是那些高贵、坚忍而又孤弱的人类，这些"脸"也有可能是一些其他生物，如容留了大海的贝壳、体内奔流着小溪的大树、让黎明张开翅膀的一朵小花、树冠上甜蜜的光合作用、蚕茧深处的柔软、一只"弯向粉红天堂"的雏鸟、一朵海百合的"深海之殇"……或者，那朵"最小的梅花"在新生时分的殷红：

针尖上，最小的梅花开了
一会儿，我就藏起她的住所
她每一次的新生都有殷红的颜色
今天，除了草木的气息
还有一丝淡淡的血腥，怜惜这空旷
荒野的绽放，全身流溢的静寂……
　　——《最小的梅花》

四、母亲和父亲，那亲切的、亲切的脸

1966年，池凌云出生在浙江省温州市瑞安市塘下镇南山北堡村。

我出生的南山北堡村，曾经山清水秀。山不巍峨，河流不宽，

水的流速也不快,对于一个成长中的女孩刚刚合适。在我七岁之前,我家一直租房子住。那是一座老房子,在村子的最北边。到了夜晚,窗外的风发出怪声,随着这些怪声,我的脑袋里也形成各种可怖的黑影。一阵风吹树叶的声音,把我和姐姐弟弟们吓得不敢出声。后来父母告借于众多亲戚,我家终于建起了只有一层高的房子,那也是全村最矮的房子。矮房子也是房子,是我们全家的庇护所。而会建筑活计的姑父善解人意,给房子修了圆拱门,这对于一座小小的矮房子,是一种无限的宽慰。

在全村"最矮的房子"里长大的池凌云早早就体验到了贫穷的滋味。为了家里八口人的生计,母亲要做很多事情:绣花、纺麻、织塑料编织袋……小小年纪的池凌云每天放学回家也要给母亲的绣花活儿缝边,还要打猪草。但这不是最痛苦的,由于农村的观念,她父母不想让一个女孩继续念书了,但执拗的她"几天不吃饭躺在床上流泪",心软下来了的母亲终于答应让她继续读书,但条件是学费要自己赚。诗人终于靠自己挣钱读上高中,"就这样,我度过了没有鲜花的花季"。

但是,这种灰色的岁月里并非没有生命的闪耀。薇依说:"劳动,总是人对宇宙的平衡力量……人的身体是天平,那里超自然与自然互为砝码。"薇依曾抵挡不住农家田间生活的吸引,干起了体力劳动,她帮助收庄稼、收葡萄。而池凌云的乡村体验是在她的血液中的,比如在她写得最美的诗歌《蓝蜻蜓》中,乡村的脸就发出了耀眼的反光:

我们之中,谁还记得那只蓝蜻蜓

那时候还是夏天,蓝蜻蜓

歇在山道边的草茎上

它一动不动,锃亮的蓝

就从山谷挥镰。光

迸射,我们全被收进它的复眼

记忆中,它身下的深渊

在旋转,而它透明的长翼

寂寞而端庄。我们屏住声息

眼睛如一面圆形凸镜

寻找自我的变形

这个秋天,我从蓝中出来

又进入蓝中的靛青

那是一条少有人迹的山道

当我们下山,路上人声喧闹

却再也不见任何风景。

  这是一首追忆诗,追忆了一次多年前的登山经历,但是,它更深的脸隐藏在乡村田埂的记忆中,来自她与母亲一起参与的稻作劳动的经历,池凌云曾写道:"稻秆的香味与贫穷特有的霉味支配着我孩提时期的梦。""锃亮的蓝/就从山谷挥镰",这句诗是整首诗的诗眼所在,"挥镰"这个词,就像一只蓝蜻蜓,从最意想不到的思想幽谷中起飞,一个变形的童年自我出现了。"挥镰"这个词,让整首诗敞亮,让它起伏,让它从中跃动,从而记忆中的"蓝蜻蜓"成了最不可思议的"蓝蜻蜓",贫穷而明亮的童年赤裸出它的脸,发出它倔强的光芒。

  与母亲的脸相关的还有《与母亲同行》,写了一对母女相携而行的人生经历。当然还有《与母亲插秧》,诗的前半段是不动声色的描述:"每年的水稻播种期,你都会在地里/深深弯下身躯,半天不起来/十三岁,我就跟着你插秧/忙完自家的农活,再去邻村当插秧客/你要我弯腰,双手小心分株/让根茎轻轻进入泥土/你教我握秧苗的手势,让我知道/插入泥层时,手指要轻轻护住根须/我们倒退着插秧,顺手抚平/双脚踩出的泥坑,再插下秧苗/偶尔抬起头,是要看看前方的绿线/适时校正后退的方向/让秧苗保持整齐/便于日后耘田和收割。"这是一种让人胸腔堵塞的劳作,没有歌声,却在诗人的心中涌出了一种韵律,如深埋于地下的坛子中的酒:"我不知一直在我心里唱歌的人是谁/我在山峦间,在河流边/寻觅各种各样的声音,仔细辨认/鸟儿和落叶,起飞和飘零/母亲,或许你才是韵律大师／田塍是天空布下的音阶／你是安静的歌者。用双手做梦／用流水的语词歌唱。"安静的歌者,没有歌声,只有韵律,只有劳动的身体配合着大自然的旋律:

> 但我从没听过你的歌声
> 我只听过你干活时的喘息声
> 负重时的叹息,像压弯的树篱
> 一会儿就弹回去。像一阵风
> 掠过树林时使了把劲。

与"母亲的稻田"一起进入池凌云记忆的还有"父亲的长木桌"。

> 另一个矮房子朝南,父亲在小小的木窗棂前摆了一张长木桌,这是我最喜欢的地方。本来我可能更喜欢床,但稻秆铺成的褥子常有跳蚤出没,而且被子硬硬的。棉花总是只柔软了一阵,后来在不知不觉中变硬。

"父亲的长木桌"成了一面镜子,少女时期的池凌云在它的纹理中做梦,在其中鉴照她的"另一个我":

> 很小的时候,我和我的邻人一样过着单调、贫乏的生活,却一直期望拥有不一样的人生。那时候,我只认识当地的乡亲,他们的生活太落寞太暗淡了。从他们身上,我只感受到无休止的沉沦。我要逃离这种命运,二十岁没到,我由阅读而开始练习写作,期望一个新的世界出现。

池凌云开始了写作,写作在拯救她,"一直期望拥有不一样的人生"的池凌云,希望通过写作成为"另一个不会褐色的人"。从童年开始,"父亲的长木桌"边并没有坐着慈祥的父亲,相反,它是一个孤独的场景,父亲是缺席的,是沉默的,甚至,"父亲的长木桌"曾是抗拒父亲的力量。一直到池凌云的父亲大病一场,在父亲濒临死亡的那些

时刻,在陪伴父亲的那些时刻,那些面对面的时刻,她才开始回忆一起走过的日子:

与你面对面,我就开始回忆
你不多的话语,一点点抵达。
——《回忆》

在父亲最后日子里,与父亲面对面的日子,激发池凌云写出一批描写病中父亲的诗。而在父亲去世以后,痛彻心扉的她继续以父亲为题材写作了一些作品。这些以父亲为主题的诗,包括《肃静的门廊》《病中的父亲》《火焰仍在吸走……》《给父亲喂粥》《呼吸的重量》《我不懂》《深沉的玫瑰》《透过时间》《树或者河流》《我腰系一根草绳》《回忆》《梦中的父亲》《梦见》等,在《十月》杂志2010年第3期上,集中发表过其中的一些诗歌。应该说,正是这些朴素而感人的作品,使池凌云在2010年10月获得"《十月》诗歌奖"。

这位沉默的父亲,曾是民办教师,退休后为生计做了搬运工,他在河边修过船,喜欢打牌但又不精于此道,他过早地死于他那个社会环境中常见的多年烟酒过量(每天两包烟)引发的疾病。是的,这是一位沉默的父亲,但是,对诗人来说,这也是一朵沉默的玫瑰:"被迫的沉默有一道圆形的伤口/艰辛的日子,你倾听狂风/彻夜筑一座花园/在家乡的河面上/你用很深的眼睛瞅着一朵/不存在的花,美和孤独/全由自己独享/你不祷告,也不呼唤谁/让我的记忆空着/不停去寻找黑暗里的声音。"(《深沉的玫瑰》)

《肃静的门廊》写了船舶修理工父亲的形象,病中的父亲也已经像一条破旧得无法再修好的船,停泊在医院的病床上:"白昼涂满了油彩,麦穗垂下头/风没有停息。无限的存在/从一只废弃的船中涌现。"《病中的父亲》写了病中被切开气管的父亲,"喉咙切开一个洞,你才能呼吸/这是我们都想不到的/呼吸的能力,这最简单的事/却需要重新学习",但让人苦笑的是,"身体终于打开一个缺口/一生的积郁不平也可以透口气了"。凝视着父亲的脸,池凌云发现:"你的颧骨慢慢/显露出神秘的绝望。"最后是诗人的期盼:"我们就这样活着吧／只要简朴,只要有能活下去的力气／和智慧,只要忠实于我们自己的道德／这一生,我们都不再抱怨／是谁连接了我们诞生的纽带／我们都用心去相遇,在／黄金般光线的最深处／我们要迷途知返,接受／空气中艰难呼吸的邀请。"这位父亲一生郁积,父亲的郁积也是整个家庭的郁积的写照。这在《呼吸的重量》中也有所描绘:"呼吸压住我们,我们醒过来／清点遗留下来的东西／阳光与黑夜,谁先废除幻影／这些已不再重要。重压／留下绝望的牙印,你撮起嘴／以全部力气／学习一切缄默的能力。"《给父亲喂粥》描写了一个感人的场景,这是喂粥过程中面对面的相视场景:"现在轮到我来照顾你／我们的内心都得到了安逸／你是最懂得缄默的人／惟有身上细微的变化在诉说／我不知该怎么办,忧伤使我一下子老去／我一次次看你,你也看我／我想记住这张消瘦的脸,这迎上来的嘴／希望有一种咒语／能把这面庞永久保存下来。"《我不懂》是对生离死别的绝对恐惧:"作为对我的惩罚／我拥有了不再微笑的你。饥馑的土地／你不再怜悯我,即使我哭泣,将一只／落满灰尘的空杯抱在怀里……"《火焰仍在吸走……》一诗描写的是死亡烈焰对生命力量的窃取,那个看不见的针眼,那狂风中的灯笼里越来越渺茫的火焰:"火焰仍在吸走我们身上的热量／血液的流速在加快,奔向／看不见的针眼。"

《我腰系一根草绳》和《树或者河流》写于服丧期间。在《我腰系一根草绳》中,火的脸中,出现了全身是韵律的父亲,"天空一层层降落。你刚从火中出来／炫目而柔软,全身都是韵律／为了不使自己迷路,我跟随／洁白的灰。我害怕爱上这仪式:空虚的天空／装着一颗空虚的心"。而诗人自己也已经成了火的女儿:"我跟随你的节拍。你敞开的／脚步,沉默的声音／在疾驰。而你的呼吸,跟随／我的呼吸。真正的沉寂／在咸涩的空气中。"

《梦见》和《梦中的父亲》都写于诗人的父亲去世后的次年。在《梦见》中,池凌云写了几个不同的人梦中的父亲。父亲的朋友梦见他还在修船,母亲梦见他还在干体力活,诗人梦见父亲在做搬运工,但是,诗中最后写的一个梦,是诗人的朋友做的梦,一个不曾真实发生的梦:"父亲"拿着女儿的钱去尽情打牌。这是多么朴素,又是多么真实啊。诗歌是语言,但也是经验,没有浸透经验胆汁的诗歌通常是苍白的。在《梦中的父亲》一诗中,死后的父亲成了诗人的知己,虽然"年少时我抗拒你／所谓命运让我忧郁"。月光照亮父亲的下巴,池凌云看到父亲目光中的忧郁,除了对命运本身的忧戚,更饱含对女儿的关切,不过,在梦中略可安慰的是,"因为劳动,你显得比在世时年轻":

你一言不发,只是看着我
要我别心痛你,你却在另一个世界心痛我
原来你是这么固执的人
你的衣衫沾着尘土,你又开始干体力活了
但你已不再吸烟
因为劳动,你显得比在世时年轻。

劳动者,是的,池凌云的母亲和父亲,只是普普通通的劳动者,但是,正如诗人所说,"埋在三叶草中的雷声也应发芽"(《残片》)。列维纳斯说:"我愈归向自己,愈剥夺了自己的自由,即那个霸道任性的主体的自由,我愈发现自己有责任,愈变得正义,就愈感到有罪。只有通过他人,我才在自身之中。"是的,池凌云有责任为他人见证,那么多的陌生人,但首先,她要为身边最切身的"他者"——父母——发声和见证。当她抹去遮盖在与父母关系上的麻木的泥土,"母亲的稻田"和"父亲的长木桌"就重新出现了。

在池凌云的作品中,尤其是在她与父亲面对面的那些炙热而痛苦的诗歌中,我们看到了脸的本真状态,这种关系是一种具体的关系,是可见的、感性的、直观的呈现,是有温度的,是人性的敞开。它是无法被还原的,甚至无法被描述的。《透过时间》是这些诗中非常突出的一首:

一个老人回到病榻上
让一个英俊的少年慢慢出来
他管住他已很多年
双眼皮的大眼睛拖住清晨的光线
和蛛网。从未做过坏事
也没有做值得宣扬的大事

他的鼻梁高而直,像一架独自驾驶的

傲慢的马车。没有返回

他做到了:没有怨言

用根须抓住泥土,做一棵静谧的树

让叶子回到大地

但他什么话也没说

那么多风风雨雨都消失了

只有秋天涌动的云朵

朝冬天行进的天空

擦出银亮的火花。

在曼德尔施塔姆的《无题》中有这样的句子:"在这世上,我只余下一件心事,黄金的心事如何摆脱时间,你的重负。"世界之于生命最本质的重力,乃是时间的重量。在诗歌中,岁月的面具突然破碎了,一个高鼻梁("一架独自驾驶的傲慢的马车")英俊的少年出现在面前,火柴就要熄灭了,生命很快回到了地底,根须对人催促着什么,可是,冬天的天空上好像有什么东西,像火花,突然闪耀了一下。

在此,我又想到了那只蓝蜻蜓:

锃亮的蓝

就从山谷挥镰。光

迸射,我们全被收进它的复眼。

就在那个瞬间,真正的他者出现了。如列维纳斯所说:"构建瞬间之在场的正是瞬间的转瞬即逝……在瞬间中,实存与实存者之间最为绝对的东西,不仅有实在者对实存所实施的主人状态,也有实存压在实存者身上的那种重负。"母亲、父亲,以及压在他们身上,或者从地下拉住他们的根须,这是重的,沉重的,可是,诗歌可以是从根须直接起航的轻盈,如"父亲"双眼皮的大眼睛拖住的清晨的光线,如那只挥镰一般发出锃亮光芒的蓝蜻蜓……

五、脸与脸：对话中的"你""我""他""她""它"

池凌云提到过她有许多"精神亲戚"：

> 读精神气质接近的大师的文字，得到的滋养肯定更多。阅读时，感情也会起作用，会让我们更愿意做一个忠实的读者。我的精神亲戚有很多，茨维塔耶娃、阿赫玛托娃、策兰、米沃什、曼德尔施塔姆、凡·高、卡夫卡、薇依、帕斯捷尔纳克、布罗茨基……我不知道我是否真的得到滋养了，这样报名字也让人恐慌。我还喜欢一些作家，比如里尔克、勒内·夏尔、特朗斯特罗姆、博尔赫斯，等等，但冒认亲戚也不好。

确实，这个名单有点长，许多人在气质上并不与池凌云相近。池凌云看过他们的作品，但是，她不确定"是否真的得到滋养"。毕竟，池凌云不是一个学院派的诗人，她对这些"精神亲戚"的阅读往往是感受性的，并不在乎给他们归类。

当然，也可进行一点分类探索。

第一类，如保罗·策兰、奈莉·萨克斯、阿米亥、曼杰斯坦姆、帕斯捷尔纳克、布罗茨基、卡夫卡、卡内蒂、凯尔泰斯、赫塔·米勒、薇依、阿伦特、威塞尔等诗人、作家和哲人。这些人被池凌云看作"饥饿艺术家"，这种"饥饿"是尼采意义上的，尼采说，在考察一切审美价值时，他使用的一个主要尺度是"这里从事创造的是饥饿还是过剩"。池凌云自己也有过这样的文字："这饥饿像一个幽灵，在大地上巡游，挑选敢于以全部心灵来承担的人。从这一点来说，有众多的犹太作家被选中，卡夫卡、凯尔泰斯、帕斯捷尔纳克、卡内蒂、策兰、布罗茨基、赫塔·米勒……还有很多名字，他们身上都有一种持久的力量，他们的生命长期与饥饿和苦难为伴。而真正持久的力量存在于忍受中。也只有这样的人，才会说出'话语是生与死之间的选择'（卡夫卡）。"策兰曾在自己一首诗的前面直接引用了茨维塔耶娃的一句诗"所有的诗人都是犹太人"，我想，这句话也一定会击中池凌云的心。

第二类，不断出现的身影来自俄国白银时代的那些天才诗人群，如阿赫玛托娃、茨维塔耶娃,以及前面名单中提到的三位俄苏犹太裔诗人。这些人被看作"饥饿艺术家"的另一个群体,池凌云写下过以下的文字:"以饥饿获取对这个世界真实的洞见,获取真实的幸福和痛苦。饥饿让人不再憎厌苦难,苦难也将不再是无法抵御。事实上,饥饿能让人更坚忍、更安静地与苦难守在一起。我所尊敬的俄罗斯的诗人们就是在苦难的生活中保持了厚重而高贵的心灵,那些金质的诗篇至今仍闪耀无可比拟的光芒。"

第三类,一些没有包括在前面两个名单中的女诗人、女作家、女艺术家,如伍尔芙、杜普蕾、狄金森、索德格朗、希姆博尔斯卡等。池凌云特别关注那些遭遇了苦难的女性,她说:"我思念她们,这些疯掉和死去的女人。她渴望的餐桌旁的第六张椅子;她煤气味的金发,苦涩的身体;她的碎花棉布长裙慢慢浸入河流,直到全部濡湿。"(《世界》)

当然,还有其他的无法归类的许多人,如巴赫、甘地、尼采、梵高、普希金、里尔克、卡瓦菲斯、佩索亚、博尔赫斯、勒内·夏尔、亨利·米肖、特朗斯特罗姆等。

在前文中,我已经提到,在池凌云的诗歌创作中,属于以一种"非对称的方式"与那些亲爱的"你"对话的诗歌有许多。我们在这里作一个不完全的统计,这些诗歌,如《圣雄甘地》(甘地);《船歌》《所有地中海的风》(巴赫);《雅克的迦可琳眼泪》《殇——致大提琴演奏家杜普蕾》(杜普蕾);《另外的海》《弗吉尼亚》(伍尔芙);《雨夜的铜像》(普希金);《净瓶下……》(帕斯捷尔纳克);《谁将贝壳做成风铃……》(曼德尔施塔姆);《密语》《画像》《喑哑》《奇异的悲伤》(阿赫玛托娃);《玛丽娜在深夜写诗》《不是火焰,是深渊》《所有火焰和黑暗,所有深坑》《让枯萎长高一点》《词的未来》(茨维塔耶娃);《我今天只读两首诗》(卡瓦菲斯);《水与水的界石》《塞纳河》《在蒙马特高地远眺》《在桥头》(策兰);《亨利·米肖》(亨利·米肖);《游船》《苦恼之夜》(希姆博尔斯卡)等,构成了池凌云诗歌写作的最重要的部分。

这些是池凌云面向他者的创作,是她对前人"书写"的"再书写"。她面向他者的脸,又像镜子一样照见自己的脸。瓦莱里曾指出:

他者是"最令人困惑的深渊,最频繁出现的问题,最狡猾的障碍"。这是另一种脸对脸的对话,一种最孤独的对话。他者果真是"我"所想的那样吗?"我"如何以不对称的方式面对他者?在面对这些"精神亲戚"的阅读中,其实池凌云已经经历了伦理的历险,用列维纳斯的说法,乃是"阅读的忧郁灵魂"。列维纳斯在《论布朗肖》中有这样的话,"书写即是死亡",阅读和再书写,让死亡无以完结,让"作品所引发的存在的无尽窸窣"再次发声。

在《泗浮手记》的独白中,弗吉尼亚·伍尔芙只是虚拟的一个倾听者,暴露的自我的愁容:"我觉得不再需要安静,因为风一直在不停地摧残着树枝。亲爱的伍尔芙,有时我觉得我可能也会疯掉,我很恐惧,但却力不从心。我不知道要将纸条留给谁。我管不住我的十个手指,它们一会儿过于软弱,一会儿却不肯停下来。而且我的脸也变了,我认不出镜子里那个满脸愁容的人。一边渴望救赎,一边加剧损伤。"在《另外的海》,诗人与伍尔芙结成了秘密的同伴,她称她们两人为"我们",她们一起目击了"将上衣口袋装满石子"的赴死者,并一起奔赴拯救喉咙的那道闪电:"有人将上衣口袋装满石子/为了在水下素馨,洁白/顺利说话/我们被毁坏的喉咙干涩/当我们喝水,才知道/只有低头才有伟大的相逢/飞溅的泡沫,曾抱住闪电/穿越道路。"而在《弗吉尼亚》中,伍尔芙被称为"你",诗人在一种中性的静观中重现了伍尔芙的溺水而亡,她让这样的痛苦和疯狂醒着,在日食的可怕的黑暗中:

没有人知道你的痛苦。你一直醒着
一种可怕的力量在推挤你
　　　　——"总有一个人要死"
醉人的幻觉在引领你。你中了圈套
你让水充当了裁判

这一次你出乎意料地完成了死
而你仍在疯狂地思索
追逐你的灵魂

一个纯洁可爱的入侵者

糅合了火与水的品质

在一个秘密的隐身之处焕发青春。

当更多的诗人将自我堵截在个体生命的窄巷时，孤独的诗人池凌云通过阅读与写作，与她的那些"你"交流。于是，她的生活暂时从精神日食中摆脱出来，她说："在写作的过程中，我获得了很多快乐。词语构成我另一副精神的骨骼，这使我觉得获得了两次生命。如果一个空洞、简单，而另一个充盈、喜悦，这还有什么不能忍受呢，最终，我会从狭隘中走出来，特别是当我把一个喜欢的作家视同亲人，倾听他说话，同时也对他说话。"

在列维纳斯晚期作品《超在或本质的彼在》中，他谈道："我"与"他者"关系之可能性呈现于"他者"渗入"我"的感性生命，以至于为"我"的存在的感性主体总是，甚至首先是为"他"的存在，因为"通过痛苦，为他性已经在我的内在性中起作用"。《雅克的迦可琳眼泪》《殇——致大提琴演奏家杜普蕾》这两首堪称当代名作的诗都是向美国大提琴演奏家杜普蕾的致敬之作，诗名来自杜普蕾演奏过的两首名曲。通过对痛苦的诗意表达，作为他者，杜普蕾已经先期抵达。《雅克的迦可琳眼泪》以它的末段为人瞩目："遥远的雅克的迦可琳／这就是一切。悲伤始终是／成熟生命的散步。提前来临的／消逝，拉住抽芽的幼苗／正从深处汲取。"而在《殇——致大提琴演奏家杜普蕾》中，像贝雅特里齐带领但丁一样，杜普蕾的琴声带领诗人穿越生活中仅有的天堂（痛苦的，带烧灼感的天堂），"请停一停"的吁请，让我们想到歌德的《浮士德》中的场景，而"时间快到了"的催促，又让我们回到艾略特式的现实荒原。但最后，是来自低音部的大提琴的"赞美哽咽"。

带着你的殇，我独自穿过

四月的晚风。一切才刚刚萌芽

自由灵魂的舞蹈

让滚烫的眼窝深陷。仅有的翅翼

供我们重返灼烧之焰。

我在你患硬化病的手中回旋
对痛的启发，让我
伏倒在一个重大的颓丧里
你这短命的天才，向每一个密闭的
房间，供奉我的姐妹
喑哑生活的乐器！

这黑夜，一点点被抚触过的
危险的光。请停一停，杜普蕾
时间又快要到了。时间又快
到了。你溢出来的
多余的激情，穿上迷人短裙
却将我绑在一根易断的弦上

将我摇晃着往远处拖
我几乎窒息，水的深蓝
堆叠，拼缀出另一种颜色
供我们冲破。而我终于可以
感谢这绝望的日子，当受损的
耳廓耸起，你不知道的
结局，传来赞美的哽咽

与池凌云结成"精神难友"的，当然还有阿赫玛托娃和茨维塔耶娃，她们两位自然也是池凌云敬献最多的对象。《密语》《画像》《喑哑》《奇异的悲伤》，这四首是献给阿赫玛托娃的；《玛丽娜在深夜写诗》《不是火灾，是深渊》《所有火焰和黑暗，所有深坑》《让枯萎长高一点》《词的未来》，这五首是献给茨维塔耶娃的。如果说，茨维塔耶娃是烧尽自己的火焰，那么，阿赫玛托娃就像是火焰燃尽后灰的喑哑。

有关茨维塔耶娃的诗多与火灾、火焰、光有关,与明亮和晦暗、生和死、天堂和地狱的两面拉开的力量相关。

而你一直在使一颗石子变软
所有人都遵从你的吩咐:阻断或囚禁
火灾或深渊,爱或者死
你的每一个音节都是无尽的允诺。
　　　　——《不是火灾,是深渊》

而你依然那么纯洁
那双致命的眼睛依然大睁着
所有镜子,所有火焰和黑暗
所有深坑都安静下来
人们在虚无中看着你
你用些许骸骨和诗行让他们活得真实。
　　　　——《所有火焰和黑暗,所有深坑》

亲爱的,一百年以后依然如此
篝火已经冷却。没有人可以让我们快乐
"人太多了,我感到从未有过的寂寞"
为此我悄悄流泪,在深夜送上问候
除此之外,只有又甘甜又刺痛的漆黑的柏树
只有耀眼的刀尖,那宁静而奔腾的光。
　　　　——《玛丽娜在深夜写诗》

你与我一样了解,局限于
诗行,甚于局限于生活。
一个无可奈何,一个不善言辞
爱着爱和饥饿,低诉自然的神秘和
疑惑。如你所见:这个女人
"徘徊在明亮与晦暗之间",

你早已预见她的曲折和困境。
　　——《词的未来》

在献给茨维塔耶娃的这些诗中，我个人最喜欢的是《让枯萎长高一点》。它最不像献诗，最客观，有最少的自我和最多的他者。作者的脸和茨维塔耶娃的脸都反照在更绝对的脸中，那是时间的高贵的脸，是大地深藏的脸，是泉水的乌托邦之脸，"让泉水带上微光，经过绝望的黑洞"。

让枯萎长高一点，再去收割
让接骨木，接住渴念死亡的沟槽
让灰色的嘴唇独自言谈

让天黑得晚一点，草木在地上画出颜色
让泉水带上微光，经过绝望的黑洞
让笔锋站立，刀斧自己出门。
　　——《让枯萎长高一点》

献给阿赫玛托娃的诗，往往都有些许阿氏风格，充满低语、耳语、密语，它们发出喑哑的泪之光，每个句子似乎都蒙在忧愁的黑纱巾后面。这里有失眠者的辗转反侧，也有一个挥之不去的悼亡的旋律在回旋。

你细小的耳语，一天比一天清晰
秘密的诗行替后来者守护
把我召回到不死的光中
医治我失聪的耳疾
但是，你也备受失眠的痛苦
倦于起舞。
　　——《奇异的悲伤》

她是你的安娜,也是我的
但她并不是只在远方歌唱
不是万事已休。从序曲
到最后,她说,"夜啊"——
谁能接过那变暗的灯笼?

泪水在冰上烧出一个洞
好消息仍迟迟未到。即使最近的星
也离得太远。她因忧伤而死
你知道,给她一半心灵就好
不要全部,这样她就能欢笑
　　——《密语》

空悬的衣袖,松开最后一块
白银。我们熟悉这莫名的忧伤
为了锈蚀的锁的名声。我在静夜
遥望,把声音降到最低
呈上沉默的献诗。那从未被写出之物
它的嘴唇紧闭,花岗岩一样
轻吻一丛疯狂的芦苇。
　　——《画像》

在非常出色的《喑哑》一诗中,出现了非常天才的诗句,即"'那时间的白发'——续写你眼中的霜"。

那不可能的声音
"那时间的白发"——

续写你眼中的霜。在悄寂的
黄昏,拖出陈旧的岁月
和我的棕色木桌。一个词

连着另一个词。绵密的声音

在唱盘上，幻化出酒红的港口

而我竟如此迷醉一个逝者。她

在悬崖上涌动。与石，与石的白灰

辩解，一起落下。依旧是

阴冷，依旧是向内吹送的风

我从空无一人的温柔中缓慢归来

——《喑哑》

朝向他者是困难，坚持自我，又逃离自我，而在坚持和逃离之间，经常会将自我带入一个泥沼之中，难以自拔。这种艰难，就像镜中的脸要从镜子上剥落，重新潜回现实中。池凌云在诗歌中所对话的"你""他""她""它"从语言的奇异中复活了。在她一些最好的诗里，那些囚禁在水晶中的人仍然如泉水一样清新，仍然如童年记忆中的蓝浆果一样闪烁。当然，朝向他者仍然是艰难的，尤其这些他者是受苦者、受难者，是被凌辱与被损害者，他们的脸被灰尘层层覆盖。然而，正是这些他者坚定地从时间的白发里发出自己的光。而池凌云，作为一个诗人，她是所有这些人的精神难友，她不是中国的阿赫玛托娃，也不是中国的茨维塔耶娃，她只是她自己，她从面朝大海的精神港湾出发，她坚持"续写你眼中的霜"，用喑哑的墨水，用失声的断弦……

六、对话与潜对话

保罗·策兰是 20 世纪的伟大诗人之一，他与海德格尔、舍斯托夫、阿多诺、马丁·布伯、肖勒姆、罗森茨威格等伟大的思想家进行着持续的对话与潜对话。尽管他一直在德语诗歌的怀抱中，他临终前最后阅读的一本书是《荷尔德林传》，在打开的一页里有他画出的语句："有时，这个天才深深地潜埋进他那心灵苦涩的泉水里。"但是也应该看到，策兰在生命的中后期尤其关注犹太思想家及犹太教的经典作品。

应该说,策兰在生命的后期通过诗与列维纳斯在生命的后期通过哲学进行着同向度的进掘。1948年,策兰在读列维纳斯论罗森茨威格的文章《在两个世界之间》时作了标注,内容与犹太人遭受的生存威胁有关。他们两个人虽然没有见过面,但在精神世界上是深深契合的。这种契合与他们的成长背景有关:他们都是成长于东欧的犹太人,都与德国哲学有不解之缘(特别是与海德格尔),都在第二次世界大战后定居法国并入法国籍,针对犹太人的大屠杀的恐怖记忆尤其像噩梦萦绕了他们的一生,成了他们创作与思考的原点。

策兰的对话诗学观受布伯和曼德尔施塔姆等人的观点启发。曼德尔施塔姆关于"诗歌是对话"的概念对策兰确定自己的对话诗学起了关键作用。曼德尔施塔姆,这位同样有着犹太血统的诗人在其《论交谈者》一文中,曾用"密封在漂流瓶中的信"来类比诗在作者和读者之间的对话。在遇到其真正的对话者之前,诗总要经历漫长的旅行,一段"巨大规模的距离","这些诗句若要抵达接受者,就像一个星球在将自己的光投向另一个星球那样,需要一个天文时间"。策兰的对话诗观正是产生于"相遇的秘密之中"。向相遇的可能性敞开也意味着向他者敞开。诗的本质不是一组意象、不是一种诗意语言,也不是对现实的隐喻性把握,诗的本质是对话。策兰在其毕希纳奖获奖致辞《子午圈》中指出:"诗想要朝向某个他者,它需要这个他者,它需要一个对方。它找出它,它向它言说自己……",也只有在这种对话的空间中,诗歌才能够构筑真正的自我。

列维纳斯多次引用策兰的一句诗:"当我是你时,我才是我自己。"在列维纳斯看来,奥斯威辛惨剧之后,唯一可能作为救赎的,便是"我与你"的面对面——这一人与人之间最初和最后的关系,而诗歌的灰之闪耀,就是策兰从希伯来文化血脉中倾听到的语言的犹太性,这种犹太性在某种程度上背离了海德格尔式的存在论语言的诗意。列维纳斯拒绝从德国哲学的"黑森林"里走出来的半浪漫主义半神秘主义的诗学传统(如荷尔德林、尼采、里尔克、特拉克尔等为代表)理解策兰,这个传统有一种独断主义的倾向。他格外重视策兰用过的一个比方:诗是"握手"。策兰说过,虽然"诗"这个词在古希腊语里是"手工制作、生产"的意思,但它不应当仅止于此:"手工——那是属于手的东西。而这些手又重新只属于一个人,那是一个一次性死去的灵魂,用自己的声音和沉默寻找着一条路。只有真实的手写真实的诗。我看不出,在握手与诗之间有什么本质的区别。"而"握手"是"对话"的另一种更肉身、更凝聚的表达,是"对话"的极化。

池凌云是诗人策兰的热心读者,在写于 2009 年的《读策兰》笔记中,我们可以感受到这种热诚和艰难:"读策兰是艰难的,要真正了解策兰,除了以真诚和热爱去接受充满死亡气息的诗歌,还必须深入他黑色的命运。从这本薄薄的诗集到手后,我多次半途而废,就像在漆黑的夜晚去穿越一个个孤岛,常常是到了半途就迷失了。我对他的苦难感受有限,因此读来也是力不从心……策兰的诗是一种完全不同的语言的结晶,正如他自己所说:诗歌是一种穿过。永不丢失地保留在一件东西的损失之中,这就是语言。径行穿过并对所发生的事一语不发,再进入生活,积聚所有的一切……对策兰的阅读将是一个漫长的过程,我现在依然不能读懂他的部分诗歌,所幸的是我已开始去阅读他,从他的诗歌,学习开启的沉默的艺术,更深的探望和交谈,和驶向它物。"

策兰无疑对池凌云的诗学观念也产生了重大的影响:"对技艺的理解,这些年我也有了变化,过去我可能对语言表面丝绸般的光滑和音韵感兴趣,现在我更喜欢沉积岩的纹路。如果读读策兰的诗,我们该闭口不谈技艺,而是应该沉默或羞愧。技艺也不是学习就能得到的,很多时候是一种'借用',因为所有好诗句(技艺)必须有通向自身血脉的根。"

同时,策兰也进入了池凌云的创作,成为她的创作主题,比如《水与水的界石》《塞纳河》《在蒙马特高地远眺》《在桥头》这四首诗,其中的"你"都是策兰。可是对池凌云来说,策兰还是艰涩的,策兰太深邃太博大了,她还不敢说能够与他进行真正的对话。因此,这四首诗分散在《潜行之光》中的各辑中,并没有集中呈现,这些诗也没有明确说明是献给策兰的,她一直有点犹疑不定,不想让人以为她在"乱拉亲戚"。因为,确实,这种对话与潜对话还刚刚开始。

《在蒙马特高地远眺》中,策兰的影子是非常淡的,在非常远的远景中出现。根据传记,策兰第一次来到蒙马特高地游览是在1938年,而再一次来到巴黎已经是十年之后了。"某个人"是远在七十或八十年之前的策兰,他不属于这里,他混迹于旅客之间。他一直在唱着歌,在他成为灰之前。不过,他也确实一直没有离开蒙马特,他的音乐化身为吉他声,他的灰在年轻吉他手的脸上沉落。

> 某个人,不属于这里
> 但他一直在唱,直到一粒灰尘
> 顶着他的胸脯。我们都不是
> 抓住他的手臂的人
> 落日的大地让人更加稳重
> 更加热爱登高,就像今天
> 那两个年轻人站在台阶上一边弹吉他
> 一边一次次抬头看着远方
> 淡金色的晚霞包围他们,而他们的脸
> 沉落,转变为黑色

《水与水的界石》《塞纳河》《在桥头》都以策兰的塞纳河投河自杀事件为题材。《水与水的界石》是一首沉重的哀歌和挽歌,吟咏了一位伟大的诗人,"带着艰难的爱",穿越苦难与救赎,穿过生与死,穿越神秘的"水与水的界石","异乡人,你幸存者的目光 / 在水下。刺藜对着你的呼唤 / 像是你还活着 / 而水的哀悼 / 在航行 / 被摧毁的结晶懂得沉默 / 剩余的童年的地图 / 毒雾和石块 / 游得轻盈 / 带着艰难的爱,你独自搏斗 / 天空荒寂而昏暗,直到它最沉重的 / 大铁锤,穿过 / 水与水的界石"。

《塞纳河》《在桥头》两首诗,诗人沉思的立足点都是桥头,第一个桥头是在塞纳河边,那座桥是米拉波桥,1970年4月20日,从那里,策兰一跃而下。

> 从三孔拱门的桥梁上飘然而下
> 塞纳河的守护者。这不是我的

液体饰带。但我看到纸一样的水鸟
轻盈地飞过浇铸的匕首
怜悯从月牙上飘下。家乡的白篷布
一路扯起帆船。这是最后一段路程
我要不要叫醒你?稍远处
火炬裂开。

第二个桥头,是在一个无名的中国小桥,池凌云站在那儿,感到"遥远的米拉波桥的神经被拉紧"。

风穿过青石拱桥的耳廓,流水
把石头磨得更亮。我们从远方来
为了在这无名的桥头站一站
给以后的日子造像

遥远的米拉波桥的神经被拉紧
触碰桥墩隐藏的沟纹
那个多年前溺水的人,用夜的
黑色,反射我们

蝉鸣在追逐。山显得圆润
不宜攀登。深涧与星光结伴
得以流向高处。我像一个心如槁灰的
囚徒,独自唱起了哑默的歌

即使我倾听,仍像在丧失
沉沦与上升交替着来临
而我们之中的一个,爬上树
我想知道他看到了什么,但他
什么也没说,只是朝远处挥手。

在与策兰的潜对话中，作为"你"的策兰的脸出现了，又消失了，又再现了。那是在流水中的脸，那是被灰的暗哑蒙住了的脸。策兰那"可见的"脸与"不可见的"脸组成了"脸"的二重性，都在面对面的关系中呈现。"脸"所包含的不可见的东西，列维纳斯称为"意义"。意义借助表达与对话来实现，而表达和对话必须借由语言。"脸"所承载的他者，不是经验性的对象，而是一个活的对话者，在这种对话的过程中，意义得到传递，主体的"我"接受并获取不同于我的东西，在这种意义的获取中，"我"与"他者"的区别得到加强。列维纳斯认为："脸言说，脸的显现已经是一种言谈了。"列维纳斯肯定了这种言语所依附的差异性，"言语来自绝对的差异"，正是在这种交流中，"我"意识到与"他人"的区别，"他人"不同于我，外在于我，因而，交流才能够继续，意义才能够持续得到传达。

在池凌云有关策兰的诗作中，策兰是作为一个他者出现的，一个赴死者，一个孤独者，一个漂流者，一个漫游者，一个歌者，但是，这个"你"在诗歌中得到了"回应"。诗歌的语言不是一种消息性的语言，而是一种特殊的言语，与诗的"言语"相关联的是"回应"。"言语"的特征决定了这种交往是双向的，是"我"与"他者"的相互尊重。晚期列维纳斯特别强调"回应"，是因为"回应"与责任在很大意义上是一致的，或者是等同的。"当我是你时，我才是我自己"，当我们回味策兰的这句话，诗歌的真理性时刻就乍然闪现。作为与策兰的真正意义上的对话与潜对话，池凌云或许才开始不久，但这种内在启明无疑已经照亮了她的心灵一角。

七、乌托邦之脸或潜行之光

人类自出现以来，他们一直在渴求强光：生命之光、智慧之光、至善之光、理性之光、神圣之光、绝对精神之光、强大意志之光，这些照彻之光昭示着一切本质、意义和价值的终极来源。借助光，世界向人"开显"，人们因此"看"到万物。在五彩斑斓的世界中，光成了人们认识世界的绝对媒介。由于光，客体成为客体，意义由此显影。而不懈地追寻光源，成为几千年人类思想的主流，在此意义上，犹太裔解构主义哲学家德里达才会说整个哲学史无非是"光的形而上学史"。哲学思考无法摆脱"光源隐喻"的纠缠。因此，"光"实际上意味着的是存在、自我和同一的暴力。列维纳斯继而质疑这种"光源隐喻"的本体思维模式。他认为"光"限制了一切存在，扼杀了世界的多元性，中和了他者的独特性。"我的同一性能力，其惊人的专制性，是改变他者，使之进入同一的天然熔炉。"而他者不是任何人，不是普遍人性的个例，而是我当下遭遇的特定的个体，他者之脸的具体性拒绝消解于理性的抽象普遍性之中。

不同于柏拉图式的"太阳"所具有的至上权力，遭遇他者的体验是一种超越总体的体验，列维纳斯说："对我而言，有两个出发点是本质性：极端'脆弱'的观念，和'要求'的观念，即他人是弱者。这比虚弱更弱，是虚弱的最高级。他是如此虚弱以至于他有要求。""当他来到阳光下时，他会觉得眼前金星乱蹦、金蛇乱窜，以至无法看见任何一个现在被称为真实的事物"，而真实的"他者"在柔弱和晦暗中，并不会灼伤人们的眼睛，因为它根本不具有强光，而只是在其极端柔弱中闪烁自身。

池凌云想必会非常认同列维纳斯的思想，在一些札记中，她表达了相似的观点："从1985年开始，我开始了我的卑微之歌的写作。我唱得诚挚而幼稚，我几乎是关着门唱。在人们眼中，我是不入流的'另一个'，生活中的我却是时时被我的内心拒绝的'另一个'。那些年，少有人熟悉我的嗓音，我成为我自己的秘密。我不动听的声音一直在唱我自己的卑微的歌。到今天回头看，我只有这一支歌可唱，也最愿意唱……然而我的饥饿远未完成。我知道，一个写作者，不该去寻找一碗免费的粥，即使在最黑暗的时候，也该保持对渴望和弱的低语的忠诚。诗歌的存在，应该对破碎的事物给予安抚和补偿。但我还没有掌握钻井的方式，我只是部分地掌握了开采的手段。我知道这世界的大致轮廓，那最珍贵的东西一直吸引我：为了那承受中到来的事物，那'正在逝去的事物中那些永不消逝的东西'……"

"我学会了'在殿堂和闺房之间来回奔跑'，但我少有闺房之诗，更多的是暗房之诗，个人的情感触动我的神经，暗房的浓雾却整个压住了我的思想。我需要更为开阔的空间,从个人的卑微之诗,到他者的卑微之诗,我在一点点让出我自己,完善我自己,也在这出让的过程中成长。"

"从个人的卑微之诗,到他者的卑微之诗",这种路向,昭示了池凌云诗歌中最具有启明性的特征。用她自己的话,或用她自己的一部诗集的名称来定义,就是她努力寻求的是一种"潜行之光"。"潜行之光"这个词让我们很容易想起苏俄导演塔尔科夫斯基的电影《潜行者》,但"潜行之光"也包含了池凌云对低音声部的迷恋:大提琴声、哑嗓子、被扼杀的咽喉、溺水中的沉闷的挣扎。先来看看她对内在与潜行之光的各种抒写吧,"一道山泉制造的深渊,发出幽幽的哼唱/我跟随它流淌。一次潜行/水将火凿穿"(《在寺院》);"她乏味地坐着,忆起走过的狭窄小径/闲散的灯光虐待她粉色的肩和颈/但有时她绽开/让窥看的火苗再一次昏厥"(《五月》);"但整个世界都是苦涩的/爱过你的人正屏住呼吸/看守你嘴的闪光和哑默/——这墨迹淡淡的曲线/终于暴露了你秘密的爱情"(《以你为模特的裸女画》);"你可以猜测我的生活/水晶和火焰都变成/耳聋者的鸣钟(《这个的火焰呈灰色》);"一个新的/殷红色的果实在深处回望——/在肉体深处,在橘色灯光的深处/比一切魔法更忠实"(《去爱一丛荆棘》);"但是我没有听到,石头深处的真实/无声地带的……焚烧/而我知道,在成为贝壳的过程中/一颗陨落的星星要求新生"(《谁将贝壳做成风铃……》);"而最终/火焰要向冰取暖,各种事情/有一些要冻住,不该回头呆望"(《火焰要向冰取暖》);"大地上,水的奔流冲破/多刺的城墙。每一阵光的昏厥/天空的渣滓,张开恬静之翼/他们滑过,痛的神经密闭"(《无字的哀歌兼赞歌》);"成为耳聋者的歌声/对着黑夜吟唱对着脸狠狠敲打链索/成为无声的满帆没有耗尽/卸下翅膀成为潜行之光有谁知道/一闪而过的那是什么"(《水穿石》);"它把水晶天鹅的黑羽毛给我/用新的灰把灯擦亮。为了/再一次阻断,在我手里/音乐变得狂热。它的每一次努力/都在告诉我,潜行之光的黯淡/醒悟的灰色。在我手里/任凭我如何节约,绝望还在发生/有人在哭山峦的一角/夜,回到阴沟的拥抱中"(《潜行之光》)。而在非常优秀的《惊落叶》中,她道出了潜行之光乃是寻找根须的力量,从一片树叶的熄灭中，仍然可以感受到一瞬间的彩虹和火焰跃出。

它来了。它在我的体内
寻找根须。一棵树的话
它永远说不出，但知道
同类的无言静默。

从底部拖出我惟一的
彩虹。我允许它
碎在绵密的飘零中
暗示那个扫落叶的人
也如一片落叶。

而它有权沉沦，
这大地上最后一个
舞者，它未完成的
渴念，从一声叹息中
火焰跃出——

池凌云对低音声部的迷恋体现在她许许多多的诗歌中，《所有声音都要往低音去》是其中非常惹人注目的一首："日出时，所有声音都要往低音去／夜的运动把伸出的幼芽压碎／露珠与泪珠都沉入泥土／一切湮灭没有痕迹。惟有／盲人的眼睑，留在我们脸上／黑墨水熟悉这经历。一种饥饿／和疾病，摸索葛藤如琴弦／我们的亲人，转过背去喘息／他们什么也没说，他们无法洗净／身边的杂物。黑夜的铁栅／在白天上了锁，没有人被放出去／没有看得见的冰，附近也没有火山。"而最迷人、最能够体现池凌云既深沉又飘逸诗风的是《赐予我哑嗓子》：

赐予我哑嗓子，我泡沫四溢的脚步
夜深了，露台独自飘远

大提琴的回答在转圈。弦的艺术
回应远去的羽毛和锚索。

我没有入睡,我的后背有风
冰冷的细浪,沉入更深的地域
从拆解到组合,我们漫步在各自的
小径上,仰望一颗消失之星。

这沉默的结晶:沙粒灼热
冰总是融化太快,随清泉下沉
而砂浆之下再没有别的……

  脸是绝对的他者,是卑微者、弱者。一方面,脸是呼救的祈请,来自孤弱者、饥寒交迫的被压迫者,来自被挤迫到社会底层的边缘化的他人。另一方面,脸又向我颁布命令,并因此代表着我不可违逆的高度。此时,脸的力量已经是一种伦理的力量,是非暴力的、无力之力量,列维纳斯将这种"没有抵抗能力的抵抗",称为对暴力的"伦理抵抗"。

  在札记中,池凌云写道:"我不喜欢力量这个词,觉得它与实实在在的生命不一样,并不是实存之物。而力气更实在,力气消失时,一切表象都会消失。一个有力气的人,才可以带着灵魂行动。我告诫自己要警惕,不要向词语过度索取光芒。写作是独自夜行,身边并没有可以借取的光。而词语的灵魂是人,是人在黑暗中的触摸,是熄灭的光,是无声时发出的低微的叹息,是低处的目光看到的一切。它们没有显著的地位,在诗歌中,它们惟有诚实地体现自身"……"做一个真实的人与拥有自由心灵的他者。这是对待生命最好的办法。你写什么?为谁而写?一个声音说,'万物正笔直地躺在那儿,一切真理都是弯曲的,时间是一个圆圈……'争辩一直存在,但另一个人说,'在我们身后,躺着永恒'。我不是很清楚自己了解多少,只知道除了唱出真实之歌,还要唱出回旋曲,还要学会唱出安魂曲。"

  "我不是很清楚自己了解多少,只知道除了唱出真实之歌,还要唱出回旋曲,还要学会唱出安魂曲",是的,这是池凌云的肺腑之言,她近几年也一直在践行着。是啊,如阿伦特所言:"即便在最黑暗的时代,我们也有权去期待一种启明。"是啊,正是在乌托邦的微弱光芒中,人,才能把自我与他者的前景展示。一次又一次,池凌云把脸转向那些失明者、失声者、失踪者、受苦的人,转向那些脸上蒙尘的卑微的人,她看到:"晨光坚持在暗中流血／红罂粟榨干秋日的河流／腐朽的谷粒在野鸭的嘴里／惟一的真实在体内。"(《晨光坚持在暗中流血》)可是,"为了找回那被埋藏的死／那低处潜游的灵魂／弯下腰,却只能找回／那突然溢出的泪水"(《从此,废墟》)。这泪水是暗哑生命的微弱闪耀,是启明,让我们仍然留驻在薇依的世界:"在期待中……"是的,我们不能仅仅留在绝望中,我们要唱出自己的安魂曲,乌托邦之光此刻正带着它的灰烬归来:

仅仅绝望,已经不够
神奇的光带着它的灰烬,溢出黎明
让我一路追逐却什么也说不出
　　——《神奇的光带着它的灰烬……》■

发明一个亲爱的　池凌云研究集

引言:磨砺,铸就强大的内心

1966年冬天,池凌云出生在浙江瑞安一个叫作"南山北堡"的村子里。她说:"在我七岁之前,我家一直租房住。那是一座老房子,在村子的最北边。到了夜晚,窗外无边无际的黑夜就在我幼小的脑袋里变幻出各种可怖的形状。后来听说了关于这所老房子和屋后少有人迹的小路一些怪异的故事,我和姐姐、两个弟弟天黑后就不敢出门了。"五岁那年,一个比她大一岁的女伴在河边玩,那个女孩把她推到河里,自己逃回家去。幸好有大人经过,把她救上来。[1](现在,不知道那个女孩安在?是否清楚一个当代优秀的女诗人几乎葬送在她幼小的手掌里?)后来,她的父母告借于许多亲戚,才终于建了全村最矮的一座新房子。一家八口人,全靠父亲在学校微薄的薪水和母亲的勤劳。难怪,池凌云会说:关于生活,我最早了解到的一个词是"贫穷"。

在童年,她就会打猪草,跟随母亲学会了谋生。可以干农活了,她父母就想让她退学。她为此"几天不吃饭躺在床上流泪",终于母亲答应让她继续上学,条件是学费要自己赚。凌云就这样靠自己挣钱读到了高中。十五岁时,她初中还没毕业,家里就给定了亲。为了解除这一"婚约",她进行了漫长的抗争,小小年纪独自面对一切不解、

---

(1) 池凌云:《无声的河流》。

这么多技艺,我只学会一样:燃烧
——谈池凌云2008年以来的诗及其形式※   夏汉

※ 夏汉:《语象的狂欢》,海口:南方出版社,2017年版。

误会、无休止的训斥和谩骂……"就这样,我度过了没有鲜花的花季。这些经历锻炼了我爱和受苦的能力,我更深地爱着造成我曲折人生的亲人,我在不能承受的时候依然承受下来。这些经历养成了我的秉性和人格,打开了我潜意识的世界,那段时间,我过着灰暗的生活,只有文学之梦抚慰着我的创伤"。至此,我们更加理解了诗人"那真实可感的饥饿,使心灵兀自在一条崎岖不平的小道上疾行。饥饿,却不屈从,这是一种非凡的经历,一种神圣的体验,在深处不断寻找值得珍视的最宝贵的东西"(1)。从池凌云早年的经历我们似乎还可以悟到:多舛的命运真的可以铸就一个强大的内心!

而费尔南多·佩索阿说得好:"真实人生是不完满的,艺术是对人生的主体的完善。"池凌云在人生的磨难之中,意欲追求人生的主体完美。所以,她坚定地选择做一个诗人。

上篇:担当,来自心灵燃烧

阅读池凌云 2008 年以来的诗,我们感受到她践行着这样的诺言:"写作之所以光荣,是因为它有所承担,它承担的不仅仅是写作。它迫使我以自己的方式、凭自己的力量、和这个时代所有的人一起,承担我们共有的不幸和希望。"(2)我们将以此为线索对池凌云的诗作出阐述。

在池凌云的诗里,我们发现挽歌般的语言气息一直弥漫其间。或许这就是诗人面对荒诞而不可理喻的世界作的一个无奈的发言?正如策兰在 1958 年回答巴黎福林科尔书店时所说的那样:"它(写作)被记忆中的那些最不祥的事件和增长的问题所缠绕,它不再以那种许多人似乎都期待听到的语言讲话。它的语言已变得更清醒,更事实了。它不信任'美丽'。它试图更为真实……它就是一种'更灰色'的语言……它不美化,也不促成'诗意';它命名,它确认,它试图测度被给予的和可能的领域。"(3)我们来看《存在》:

---

(1) 池凌云:《饥饿的灵魂》。
(2) 阿尔贝·加缪:《写作的光荣》,袁莉译,2020 年第 5 期。
(3) 《策兰的六篇短文》,王家新译。

微小的笔负担着寂寞和创伤
空无一人的道路在伸展
只有它们能理解，带刺的雨
玷污了最好的墨色。

这日渐硬化的童话
穿过一切晦暗的隧道
我看不见一段完整的爱
所有追问都是栗色的。

在这样的自然里，慢慢消耗温度
多么恐怖！我拥有一只雏鸟漫长的死亡
孤单的夜晚，我不写信
我只想抱住一棵树痛哭。

诗人面对"存在"，就连珍爱已久的微小的笔也"负担着寂寞和创伤"，因为那些莫名其妙的"带刺的雨／玷污了最好的墨色"——其实也无异于玷污诗人的内心，而最能显示心灵纯真的童话也"硬化"了，"一段完整的爱"也看不见。这是多么恐怖！——这就是她不可逃避也无法逃避的时代！所以诗人拥有了"一只雏鸟漫长的死亡"的悖谬的感受，在孤独之中也不再愿意倾诉，哪怕只是写一封信。事实上，就像诗人在另一首诗里所说的"无语时受到的灼烧比说出来还多"。那么"想抱住一棵树痛哭"的岂止一位诗人？那几乎就是一代"仍无法拯救绝望的人"的哭泣！在《所有声音都要往低音去》这首诗里，诗人以同样的语调面对一个人或某个令人不可思议的事件：

日出时，所有声音都要往低音去。
夜的运动把伸出的幼芽压碎，
露珠与泪珠都沉入泥土
一切湮灭没有痕迹。惟有
盲人的眼睑，留在我们脸上

黑墨水熟悉这经历。一种饥饿
和疾病，摸索葛藤如琴弦。
我们的亲人，转过背去喘息
他们什么也没说，他们无法洗净
身边的杂物。黑夜的铁栅
在白天上了锁，没有人被放出去。
没有看得见的冰，附近也没有火山。

开句几乎就是哀悼的语调，那面对的肯定是一件悲哀的事情。夜的黑暗令人愤恨，压碎了"幼芽"，露珠与泪珠不能自由地流淌，唯有"沉入泥土"，也不给善良的人们留下"痕迹"，……这是一种无耻者的掩盖！所以我们脸上是"盲人的眼睑"。诗人还以"喘息""无法洗净"、铁栅"上了锁"，没有看见冰和火山强化这种悲哀，诗人相信"黑墨水熟悉这经历"！但有何用？"卑鄙是卑鄙者的通行证，高尚是高尚者的墓志铭"（北岛），或者正如诗人在另一首诗里说的那样："雪已不能造出洁白的羊群。"尽管如此，诗人仍然以哀婉的笔墨揭露人世间的不公平，不屈不挠地为这个世道唱着挽歌。故此，我们不得不佩服诗人的良知和勇气。诗发出来以后，据说还有居心叵测之人告黑状，惹起一番风波。

诗人不断地勘测着茨维塔耶娃、阿赫玛托娃、希姆博尔斯卡及众多的女诗人的心灵，当然，还有她热爱的大提琴家杰奎琳·杜普蕾。诗人在这些高贵女性的作品中反刍着自己的命运，从她们的存在中，体验到了女性心灵的宽阔、强大与深度，并以此铸造着她的自我。《在另一首诗歌中》，诗人就描述了这种心境：

我在另一首诗歌中呼吸
那蓝色的空气属于任何人
更属于我。我顺着雪线
进入不属于我的玻璃窗
那房间里的群岛和玫瑰
伤口上的白霜——我们

像认识已经多年。

是的,这是一个女人与另一个女人来自命运的心灵重影,哪怕她们来自不同的国度和不同的时代。2010年的某一天,在雁荡山傍晚的聊天中,她委婉地透露出自己命运的坎坷,而在她的书房里我看见颇多国外女诗人的著作。所以,我更能理解诗人:

从此,我每天抚摸埋在自己体内的
异族。那无故波动的印痕
是因为另一个受够折磨的人
想从另外的喘息中冲出来。

对此,桑克在《何谓阅读即体验,何谓理解即悲悯》[1]这篇评论池凌云的文章里作过精准的描述:"值得注意的,是为俄苏诗人茨维塔耶娃而写的三首诗,《不是火灾,是深渊》《玛丽娜在深夜写诗》《所有火焰和黑暗,所有深坑》。池凌云叫这个老前辈'玛丽娜',与其说是将她视为导师,不如说是将之视为自己的闺中密友。……可以初步认定,茨维塔耶娃是池凌云谱系的一个重要组成部分,不仅仅是因为彼此间个人气质的接近,在精神师承上,在诗歌方式上,她们之间也有诸多相通之处,甚至通向更大的俄罗斯白银时代的传统。我还注意到,虽然池凌云没有提及另外一位重要的俄苏诗人阿赫玛托娃(我对她更了解一些)的名字,但她言说之收敛与悲痛之忍耐与阿氏的经典表情确有几分神似。"同时,池凌云也深爱着波兰诗人希姆博尔斯卡。就是这些伟大的异域女性诗人成为池凌云强大的精神寄托。

我们还看到凌云的诗里有一种"悲悯"而隐忍的语调。她一定惯常地沉浸于杰奎琳·杜普蕾的大提琴演奏里。记得去年秋末,我向她索要杜普蕾的有关资料时,她说过,在过去的一年里,我整个地在她演奏的大提琴曲里度过。从她写给这位英年早逝的天才大提琴家的《殇——致大提琴演奏家杜普蕾》的诗句里可以体会出来:

---

(1) 该文发表于《上海文化》2011年第3期,发表时标题改为《无限接近那温和的心脏——读〈池凌云诗选〉》,并收入本书。——编者注。

带着你的殇,我独自穿过
四月的晚风。一切才刚刚萌芽
自由灵魂的舞蹈
让滚烫的眼窝深陷。仅有的翅翼
供我们重返灼烧之焰。

我在你患硬化病的手中回旋
对痛的启发,让我
伏倒在一个重大的颓丧里
你这短命的天才,向每一个密闭的
房间,供奉我的姐妹
喑哑生活的乐器!

这黑夜,一点点被抚触过的
危险的光。请停一停,杜普蕾
时间又快要到了。时间又快
到了。你溢出来的
多余的激情,穿上迷人短裙
却将我绑在一根易断的弦上

将我摇晃着往远处拖
我几乎窒息,水的深蓝
堆叠,拼缀出另一种颜色
供我们冲破。而我终于可以
感谢这绝望的日子,当受损的
耳廓耸起,你不知道的
结局,传来赞美的哽咽。

　　还有一首诗《雅克的迦可琳眼泪》,诗人一定从那哀婉悠长的旋律中,体验出了女性特有的柔美和感伤,一种莫名的颤栗中呈现着诗的哀婉。这首诗是写给巴赫著名的大提琴曲的(又译为杰奎琳之泪),

而这首曲子竟与后世一位也叫杰奎琳的英国大提琴才女相遇,并成为其演奏的经典曲目。这首诗的最后一节最精彩:

> 遥远的雅克的迦可琳
> 这就是一切。悲伤始终是
> 成熟生命的散步。提前来临的
> 消逝,拉住抽芽的幼苗
> 正从深处汲取。

我坚信,诗人在这里看似把这首诗献给一首曲子,其实更是献给一个伟大的女大提琴家:杜普蕾幼年就学会了大提琴,少女时代就斐声乐坛;而后患了硬化病离开心爱的大提琴,年仅四十二岁就在绝望之中离开这个世界。一如王东东所说:"《雅克的迦可琳眼泪》《船歌》《殇——致大提琴演奏家杜普蕾》,正如其题目显示,它们是产生自音乐氛围的作品,这几首诗写得十分精彩,几近完美,我将它们看作汉语诗歌中稀有而高贵的受难曲。"是的,诗里面充满知性的格言一般的句子,引起了很多人的共鸣。2010年在北京,王东东连同我们几个人与王家新、多多小聚时,家新居然能够把这一节吟诵出来,而在第二天的"北大未名诗歌节"开幕式上又吟咏一番,可见这首诗是多么的让人欣喜。

在池凌云那里,谈及爱或"有一些日子,我已不再爱"的诗篇并不十分多。或许,她的感情磨难让她清醒地知道"一切爱都伴随着荒谬"?有一首诗《读一个人的回忆录》居然谈了爱与性:

> 爱与性有时是如此难以分辨
> 当每一次结合都是不可分割的一体
> 你忘记了这也是与永恒空虚的子宫调情

但诗人在这里并没有色情,只是谈及那独特人性的纠结,"你和他都对不同的人重复表达了渴望 / 这无法解释的事情令人沮丧"及"存在只是一种拼图玩具 / ……生命真的不如我们认为的那样重要"

的虚无感。还有一首诗《那一年七夕》表达得更加特别：

> 我在海边踱步
> 相信沙滩的意志曾进入悬崖
> 相信逐渐变黑的暮色
> 正让一个人变成孤儿

"七夕"作为我们传统的文化记忆，含有一种离别、等待的苦涩。在这首诗里，诗人展示了一个痛不欲生的情爱故事。而在这一节，诗人的感慨也耐人寻味：这是对爱的冷静的过滤，或者说也是对于"不爱"的沉淀。而在对诗人大量诗歌的阅读中，你会发现更为可贵的是，她源自人生磨难转化而来的"爱"其实是献给整个自然界、生存和人类的。诗人是善良的——她近乎佛教徒的修行，所以她说过从不杀生。她以女性的柔情关注着一切弱小的生灵，或者说诗人在"默默爱着无声的万物"，其中也包括她自己的诗。她关注"蜜蜂沉重的翅膀"，心疼"一滴蜜在哭它的花蕾"；甚至她关注着一朵雪花——自然那里更体现了诗人"冰"和"故乡"的宽厚与大爱。她也会《去爱一丛荆棘》：

> 如果没有什么可以爱，
> 你可以去爱一丛荆棘。
> ……
> 不如走入一丛荆棘，蹲下身
> 让它也得到娇宠。硬刺的沉默
> 嵌入一只手掌，一个新的
> 殷红色的星球在深处回望——
>
> 在肉体的深处，在橘色灯光的深处
> 我一见到它，就开始疼痛。

在"拜物教"的枷锁里，很多女人和男人成为物质的奴隶。只有在少数孑遗生物那里，诗还是一种精神依靠。而对于池凌云，诗一直是一种精神的奥秘,寄托着她的全部心魂。2011年的仲夏季节,我们几个诗人从仙岩回来,已经是深夜了。在她的工作室,我们一同欣赏她的新作;罗羽恰好从遥远的郑州打来长途评论她的诗。看凌云那高兴劲儿溢于言表,并当场诵读了《慢吞吞的丝带与花树互相挤压……》《四月的物象》《另外的空椅子》等诗篇。在她眼里,诗几乎成为她漂亮的新生儿,让在场的人都感动起来,一如西渡在《黑暗诗学的嬗变,或化蝶的美丽》中指出的:"这种在苦难的阴影下对爱和希望的虔敬和坚执,正是池凌云诗歌中最为感人的东西。"

历经了人生的磨难之后,诗人对于生死已经能够淡然处之,甚至能够欣赏"那死亡朝你开放的花朵"了,"眼神缚住一棵将死之树",能够谈及"死寂的旅途",也许是"我们都看透了终结的时候/那被盗走的青春"。但诗人不是不再关心生与死,而是透过"观望者的眼睛",在对于世事的无常、无稽的感受之中,有了一种压抑的不可言说的控诉的力量,它在诗里面燃烧。读《那么多哭泣之后》:

那么多哭泣之后,那么多
镣铐那么多墙之后
迈出火焰的一步之后
那么多外衣被剥光
日子没有记录。

残存的月,照看那么多
空荡荡的坟场。微生物的爱
在弯腰,而坏死的
神经,等不到下一个
时刻。

你曾经是一个人
你以为可以喊出来
你没有做到。你有那么多
难以描摹的绝望——在永久

沉默的星星中间。

这首诗里的"哭泣""镣铐""火焰""残存的月""空荡荡的坟场""坏死的神经"等词语充满张力，体现着那种"爆发前的沉默"的动势，那绝望、愤怒、声讨一触即发！或许，"迈出火焰的一步之后"，诗人看到了"没有一种燃烧让我们如此疼痛"而"祈望一次真的奇迹"——时代的、生存的奇迹出现？而这仅仅是诗人善良的愿望！因为就在半年之后，更巨大而无辜的死亡与"那么多哭泣"就发生在她的身边和眼前——那个莫名其妙的"温州动车事件"。她写了几首诗抒发了自己的感受与思考，其中有《死亡列车》等。而《这黑泉之水叮咚的清鸣……》，据诗人说是事件发生"10天前的一个草稿，居然也与这些日子暗合"，难怪她会感慨"看来这就是我们的生活"。从这些诗篇里，可以窥见诗人面对重大事件所体现出来的社会良知，与之同时，在诗人后来的诗作里渐渐生长了一种更为内在而深沉的"控诉"的力量，有一种让人欲哭无泪的压抑感。看《晨光坚持在暗中流血》：

晨光坚持在暗中流血，
红罂粟榨干秋日的河流。
腐朽的谷粒在野鸭的嘴里
惟一的真实，挤压
剩余的空气和唾沫。

所有时辰都裹着破碎的瓷器。
昔日的星星带着几分厌烦
挪开苦楝树和柏树，
而吼叫的风，不屑于
隔断浮萍。

夜背着秘密。有人从高楼飞身而下
身体急剧变轻。大地越来越迟钝
对一件不理解的事

它们碾碎它，以示
曾倾尽全力。

　　晨光"在暗中流血"，红罂粟"榨干"河流；腐朽的谷粒在野鸭的嘴里，为了"挤压"剩余的空气和唾沫……这些看似悖谬的物象背后有一个强烈的象征，那就是罪恶的力量无处不在！所以，才有时辰的"破碎瓷器"，"吼叫的风"居然隔不断"浮萍"这样凄迷的景象。而有人跳楼了，夜竟然"背着秘密"，"大地越来越迟钝"——它们的卑鄙的目的是"碾碎它"！全诗通过反讽的手法看似不动声色，其实有一种强大而隐忍的控诉在里面。

　　池凌云是"孤独"的，也是"忧郁"的。不是说她的生存环境，我指的是她的心灵环境——在物质利益成为这个世界的主宰以后——尤其是在南方那个经济飞速发展的地方，能理解或读懂她的诗的人的确太少了，甚至，在诗歌界，能真正意识到其诗歌价值的也不多。然而她坚信"时间的锈，使孤独变得高贵"。她的诗里多有沉寂、寂寞、寂静、死寂乃至恐怖等诸多的字眼。或许，在她内心深处就有这样一小块天地？在《无尽柱》里，诗人就给我们展现了此类的图景：

那目力不能及的地方藏着寂静
雕像在慢慢生成，石和铁块
进入谜一样的心脏
碎裂在后面，死者的箭镞在驱赶

我将匆忙离开，迎接黑铁的刑罚
变旧的故事小心绕过台阶。那灰烬的灰
从暝色四合的长廊
一根无穷无尽的柱子在向上延伸

　　"那目力不能及的地方"有一种地狱般的暗示，还"藏着寂静"；雕像、石和铁块这些生硬、阴冷的具象慑人心扉；"碎裂""死者的箭镞"加剧着恐怖。"我"离开，却有"黑铁的刑罚"——那是一扇紧闭的大门，或者冰冷的刑具？"长廊"暝色四合满是灰烬……尽管那是"变旧的故事"，但它依然像一根"无穷无尽的柱子"在向上延伸——在这里，我想到了诗人早年的贫困、逃婚、离异，依然如梦魇压在心头。诗人在《灯的皇冠》这首诗里似乎在为自己做一个写照：

它的嘴唇，从未泄露创伤
从未尝过真正的蜜
……
从废弃的东西
提炼一颗影子的心
它的感受不足与外人道

它占据了黑暗的中心
它要走出去，抛开所见之物
期望一次意外。

是的，诗人拥有不幸而坎坷的阅历，"从未尝过真正的蜜"，但她从不哀怜自叹，而以苦难喂养强大的心灵，以期在黑暗的中心"燃烧"，在诗里"期望一次意外"。而诗人的忧郁大多来自生存的世界。她有一首《四月的物象》：

一次又一次，我站在临河的窗口
看运泥船经过。小河的波浪
没有给它伴奏。而远道而来的
音乐，每天都在变换，
有时献上一朵闭合之花。

我没有什么要对一艘运泥船说。
很多次，我放下手中的书来到窗前，
只是看着运泥船经过。
想起一个女孩眉毛弯弯。

想起一只燕子飞入薄云。

惟有微风催动羽毛,一年比一年凄凉。

诗人居住的城市是一个崛起的商业都市,工业垃圾一定很多,所以"运泥船"寂寞地一次又一次经过。而此刻诗人想到了什么?仅仅是一个女孩弯弯的眉毛?一只燕子?不,她恐怕还会想到,工业发展、商业繁荣的背后,人类的精神、伦理会成为那河里的污泥吗?是什么船掏空了我们的内心?这也许就成了诗人最后的叹息:"一年比一年凄凉"!可以看出,池凌云是一位"忧悒"的诗人。她曾说过:因为忧悒,导致常年失眠,以至于彻夜不眠。这失眠里有对于生存的煎熬与沉思,而更多的则是对于荒诞的世事人情的不安与忧虑,如同"以无形的手指掐痛我,让我彻夜醒着"。有学者曾经说过:想当诗人,首先需要研究关于他自身的全部知识,寻找其灵魂,并加以审视、体察、探究。池凌云的写作验证了这一点,而我更坚信,诗篇所体现的精神强度与灵魂等高。

下篇:形式,心灵蜕变之果

在与池凌云的诗歌交流中,我发现她极少谈及诗的技艺。或许,她有一种奥登意义上的警惕?记得奥登在《论写作》中说过这样的话,大意是:一个成功的作家(诗人)解释成功的缘由时,往往低估了自己的天赋,而高估了他发挥天赋所用的技巧[1]。或者她还拥有金博尔意义上的清醒:"技巧,假如不是由敏感性和主题催化而成,会成为诗歌成就之敌。"[2] 但在对池凌云近期诗的阅读中,还是发现她十分在意诗的形式因素,这似乎又悖谬地体现了阿波利奈尔的"对于画家、诗人、艺术家来说,每一件作品都成为有着自身特殊法则的新世界"[3]的先

---

(1) 李文俊:《李文俊译文自选集》,桂林:漓江出版社,2013年版。

(2) 《奥登的诗歌及其晚年》,吴季编译。

(3) 阿波利奈尔:《艺术评论》,欧阳英译,载《准则与尺度:外国著名诗人文论》,璐璐主编,北京:北京大学出版社,2003年版。

见之明。诗人犹如一个体操健儿,在不断提高难度系数的同时,让诗达到了一个令人惊异的艺术高度。我最早关注这个诗人是缘于她的一首小诗《寂静制造了风》:

寂静制造了风,河流在泥土中延续
一个又一个落日哺育灰色的屋宇
它的空洞有着炽烈的过去
在每一个积满尘土的蓄水池
有黎明前的长叹和平息之后的火焰
我开口,却已没有歌谣
初春的明镜,早已碎在揉皱的地图上
如果我还能低声歌唱
是因为确信烟尘也能永恒,愁苦的面容
感到被死亡珍惜的拥抱。

我注意到诗人往往在一首小诗里倾注更大的气力,这也许就是人们常说的:短诗更考验诗人的功力。在这首看似平实朴素的短诗里,可以看出诗人颇多的诗歌技艺:首先,她给我们展示了一组意象——落日与灰色的屋宇,接着又往更深处作了引申:"它的空洞有着炽烈的过去",从而让短诗拥有了意想不到的"复杂",而接下来的复句则显示了诗人审美视野的宽远或者预示着挖掘的深度,警句出现了诗愈加有力,而亘远的联想,往往会产生奇绝的隐喻。这首短诗也让我确信:所谓诗歌的先锋和前卫必定会在一番热闹之后,回归诗的本身——知性的沉思,或抒情的纯粹。

作为一位里尔克意义上的经验型诗人,池凌云转化"生活"的能力极强,不妨说,她总能把生活的体验巧妙地融汇在她的诗句里。2010年8月中旬,王家新、王东东我们几个在诗人的陪同下一起游了雁荡山。不久就看到她写的三首诗。我惊奇于诗人深刻的感受和想象力,在诗里我们几乎只能看出零碎的事象的影子,而更多感受到的是诗人内在语言的自身呈现。看她写的《在桥头》,那是游山回来的夜晚,我们几个在碧玉溪桥头聊天的时刻:

风穿过青石拱桥的耳廓,流水
把石头磨得更亮。我们从远方来
为了在这无名的桥头站一站
给以后的日子造像。

遥远的米拉波桥的神经被拉紧
触碰桥墩隐藏的沟纹。
那个多年前溺水的人,用夜的
黑色,反射我们。

蝉鸣在追逐。山显得圆润
不宜攀登。深涧与星光结伴
流向高处。我像一个心如槁灰的
囚徒,独自唱起哑默的歌。

即使我倾听,仍像在丧失,
沉沦与上升交替着来临。
而我们之中的一个,爬上树
我想知道他看到了什么,但他
什么也没说,只是朝远处挥手。

    诗人在第一节平实地交代了诗所描述的内容发生的地点、人物和独特的意愿:"给以后的日子造像",而接下来就有了兀然的联想——阿波利奈尔诗里曾经出现的"米拉波桥",想到了在那个桥下"多年前溺水的"诗人——策兰,这一节既是意外的一笔,也在情理之中,因为此刻站在桥上的都是诗人!然而,不是每个在场的诗人都能想到,尤其写在诗里,这就体现出诗人的敏感了。难得的是这旷远的想象跟我们自身贴得很紧,"触碰桥墩隐藏的沟纹",甚至"用夜的/黑色,反射我们"。在这里便有了源自于心灵的瞬间的"超越",这才是一位优秀诗人所能为的本领!接着,诗人回应了环境,却又进入更加"自我"的省察:"我像一个心如槁灰的/囚徒,独自唱起哑默的歌"。至此，我们可以说，一首优秀的诗作已经趋于完成。而最后一节——特别是"我们之中的一个，爬上树……"，以下的句子既缓释了前面诗句的紧张，又让诗荡开了去，呈现出技艺的高超。在这里，引用我同天晚上写于同一个地点的《雁荡山的夜晚》作个回应：

夜空下，你的高贵令诗高贵。
你的智慧般的深厚让中年男人折服——
风暴来自那里。
惟有你——在颤栗的冷里体味着喜悦。

同年10月，池凌云去山西参加"十月诗会"颁奖晚会，顺道在河南大学停留一天，午后我们一起拜访了耿占春。其后不久，她写了一首《在开封》：

南方的正前方是烤红薯，
季节是一只水晶杯，
我们忘记用了几捆柴禾
给稠密的声音和面颊加热。

一些诗歌和雕花的门楣
总是在第二天的晨光中抵达。
滑动的文字，在碰撞之后
曾变成一棵小白杨。

古建筑和书籍意欲安慰球形的道路，
当它们排成列队，我们
互道珍重。但我的确错认
路上的好女子为你们的妻女。

诗人开句很巧妙地点明要去之处：那是"烤红薯"的故乡，而季节是清澈得犹如"水晶杯"般的秋天。接下来的句子似乎在暗示晚宴的热烈,"几捆柴禾""稠密的声音"用得十分巧妙而有趣,第二节是呈现翌日在河南大学游走时的微妙感受:此刻,诗,"滑动的文字"已经"抵达",这对于一个初次到来的南方诗人是自然而然的。随后,诗人动用了几个细节:古建筑、书籍、球形的道路,互道珍重——把在河南大学的游览,买书,分别——作了精准而恰到好处的呈现。结句则再现了初见耿占春及其学生的一幕:那"错认"也在窘迫里显得异常的亲切。

诗人在一次访谈中说:"诗人应该生活在多重时代中……诗人的鼻子应该能闻到另一个时代的蜜汁和血腥,能想象那些黏稠刺目的液体。是历史感造成了一条秘密的自由通道。"[1]那么,诗人转化历史、精神、文化元素的突出技能就不言而喻了。作为一位女诗人,她关注着俄罗斯白银时代的两位女诗人——阿赫玛托娃和茨维塔耶娃;同时,她还阅读了很多西方诗人或艺术家的著述——策兰、布罗茨基、巴赫、薇依、米沃什、凯尔泰斯、卡夫卡、凡·高……在对于她/他们的阅读性感受中,创造出了许多精妙的诗篇。比如,除了前面的三首外,《读一个人的回忆录》这首诗里,诗人又写了跟茨维塔耶娃相关的一段凄美的爱与人生断面:

　　……你的存在是一件礼物:美的挑衅
　　造成所有新的欲望。我看到了
　　你们确实在同一条河流上航行。
　　……
　　他早已从自己的诗歌中走开
　　在另一处,在孤独的玛丽娜那儿
　　他得到了令人惊叹的圣洁的诗篇。

同时,被杰奎琳·杜普蕾凄婉、沉郁的大提琴曲触发而写了两首献诗;还有两首《游船》《苦恼之夜》献给波兰诗人希姆博尔斯卡。我们能够看出来,诗人哪怕面对一尊塑像或一幅图画,也可以受到启发

---

(1)　回地、池凌云:《池凌云访谈录》。

而捕捉到深沉而幽婉的诗意。在《惟有清晨的天空在挥洒才情》里，她记得"一百个孩子在梦中奔赴琴房"——那或许就是那本书里讲述的故事，她还记得"我依然喜欢的人，在书中入睡"。诗人在《神奇的光带着它的灰烬……》说出了心底的秘密：

我只是一个影像，在树与树之间
游动。……

与当下诗的风尚所不同的是，诗人理智地远离了诗的"现场"，或者说，她宁愿让诗远离"现实"。她有意让这些诗有了某种"隔"的意味，而不至于贴在实在的皮毛上，以免露出现实之俗陋。甚至我说，一个诗人能远离"现实"是一种本领，这既是内心的又是技艺的。然而，诗人并不缺乏现实感，甚至可以说她的诗里溢满了这种质素。诗人面对世界和一切事物，但她善于淡化事象与物象，或者说，她只在诗里留下语象——那发自内心深处的低语。池凌云的诗多是"去情节化"的，在她很多诗的背后，我猜测一定会有一个故事，或是一个人物存在，但她的诗学认知不允许她"去叙事"，而是采用淡化或虚幻化的手法，保有了抒情的主体运作。比如《大龙湫》：

人群已经散尽，惟有瀑布无止无休
独自描画幻觉的龙。水的冥思
每一滴都胜过钻石。

在空中啸鸣着变形
时光之釉在剥落。

我们是一群无力承接的人
向虚空伸手，仰望
对她的倾心抬高了波澜。

她的行迹在悬崖。为了成就至深的

一跃,从不曾化为乌有。

那是去雁荡山的第二天上午,我们一行人步入山深处的大龙湫——一个不大的潭水,但很清澈,上面是一缕瀑布。我们在那里拍照,并去山崖处领略瀑布飘落的惊喜。而诗人写进诗里的仅有"人群已经散尽""我们是一群无力承接的人/向虚空伸手,仰望"两句似有我们的影子。整首诗几乎都是面对景象的述说或沉思。诗句显得十分精粹、洒脱:"每一滴都胜过钻石/在空中啸鸣着变形/时光之釉在剥落。"意境空灵一如镂空的山石。而更为可贵的是,诗人意欲"远离"现场,或许是为了探索一个更深远的"未来"与"未知"。因为诗人曾经说过:"对历史的纵深感,对远去事物的在场感,对未来的预见性,是一个好诗人的必要禀赋。很多人强调经验对写作的重要性,对我来说,另一个词同样重要,那就是未来或者说未知。写作不仅是经验,也应该是对未知事物的探索和辨认。"[1]

作为南方的一位女诗人,在普遍"柔弱"的语境里,她的语言却是硬朗的——一种似乎是来自北方语言环境的硬朗和大气,这让她的诗拥有更多的担当。这种语言风格也许跟她豪放的性格有关,但更多的恐怕是她的诗美学或她对于世事的感悟。"潮湿的深坑在脚下漂浮/犹如黑暗中的真理:别相信!"现在,我们来看《空中》:

我认下的姐妹,一个接一个
飞回树林。落叶舞动绝望
胜过在人群中发疯。

她们的曲线,浮于空中。
世界宽广而轻盈,落日的血
涨起,被乌云裹住。

嘴在废墟中。

---

(1) 回地、池凌云:《池凌云访谈录》。

言辞,这死于沉默的

花苞

被无声的日子掩埋。

我相信,这首短诗一定是写给那场旷世罕见的动车灾难的!作为一名传媒工作者,那时候诗人一定会在现场,是一个近距离目击者。此刻的诗人满怀愤懑,极容易泛泛地抒情或描写,而诗人写得冷静内敛、极富张力,这就有赖于其多年的诗学训练:姐妹"一个接一个／飞回树林"在平时该是多么美妙而轻盈的形象!而你如果想到此刻的"她们"却是一个个没有了生命的躯体,那又该是如何的恐怖?所以诗人的"落叶"舞动的绝望"胜过在人群中发疯"的诗句跟进得十分到位。而接下来,"她们的曲线,浮于空中／世界宽广而轻盈"与"落日的血／涨起,被乌云裹住"形成了极其鲜明的对比,也形成一个绝妙的反讽。最后精短形象的诗句则落脚于对肇始者掩盖罪恶行为的淋漓尽致的揭露,全诗拥有了"让灰色的嘴唇独自言谈""让笔锋站立,刀斧自己出门"超拔的气势,最终成就了一首泣血的绝唱!

池凌云诗的语言偏于书面语,甚或偏于典雅。她的诗句里拥有诸多这样的词汇:仿佛、遐思、未曾、宛若、似乎、隐者……她有唯美的潜在气质在诗里面,从语词的选择里到处可以看到,这决定了她不会走"俗常化"的路子。或者说她坚信诗的高贵——哪怕是忧郁的高贵。但她也会融入"加工过"的口语,这让她的诗句在优雅氛围里溢满鲜活的气息。我甚至觉得,在南方诗人里,继张枣之后,她是不多见的将两种不同类型的语言融合得最好的诗人之一。比如:

邻人中,传来崩裂之声,

这一次是你,你终于回到

你自己的上林湖。

——《官窑》

前一句雅致得几乎有些古典,而后一句却又是清晰的白话——杂糅之中呈现出微妙的表达效果。在阅读中,我们注意到,诗人偏爱冷色的或负面的词汇:"那个路过的人把自己裂成一道伤口／冷漠的落日覆盖深处败坏的身体／这里是布满铁钉、蛛网、枯死枝条的荒野";"嘶哑的歌声";"冰在融化,越来越少的词／在分裂";"用枯萎的手／让收藏多年的黑发变灰";"幽深的黑洞"。这大概缘于她的内心,缘于她面对世界的感受之冷。或者像耿占春所说的"一种纯属个人经验值的不良资产"[1]:

死去的贫穷的囚徒啊,那把铲子
只是一个梦,挖开是另一个梦
露出金属的指针和刀柄是谎言
是命运设下的又一个骗局……
——《一无所知》

囚徒,梦,刀柄,谎言,骗局……这些词汇组合了一幅对于黎明的"一无所知"和对于"夜晚"的深情的"全新的涂鸦"——在这里似乎披露出诗人对时代或命运的体察。诗人《在夏天改一首有关冬天的诗》里就坦言:

我面对那些词语
发现只有一些阴影和晦暗的色彩

作为一位已步入中年的女诗人,池凌云经历了20世纪90年代,而她几乎没有受到"90年代诗歌"的"影响",也就是说,她一直坚守着诗歌"抒情"的本质。唯一你看得到的大概就是她近年的诗"知性"的份额在不断增强。在池凌云的诗写活动中,我们还经常可以看到她的神来之笔让你拍案惊奇:在《死寂的旅途》这首诗结尾,就有"空无一人的广场／已运走让人羞耻的天空",夜晚天空消失是正常的,而耻辱的天空一定涵盖颇多的意味。"一滴蜜在哭它的花蕾";"你满足了那朵漆黑的花／喂它所有光,让它胜利"——这几乎成为她的经典句式,深刻而干练。还有"误入了轨道的云朵／也被迅速还原到一个

---

[1] 耿占春:《序》,《冬日的恩典》,银川:阳光出版社,2014年版。

更轻的凝望中";"飞翔的女人,在嶙峋的岩石上／独自走去。"让你读了不得不驻足沉吟而感到惊异。

每一个优秀的诗人,特别是拥有知性的独特感悟的诗人,都有自己偏爱的意象,池凌云也不例外。诗人的很多诗里多次出现了"火焰"这个意象:"火焰仍在吸走我们身上的热量";"这经年不熄的烈火";"水晶和火焰都变成／耳聋者的鸣钟";"一千缕光在暗中燃烧";"火焰开始做祷告";"一朵焰,将所有事物包裹"……除了"火焰"以外,他还有:哭泣、死亡、泪、孤独、静寂、绝望。当然,作为一个当代诗人她也有自己俗常的意象,如河流、街道、房屋、鱼、石头……在为它们赋予新意的同时,也证明了诗歌的当下性或"在场"。池凌云并不忌讳所谓的"大词",比如理想、真理。"她欢快舞动的身体／蕴藏着整个世界空荡荡的真理",重要的是她把这些词予以感性的甚至是"肉体的"连接。比如在"这最后的奇迹掩盖了生命的黑洞"这句诗的前面就有"银河系快乐的秘密／让消逝回到慷慨的行程中"做了有效的铺垫。

池凌云在诗写中有一个独特的修辞方式:相反而相成。读来让人惊悚:"我无语时受到的灼烧比说出来还多……";"嘶鸣的沉默"。再看她的一首诗《火焰要向冰取暖》:

仅仅一个秋天,绿荫开始变冷
游荡的影子回到塔楼
让这一个变成另一个。

水,正陷入热沙。深海的每一层
都有软而悠长的橡胶
作为水与水的界石。惟有小心的鱼
以无言的温柔穿过它。

悲伤曾使人高兴。
光辉曾与黑暗同在。
我想要更多深蓝的小水珠
可燃料不够。梦也不再垂悯我

因顾虑风的负荷——

"你的头发是否有感到那风?"
风已慢慢止息。我感到最小的水珠
已开始活动。而最终
火焰要向冰取暖,各种事情
有一些要冻住,不该回头呆望。

从标题中就显示出了相反而相成的辨认。诗始于两组物象:绿荫／变冷,影子／塔楼,使"让这一个变成另一个"成为可能,接下来在水／热沙、深海／橡胶的持续辨认里落脚在"悲伤曾使人高兴／光辉曾与黑暗同在"的深层蕴含里。而最终达到了"火焰要向冰取暖"的题旨。其实,这首诗揭示了一个深邃的甚至有些冷酷的人生真谛,而就在这种相互辨认中,让诗拥有了某种回环与曲折,意蕴也在缠绕之中,显现出意外的微妙与温暖——犹如"小心的鱼／以无言的温柔穿过它"。

所有的修辞手段都来自一个诗人对内心感受的有效表达,或追求真切,或体现微妙,也有某种风格意识在里面。像所有优秀的诗人一样,池凌云是暗喻的高手,而耽于亘远的联想,往往会产生奇绝的隐喻:"愁苦的面容／感到被死亡珍惜的拥抱",由面容联想死亡还算是正常的,而"珍惜的拥抱"让"死亡"居然活了起来,不由得你不称奇;"一本缺页的书摇动细长的文字／已经折断的银柳爬出装它的瓷瓶／善变的异教徒拍响苦痛的胸腔。"——这一系列的喻象围绕"你"的"日食"跳妖冶之舞,你惊诧之余,也会称绝的。同时,诗人想象力的阔远为其迎来了跨度超远的喻体。比如:"河道流出毒计如精美的谎言。恐惧在发芽",在河道,毒计与谎言之间建立的关系是让人难以想象的,而把恐惧想象成一个能"发芽"的生命体,令恐惧的具象愈加恐惧。而暗示的手法会让诗拥有微妙的意味。诗人在一首《记事》里,就有很多暗示的句子:

一条条细小的曲线后
再被虚荣的十一月抛弃……

——这句诗让我的目光停下来：在十一月一定有让诗人铭记的事情发生，因为诗里还有"他的笔记已经模糊——无法追溯的往事／很快就抛弃了他。""从来就没有一片浅滩让他的脚步慢下来"，"只有貌似真理的无底深渊留住他"。或许，诗人是在怀念一个年轻的生命？因为诗的最后是"而如果谁要对一颗幼芽说话，一切都还太早"。而一位历练颇深的诗人，诗篇里总会充满哲思。池凌云也不例外，在《太阳底下，我什么也看不见……》里，就有这样的诗句：

所有昏暗的眼神都有相似的日子：
沙子滚烫。乌鸦起舞
在云层挪动庇荫。
钢钎从各个方向插入居所
盗走熟睡之人的脸。

在不多的几次交谈中，我发现池凌云挂在嘴边的一句话就是：写诗太不容易了。她在批评她的学生时常用一句话：你们写诗也太容易了。从文本中可以看出她对于写作是非常认真甚至是苛刻的，她的诗句很少有多余的字。而池凌云专门谈论诗艺的诗篇极少，我仅在2012年4月份见到她的一首《一种诗艺》，或许这源于她对于诗的谦恭？她开篇就说：

发现一棵树的记忆，是不可能的。
寻找一块鹅卵石的经验
也不可能。我们窥探水的运动
却始终无法触及它的核心。
云朵一直存在，我们耗费力气
理解它的意志，却无法祈望它
泄露空中的奥秘。

诗人的这一节启用了我国古代诗歌最常用的"兴"的修辞技法。显然，诗人在这里要表述的是诗艺的一种不可探知的状态；或者，她

以为诗艺就是深藏于诗歌内部的不会轻易泄露的奥秘。所以,诗人在这里坦露了对于诗艺的真诚:

诗歌也有云朵的意志
言辞如雨水,为逃避疯狂
制造更多的疯狂。就像爱情
被写下,就失去一半纯真。
意义经过阐释,只留一层黏糊的
薄雾。没有人能做到眼明手快
捕获长久的诗意。一切完美
都存在一个黑洞。

我们甚至可以这样理解:过于倚赖诗的技艺的人,会距离真正的诗更远。因为诗人似乎在表露,诗艺只可意会不可言传,"就像爱情／被写下,就失去一半纯真";一切完美包括诗及其诗艺"都存在一个黑洞。"这里诗人似乎有一点心迹:我的诗艺是我的诗的血肉,我自己并不清楚——至少在目前,尚未去做过探索。因而"我无法说清黑洞的诱惑""所有的金手指都受过它奴役"。看来,诗人更在意于技艺的原发性,或者说,她对于诗艺的神秘保持一种深深的敬畏。她深知"皮之不存毛将焉附"的真谛。这似乎也印证了艾略特的语言及文学成熟是成熟心智的产物的观点。王家新在《篝火已经冷却》里说得好:"'出于过剩'的写作,其全部技艺导致的往往不过是言说真实的能力的丧失,至多成为消费时代的点缀,而'源自辛劳,源于辛劳的饥和渴',源自骨肉痛感的写作,才有可能恢复语言的力量。"是的,诗人信奉着:"这么多技艺,我只学会一样:燃烧!"而火焰本身就已经拥有了自己的形式和技艺,而且是唯一的!■

发明一个亲爱的　　池凌云研究集

这是一个弥漫着焦虑和浮躁、价值观多元的年代，物质得到了极大满足的同时也导致了精神的失衡。但是仍有这样一些人，是在以生命写作、坚持从自身的苦难和饥渴出发写作，也正因如此，命运更将他们推向这样神圣的时刻——池凌云就是这样的一个诗人。在她的诗歌中，我们读出了一个女人充沛的情感和对这个世界的爱，她以凌厉细腻、痛彻简洁、激情丰沛的文字向世人展示了作为一个诗人敏锐的心灵和作为一个知识分子所具有的深刻的洞察力，既富有精神的高度，又不乏经验的宽度和体验的深度。

　　荷尔德林在哀歌《面包与酒》中发出"诗人何为"的呐喊："心灵一如往常，具有类似天神的力量。然后诸神隆隆而来。这期间我常常觉得／沉睡更佳，胜于这样孤独无伴，胜于这样苦苦期待，而我又能做什么说什么／我全然不知，在这贫困的时代里诗人何为？"[1]海德格尔也曾论述了诗人的命运——身处一个诸神隐匿、被遮蔽了的贫困时代里，时代之所以贫困正是因为他缺乏痛苦、死亡和爱情之本质的无蔽。这里的"贫困"与"时代"是紧密相连的，也就是我们自己置身其中的时代，而诗人的使命就是"去蔽"——通过诗的创作或者艺术的创造来保持一个本真的"故乡"。这个本真的故乡在池凌云的笔

---

(1)　[德]马丁·海德格尔：《林中路》，孙周兴译，上海：上海译文出版社，2004年版，第281页。

文学的饥饿感
——论池凌云的诗歌创作※

胡友峰　吴学健

※ 原载《当代文坛》，2013年第6期。

下我们可以深切地感受得到,诗人怀揣着至深的睿智与大爱写下了每个字,对是否不朽于后世并不介意。如此,仅是暂得于己,快然自足,别无所求,而这恰是源于苦难的滋养。用池凌云自己的话来说便是:"一个普通人的生命是否值得抒写?当我还在犹豫,那些无言的日子呈现给我的暗示很快就溜走,这些未被命名的事物将组成我的一生,而我能做的只有将一条消逝长河里的漂流物打捞上来,以证明生命的存在。"

对于现实生活中的人们来说,饥饿是一种司空见惯的生理现象,然而在文学活动中作家依据一定的艺术目的对饥饿的叙写,则是一种颇具深意的文化现象。"饥饿"不仅仅是个人苦难的来源,更是精神追求的表征。池凌云的北堡时光使她早早地对生活有了认识——"贫穷"。家里八口人吃饭,母亲要做很多事情:绣花、纺麻、织塑料编织袋……小小年纪的池凌云每天放学回家也要给母亲的绣花活儿缝边,一个暑假的挣扎才得以凑足自己上高中的学费。也许,正是早年的艰难求学历程让池凌云对生活有了深切的感悟,饥饿鞭策她产生了对于文学的追求。她在最近一篇题为《饥饿的灵魂》的笔记中写了这样一段话:"难道要艺术颂扬饥饿吗?我相信艺术的魅力正存在于广阔的怜悯和不断的对抗中:艰难的汲引之美。事实就这样摆在那里:一方面是要从悲哀的雾霭中睁开眼睛,投入不可知的命运;另一方面又不能绝望,尽管那里空无一人。这饥饿像一个幽灵,在大地上巡游,挑选敢于以全部心灵来承担的人……他们身上都有一种持久的力量,他们的生命长期与饥饿和苦难为伴。而真正持久的力量存在于忍受中。也只有这样的人,才会说出:'话语是生与死之间的选择'(卡夫卡)。"在她的诗中,我们读出了生命的庄重感——关乎命运的灼烧,沉默的舞蹈,以及其独特的流水的力道。

一、命运的灼烧

生活在这个时代的人们已经没有闲暇来驰骋想象或静心思考;对池凌云而言,情抱怎样的一种艰难和窘迫才得以孕育出对于文学之梦的虔诚和饥饿感。也许我们每个人都在时时刻刻追求执着,而面对始终更需要勇气,当有了勇气之后,也就具有返璞归真的意味,这是一种更为深切的关怀,如此我们才能更好地解读自己,解读他人乃至社会群体。可以说,命运之于池凌云是坎坷的,但是诗人的心是玲珑剔透的:生活,命运,之于她,是"燃烧"。在她的诗选中"灼烧"一词出现的频率颇高。比如《我无语时受到的灼烧比说出来还多》:

我们呼吸在傍晚的时候燃烧。
这命运弹出的胶片,
让我无数次谴责自己的无知:
所有堕落的灵魂都是因为期待光明太久,
只能选择黑暗作为故乡。

池凌云的字里行间流淌出一种对于命运的思考与探索,这种探索又是那么的艰辛而困苦,然而,困苦了应该何去何从?被煎熬灼烧了的命运仍然赋予诗人以满足感,因此灵魂的深处有着无声胜有声的呐喊。命运总是和大地联系到一起的,于是在《悲歌之四》中诗人向我们娓娓道来:"唯有幽暗烛火的引领。一切都已远去,下沉的大地灼烧昏暗中的人。失明在持续,古老的词语如药片——但那不是罂粟,是整个宇宙的昏沉之星。"大地向人们敞开了一个世界,这个世界又四面八方地向人们开放,它的每一条道路都延展通向远方,同时又把相关联的一切聚拢于自身,于是完成了一个整体——有诞生和死亡、有灾难和祝福、有坚韧和衰退,这个大地所承载着的是个人的生存和命运,也有全人类的历史和命运。

诗人的语言是富有哲思的,在《巫术》一诗中诗人做这样的阐释:

思考给不出一个真理,
孤独给不出自由的一秒,
花园给不出芳香,
受伤的心灵给不出流泪的理由。
信件给不出确切的地址,

思念给不出一个亲爱的人,
光给不出凝视的眼睛,
黑暗给不出丑恶和不公开之恶。
雕像给不出真实的面貌,
拥抱给不出一个完整的人生,
望着苍穹,
我无力的诗行给不出一把燃烧的火。

面对宇宙世界、人类的命运太过于渺小,诗行是无力的,因此"给不出一把燃烧的火",《自然元素》里说:"我熟知它们的命运,就像词,知道我的命运,我们慢慢衰老,秘密的串珠在手中腐烂。透过冰凉的小孔,我看到有人捶胸顿足,有人患病,单纯的雁群,翅膀捆着砂,像一缕烟侵入大地。我们要求暗处的树丛,变幻出一只新的动物,与它一起翻滚,灼烧。"正如诗人自己所说,大地作为人类生存的故乡有权利灼烧昏暗的人们,并且这是一种安全的生存模式,这灼烧的火焰是多色彩的——有蓝色:忧郁的象征,是海的象征,是梦的象征,是感伤、是沉默、是静寂,代表无限、代表原始的情感体验;也有金色:能量的象征,是疯狂、是饱满、是成熟,也代表堕落与毁灭。冷暖色调的对抗便导致了一种不安,这种不安在迫近,又导致了一种眩晕感:无限的苍穹、巨大的喧哗、出奇的宁静,可亲可近却又可怕,一种莫名的不可知的恐惧。这种视觉的冲击是波涛汹涌的,比孤独可怕百倍的恐惧感,这便是命运赐予她的灼烧与淬炼。毫无怨言,平静而心怀感激地接受,于是在池凌云的词典中,"灼烧"成了生命感的表征——

《双重生活》:"在黑暗中燃烧,流出明丽的形象,生命究竟有怎样的奥秘?我在这里,同时在别处。"诗中的"燃烧"常在黑暗之中进行,具有一种不可名状的神秘感和玄思色彩,而"生活在别处"又是一句极富哲学色彩的诗句。"生活在别处"是19世纪极为引人注目的法国象征主义诗人兰波的一句名言。的确,真正的生活应当永远在别处。当生活在彼处时,那是梦,是诗,也是艺术,而当彼处一旦成为此处时,人类的崇高感就会成为生活的另一面:残酷。但让人无奈的是,当时诗人生活在已经完全秩序化的时代,所以,无论是逃离还是隐退,只有这样生活罢了。《夏天笔记》中:"这么多技艺,我只学会一样:燃烧。"《你日食》:"你的黑灰不再炫耀火,而灼烧和死寂都是我们的天赋,我只想走向那未知的疆域,扒开每一颗黑色的种子,看它怎么在每一个白昼活下去。"在这里,我们似乎读懂,诗人的"燃烧"是近乎凤凰涅槃般的历练。正如凤凰在大限到来之前集于梧桐枝自焚,经历了烈火的煎熬和痛苦的考验后,其羽更丰,其音更清,其神更髓,以此获得重生。同样,经过命运的灼烧,诗人获得重生,对于生命和生活的理解也更加深广。

二、沉默的舞蹈

在汉代《毛诗序》中曾有关于诗歌本质真理性的表述:"诗者,志之所之也,在心为志,发言为诗。情动于中而形于言,言之不足故嗟叹之,嗟叹之不足故永歌之,永歌之不足,不知手之舞之,足之蹈之。"这段话被谢冕先生称为"迄今为止,它仍然是中国关于诗的本质的最彻底,也最精辟的论述"[1]。自古至今,诗是语言的艺术,是语言的舞蹈,这语言也是人类千百年来用以表情达意的独特方式。诗人用一个个字符编织着她的梦和她的舞蹈,她舞蹈着、言说着《布的舞蹈》:

  她的渴望无声,
  她的渴望覆盖了渴望的眼睛,
  让所有下降的人感到惊奇。……
  安静地舞着。
  一只疼痛的鸟,
  开始低低地飞翔,
  她的痛苦有一副温暖的外表。
  这唯一的庇护,
  无法言说的孤独,

---

[1] 谢冕:《论诗歌》,南昌:江西高校出版社,2002年版,第2页。

加重了生命的紧迫，

她内心的落日是透明的，

发出神秘的光晕。

她在寂静中飞跑。

通读池凌云诗歌集的读者会发现，诗人笔下的"疼痛""孤独""沉默"之间有着千丝万缕的联系，随处可见也随处可感。法国思想家帕斯卡尔："无限空间之永恒沉默使我战栗。"茫茫宇宙，人类何其渺小，我们紧挨着沉默的声音，《今天，谁来给我们讲故事》："在夜晚，我们把灯点亮，我们依然怕黑，怕孤独，害怕看见自己的脸慢慢变得朦胧，没有一个人可以紧紧抓住我们，阻止我们在黑暗中一点点消失。所有的人都只是单独的一个。"诗人在此毫无遮掩地诉说了灵魂的苦楚，怕黑怕孤独，所有的人都只是自己"单独的一个人"，世间最最苍凉的语言也不过如此了罢。但尽管是一个人、沉默的一个人，也要舞蹈，无声地诉说，有关痛苦和命运。诗人在《一个婴儿被引诱出生的巷》一诗中写道："可以有光。可以有移动的明灯，照亮一切黑暗之源。可以有美妙的身姿。可以跳舞，夜晚的悲苦褶皱在早晨拉平。可以有心灵。可以通过心灵，解除不得出世的咒语。可以有爱。这是一种无穷的精神，支持你在人世轮回循环。"

至此，我们读懂了池凌云的人生：有黑暗，但是有移动的光明来照亮；有苦难，但是有心灵来解救；有孤独，但是有爱来支撑无穷的精神。人生存于此世，沉默也正是常态，史铁生："在满园弥漫的沉静光芒中，一个人更容易看到时间，并看见自己的身影。"[1] 因为正是在安静的意境中，人的心灵才是最为澄明与无瑕的，像《玛丽娜在深夜写诗》："在孤独中入睡，在寂寞中醒来／上帝知道你是什么样的人，玛丽娜／你从贫穷中汲取，你歌唱／让已经断送掉的一切重新回到椅子上／你把暗红的炭火藏在心里／像一轮对夜色倾身的月亮／可你知道黑暗是怎么一回事／你的眼睛除了深渊已没有别的／没有魔法师，没有与大海谈心的人／亲爱的，一百年以后依然如此／篝火已经冷却。

---

(1) 史铁生：《我与地坛》，北京：人民文学出版社，2008年版，第390页。

没有人可以让我们快乐/人太多了,我感到从未有过的寂寞。""为此我悄悄流泪,在深夜送上问候。"我们在此感受到了诗人绽放自我生命体验,感激上苍,命运赐予我们贫困与苦痛,诗人沉默地接受着他们带来的切实感受,诗人的灵魂在释放着、舞蹈着,让"耀眼的刀尖"上"宁静而奔腾"的光指引着精神的未来之路……

诗人以优美和富有哲思的语音在沉默中酣畅淋漓地舞蹈,其他的诗篇还有《阳台》:"我熟知这个秋天和整个荒诞人生,想要一次暗中的飞翔,带我进入没有强烈硫黄味的居所,我能获得片刻自由。而我的心始终难安。"《保存》:

> 我不停地穿行在一个个陌生的城市,
> 独行毛骨悚然的夜路,
> 每一次艰辛都被一个小小的希望保存,
> 我开始沉默,
> 熟悉的人像一条咆哮的河,
> 我奔向水边,
> 仍然看到流逝。
> 我搅动一场又一场雨,
> 保存的浑浊。

作为栖居于大地之上的人类,孤独是生命的常态,是人的特性。存在主义哲学对人生这种固有的孤独感早已经有了定论:人的存在是悲剧性的、孤独的,这种生存孤独感是人之为人的一个特性。正如张中晓所说:"孤独是人生向神和兽的十字路口,是天国与地狱的分界线。人在这里经历着最严酷的锤炼,上升或堕落,升华与毁灭。这里有千百种蛊惑与恐怖,无数软弱者沉没了,只有坚强者才能泅过孤独的大海。孤独居于坚强者,是他一显身手的地方,而软弱者,只能在孤独中默默地灭亡。孤独属于智慧者,哲人在孤独中沉思了人类的力量和软弱,但无知的庸人在孤独中只是一副死相和挣扎。"[1]

---

(1) 张中晓:《无梦楼随笔:苦难中的孤独灵魂》,上海:上海远东出版社,2011年版,第156页。

只有坚强的人才可以忍受孤独甚至享受孤独，因此诗人池凌云是个坚强者，也是个智慧者，在孤独之中体验逆与顺、悲与喜、痛与爱，思想着舞蹈着……《不是火灾，是深渊》："所有的一切都是因为爱。巨大纯粹的爱。玛丽娜，从今天起，我将像爱大海那样爱上孤独，我为爱你而高兴，你不后退着生活，越过了需要用叹息去填满的世界，短短的时间，就让许多人超出他自己。"的确，忍受疼痛并且无畏灵魂的舞蹈，是源于爱——生命之爱。非常有深意的是诗人的爱是有温度的，这个温度不是100℃的沸点，也不是80℃的滚烫，却是38℃。在《往事》中她写道："沉默是38℃的高温。"不禁由衷地赞叹：好一个38℃！好一个38℃的高温！这一睿智的生活态度可以与智利当代一位著名的诗人巴勃罗·聂鲁达相媲美。1945年，巴勃罗·聂鲁达创作了一首十二章长诗《马克丘·毕克丘之巅》，其中的最后一章写道：

给我沉默，给我水，给我希望。
给我斗争，给我铁，给我火山。
支持我的血脉，支持我的嘴。
为我的语言，为我的血，说话。

沉默的温度是爱的温度，也是恒定的38℃——虽然略高于人体常温的状态，这言下之意便意味着诗人之爱是恒定的"高温"。我沉默着并非没有温度和希望，我有语言在言说着。没有狂热，也没有低沉，有的只是一位诗人理智地保持爱的状态，又是何等高温的爱！

三、流水的力道

第一次邂逅流水的意象是在《它，或她》这一诗篇中："这是湿润的月份，鹦鹉不说话已经很多天了，它明白一个人不能同时拥有两个世界，它无法使她相信自己所说的话：大地在腹部以下，而流水一直在天上。"对于"一直在天上"的流水，永远都是诗文中备受青睐的传统意象。多年以来，它被诗人、词人在文章中大量运用，一汪汪流水流出诗人的一弯一弯的情思，它无情，它缠绵，它有力。

关于流水，被使用得最多的就是代表时光流逝的意义。庄子在《秋水》中说过："逝者如斯夫，不舍昼夜。"最早用流水表示了时光流逝，往事不再的意义。贺铸的《将进酒》里也曾表述："城下路，凄风露，今人犁田古人墓。岸头沙，带蒹葭，漫漫昔时流水今人家。"这篇咏史抒怀之作，不但从大处表现了一种今非昔比的感情，而且从小处表现了一种时光流逝的感慨。李清照的"落花有意随流水，流水无意恋落花"，流水的无情让人觉得凄凉，无论世界怎样变换，也不管陆上有多少的悲伤欢乐，流水都不会选择驻足，它的路在前方，是不会回头的。正如诗人在《流水没有带走光芒》中所写的那样：

流水把所有船只都刷了一遍，
任它们驶向模糊的远处。
河床停止了畅想和追逐，
仿佛我们年轻的时光，
轻易发出沉重的叹息。
仿佛逝去的旋律，
僵直，
却在我们中间无声地滑动。

逝去的时光千百般美好，多少人留恋它的匆匆，眷恋它的过往，贪心地追逐又失望而归，如同无情的流水。多少快乐都会有结束的一天，多少悲伤都会有淡漠的一天。我们再读《游船——致希姆博尔斯卡》——"如果你事先与整条河流约好，如果斯提克斯河的水通向每一条河流，你坐的船只很小，就像你看见的事物仅能运载你一人。你停下来，像一个心怀歉意的女神，让水从身边安静地流走。要是河流能变得更宽些，你亲近的人在不远处的堤岸上，为你照顾好柔软的外套，没有人能分享你的权利，孤独的亡魂将倾听你，飘在空气中的美妙的告诫。告诉他们广阔的前景值得惊奇。"

人们在这样的哲理面前感慨着生活和人生，引发了无限的离愁别绪。多数作品中的离愁就如同春水一样渐远渐无穷，流水的涓涓流淌不会间断，思念的延续也同样可怕地难以控制，触景生情感受到了同离愁思绪一线相牵的脉脉流水情结。流水本身就意味着一种绵绵不绝，形成了一个动态的画面，一种遥远而宽广的离愁意境。我们从诗选中看到的是流水在诗人作品中出现的频率及其独具一格的价值。流水意象群体代表着诗人流逝的岁月故事和青春，代表着离愁别绪，代表着深切的思念。然而这流水却被诗人赋予了独一无二的"力道"。这水的力道正是其灵魂的力量。艺术魅力是来自性格显示的一种生命的魅力，生命的魅力不只是来自历史的真实，更多地来自它所显示的灵魂的深度。

令人颇为沉醉的是她的《醉了的小提琴手》："我徒步穿行在倾斜的道路，我越来越小，我抓住的尘世越来越小……"这一诗篇的情思可与切斯瓦夫·米沃什（Czeslaw Milosz，1911—2004）相比。作为波兰著名的诗人、作家，米沃什对生活很敏感，他常是冷静地探讨生活和历史的意义，透过光怪陆离的现实认识生活的本质，不断追求人生的真谛。他的诗作《河流越来越小》：

河流越来越小。
城市越来越小。
而美好的庭园，
显出我们从前未曾见过的：残叶和灰尘。

作为一个不再存在的世界的流亡者，米沃什目睹了纳粹对波兰的蹂躏及苏联对东欧的占领，因此他在诗中处理了我们时代的核心问题：历史对人的压迫，在一个崩溃的世界上寻找灵魂救赎之路。他曾经这样写道，"写一首诗便是信仰的一次行动"。这句话同样适于诗人池凌云，每首诗都倾注了她的心血，信仰陪伴并支撑着她。其艺术魅力堪比在世界诗歌史上独树一帜的俄罗斯著名女诗人茨维塔耶娃，她将自己的一生都托付给了诗歌。

个体的生命是极为有限的，犹如来去匆匆的过客，人类要"居住"，并且是荷尔德林所说的"诗意地居住"，要像艺术那样不去破坏这个世界，而是以自己充满劳绩的创造来丰富我们的世界，以使得大地和生命永葆生机、欣欣向荣。诗人以她独有的纯粹的语言和自由无碍的诗性哲思带引我们进入了爱的世界，并以其熊熊灼烧的命运、沉默坚韧的舞蹈以及流水般的力道征服了广大读者，正如她在《一个针灸的下午》中呼吁的那样——

吃吧，吃吧，去获取你的生活！

让我们秉持着一份对于文学的饥饿感，要想得到精神上的温饱就要永不满足，永不停歇地去获得我们的精神食粮，因为在一个信仰失衡的时代，我们要有自己的信仰，并坚定这一信仰，池凌云做到了。

因为有爱，信仰永在。∎

发明一个亲爱的　池凌云研究集

第二辑

阅读散记

发明一个亲爱的　池凌云研究集

熄灭灯，熄灭星星、月亮、太阳——熄灭光。把手伸进黑暗，把肌肤、呼吸、脉跳伸进黑暗。你触到了什么？感觉到了什么？你成为黑暗的一部分，还是居于黑暗的中心？你觉得一切都变得遥远、空蒙乃至消遁，还是清晰看到那些已不在眼前，却又和你密不可分的事物比在光中更为明亮？你的向往、期待，你的忧伤、痛苦，你一瞬间的感觉所凝聚的对自然、历史、社会、人生的体悟，是否在无边的沉寂中更真切、更贴近地灼痛了你？

要进入诗歌，无论是从本质意义还是作为一种方法，都必须屏蔽一切纷繁和喧嚣，熄灭所有功名和荣辱，面对自己，只给世界开一个小孔，在孤独中忘却孤独，朝着你欲抵达的方位，沉入那一片消隐于黑暗里的光明中去。

黑暗是一种荫蔽和省略，也是一种显现和增强。黑暗为一切光命名和洗礼，它本身便是一种光。

诗人感受着天地间万物所各具的光芒，包括那些最卑微的沙粒、残枝、漂萍的光芒。毫无疑问，作为一种本能，这是必备和可贵的。但是，这还远远不够。诗人在接纳一切可以进入生命之中的光时，同时以自己的光辉照亮了世界。情与智所构成的巨大磁场，使诗人拥有一个超越任何物质光芒的光源。

在池凌云的诗中，我们能触到一种极富质感的光。这不是那种

光芒在夜之上飞舞
——读池凌云的诗歌※

王燕生

※ 王燕生：《上帝的粮食》，古吴轩出版社，2004年版。

强烈、炫目的光。它柔和、静谧，在淡淡的冷色中透出暖意。这是飞舞在夜之上的、梦幻般的光芒。这样说，不仅仅是因为池凌云的这组诗中出现了"烛之河""光明的门""燃烧的种子"(《烛之舞》)，"火的灵魂""太阳""光芒在我周身飞舞"(《午夜的太阳》)，"阳光的长矛""在宁静中燃烧"(《莲》)，"一滴金黄的热泪""巨大的苍白""褐色的伤痕"(《山色》)，"一双温热的眼睛""雄鸡血红的冠"(《荒园》)……这类可视性很强的发光体，重要的在于她把握了光的那种特质：呈现。她先熄灭，然后点燃。呈现在我们面前的，已不是原有的客观物体，她用内在的光源重新创造了一个可视空间。不要试图以既有的感觉去寻找池凌云诗中熟悉的事物。在《介入八月》中，几乎寻不到作为四季时序中的那个"八月"；《莲》中的莲也不是人们所能看到的那个物质的"莲"。

　　光所呈现的一切，会付诸人的感官，首先付诸视觉。诗人自己看到了什么，又呈现出什么让人去看，这决定着诗的成败和诗人的才能。池凌云用心灵去看，所以看到了隐在黑暗背后的光。凡看过杨丽萍以掌托烛起舞的人，大概不难看到"手掌中的烛"、"手的舞蹈"及"纵情的节拍"。再延伸一下，或许还有人能看到"烛之河"及梦幻外的"激荡和呻吟"。但能看到"一朵小小的孕育多年的豆花／如此喑哑地嘹亮／开出你心的风暴"的人，恐怕已所剩无几。这种分层次、有节制地曝光，让可视与不可视交织在一起。然而，能真正体现诗人灵视的，或者说诗人要着意呈现的，是诗的第三节。这一节，视角迅速闪动，大跨度地跃入一个严峻的命题；诗人的主观感觉在不露痕迹中趋于白热化；面前的杨丽萍消失了(尽管诗中从来未出现"执烛起舞的杨丽萍")，凸显出的是"夜的迷宫里的女人"。这种魔幻式的易位，是一种纯主观的限定和确认，但却提供了更大意义上的真实。艺术之光一下将肉眼不及的地方照亮。

　　夜的迷宫里的女人
　　常春藤般缠绵的手
　　寻找一扇通往光明的门
　　在尚未到达的途中

> 用黑暗把自己打磨得闪闪发亮
>
> 让植在手掌中的烛
>
> 一次又一次睁大瞳孔
>
> 在黑夜里流浪的女人
>
> 谁能熄灭你紧紧抓住的东西

这里呈现的已不是舞台、舞姿，而是一种令人心灵震颤的女人的命运：永远的迷宫、永远的渴望和寻求、永远地为献身而点亮自己、永远的一旦获有后的满足……

由于池凌云"在午夜刺目的黑暗中接近另一个太阳"，她对光的敏感在诗中有明显的体现。她总是利用明暗、浓淡、强弱、动静、冷暖、悲喜这类反差大的"光"，来传导复杂而细腻的情感，来照亮她创造的艺术时空。只需读读她的《荒园》便可得到印证。

这不是一座"现实的荒园"，而是一座"精神的荒园"——它展示的是一种倒塌了的、荒芜了的恋情。但毕竟是"荒园"，所以，全诗以"荆柴""颓墙""蓬蓬草"三笔做了简洁的勾勒，让人既感到了"荒"又感到了"园"。与这破败景象对照的，是"年轻的黄尾鸟"，是"纯洁的蜂蝶"，是"雄鸡血红的冠"。以充满生机的、美好而亮丽的生命作为对比和反差，其强烈程度几近于残酷（悲剧不就是把美好的撕碎给人看吗？）。一边是可以超越世界的美妙乐曲，一边是不再能指出方位的曲拢的手指；一边是如锦如画的往事，一边是无边的隐忍和麻木；一边是总忘不了，一边是没有回声。诗，就在对比、反差中呈现出来。

到没有人看过的地方去寻找光，也到人们看过的地方去寻找没被人们看到的光。光芒在夜之上飞舞，你站得要比夜更高。

在通往光的道路上，不要被一些闪烁的亮点迷惑，比如，绝不被某些煊赫的红灯和绿灯所迷惑——假如你更相信自己握有一盏辉耀着艺术真理的圣灯。

在通往光的道路上，你要"在尚未到达的途中／用黑暗把自己打磨得闪闪发亮"！■

发明一个亲爱的　池凌云研究集

蒙田在论"盖世英雄"时，第一选择的是诗人荷马。他说："事实上，我经常奇怪，他以自己的权威给世界创造了那么多受人尊敬的神，自己却没有得到神的地位。"我想这不仅是荷马，很可能是所有诗人在他所处的现实环境中的真实写照。

我写这篇小文的时间是1997年初冬。在这样一个时期我愿意为那些依旧在坚持写诗并千方百计地将自己的作品刊行于世的诗人们敬礼、致意。

池凌云是我愿敬礼的一位。

1994年在山西开青春诗会，车进五台山，满目的山岚极为动人。一车的诗人只是看着想着——有那样的经验，面对自然我们往往什么也说不出来。突然听见池凌云说："啊！真美，想吃下去。"在那样的情境下，我觉得这实在是非常准确地昭示心情的几个字。"想吃"这两个字于赞叹风景来说是那么遥远，但对表达心情来说多么直接有力！

从那时起我或许认识到了作为诗人的池凌云有其直接、大胆、灵动的一面。

我一直把瓦雷里的一段话当作对抒情诗的判断，"有一天，有人对我说，抒情风格就是热情，伟大的抒情诗人的诗歌是一气呵成的，其速度犹如谵妄者说话，灵感之风吹得很快很猛……我回答说，说得

灵感之风
——写在池凌云诗后 ※

邹静之

※ 池凌云：《飞奔的雪花》，作家出版社，1997年版。

很对"。我想，作为抒情诗的写作者，池凌云具备这样的、能驱动起速度的激情，她也能够把诗歌带动起来，甚至"很快很猛"。

池凌云的诗从语言的表面看，似乎并不很快，但她内里充沛的情绪所蕴积的力量却是非常抓人的，这种力量的表面有时会有着极为准确而新鲜的诗句。

是打下来接不住的雨水
十里野菊的无眠
一面镜子能看到的激荡
我十指交叉，手心朝上
一些暗流就从这里汇入
　　　　——《去年的湖》第2节

能写出这样诗行的诗人，几乎是有一半得到了神的帮助。明眼人可以看到"十里野菊"与"一面镜子"这种放收之间的速度，以及"手心朝上"与"从这里汇入"的一种敞开与收拢的对比。一个诗人能在细微处做到自然，该是不凡的。

我有一种感觉，在当下的情境中，很多女诗人的诗往往显得更真实、自我且清新，这也许是她们关注情感更为执着的缘故。池凌云的诗也有这样的特点。冯梦龙曾说过一句话"但有假诗文，无假山歌"。冯梦龙那个时代的山歌大概特指为那些最纯真的、以写爱情为主的白话民歌（我认为那是比胡适的白话诗要更早的白话诗）。爱情诗到现在其实已经很难写了，不真实不行，不炽热也不行，不出新意更不行。在读池凌云的诸多爱情诗时，我有一种感觉，就是觉得她很幸福，在这样的一个时代，能写出这么多的爱情诗是让人羡慕的。在这些诗篇中，我们也能够随处读到她对新的素材的运用和诗意的发现。爱情素材很多时候离不开一些被用惯用滥了的象征，比如花、春天，等等。能够扩展诗意的疆域我一直认为是衡量一位诗人的能力的试金石。当我读到《一块石头叫我的名字》的前两节时，我觉得这样写一首爱情诗让人感觉到一种力量和硬度，很新鲜。

一块石头在白天阻塞的道路上叫我

一块石头把已经逝去的手

放进我的梦里

石头满目尘土地望着我

如月注视逐渐干枯的水

要我将一场爱情从头想起

  这是一首清新的诗,她很接近我们所处的现实中的真实情感。我觉得诗更应该"陈言之务去",池凌云能用"石头"或"尘土"、"干枯"这样的素材来写爱情,这确实带来了新意。

  池凌云的诗在语言上有种自觉的灵动,这也许更多地来自诗人的才情。在结构上我更为偏爱那种已呈现出某种规整来的诗篇,那已是一种技艺所带来的控制。

  应该让一个更为熟悉的人来写这一篇"跋",当她选中我时,我曾有片刻的犹豫,随后想道:如果这是诗的选择,那你就没什么好推托的了。■

发明一个亲爱的　池凌云研究集

一、主体

池凌云的诗歌,有着明显的主体感,而且这种主体抒发的姿势在很长的时间里延续着。毫无疑问,强烈的主体意识是现代诗歌表达的一个特征。对诗人主体的自我体察与剖析性的表述,如果在一个时间长度内没有被放弃,一个人的诗歌将印证出一个生命的精神历程。

我首先阅读了这位女诗人写于1987—1997年间,纳入《飞奔的雪花》的一些诗。在这些诗中,诗人主要通过对意象的描述来展现主体,而且这种展现是体察性的,抱有对经验的肯定,同时又包含着理想的成分。如:

飞奔的雪花在自己美丽的光晕里越飞越快
最初的盼望和最后的经历猎猎而来

雪花意象包容着主体的指定与向往,因此它是美丽的,其开放是自由的。《午夜的太阳》在自我体察中则稍具复杂性:

我周身撒满柔韧的丝线
就像初来人间

风吹云行
——读池凌云的诗 ※   **南野**

※ 池凌云:《一个人的对话》,中国文联出版社,2005年版。

纯洁得有点虚幻

在晦暗和阴影中幽幽发光

因为这里有了对生存现实的体会，但是在俯视现实，所以警示（即对主体物象环境的写照）是书面的，可能是未曾深切体验的。即使是某些体验的结果，也涂着理想的色泽与形状，"痛苦和怀念以穿透的力量挤压我／泪珠结出的花朵"，意象的选取透露了潜在的自我。其理想性的又一面体现在对精神世界纯洁性的表达倾向上，所谓"只要心灵愿意／我的旅行是一次闪电／不带一丝尘土"，将精神之行界定为"每一次自由的飞翔"，并对之多有期待，"为我日后更多的日子准备了风／芳香，和花茎美丽的蔓延"。

我的感觉是，这些融会着青春抒情的现代意象诗歌，它们的书写有着相应的纯净、明晰和某种简单。它们确实饱含生命成熟初期对生存体验的敏感与兴奋，"病着的人，叫不出自己的名字／她对自己感到陌生和恐惧……这世上最柔软最甜蜜的折磨啊……"然而随着时间的推移，我注意到诗人青春抒情的彩色渐次消褪，其书写意象所获得的深度逐渐值得重视。作者在《无雨的天空》里写道：

无雨的天空把人带向发白的道路

四散的禽鸟没入近处的尘土

诗歌物象的所指已趋开阔，写作的注意力充分移到意象本身，而不再过分受主体愿望的拘束。

"当我将近三十／在城市的街头暗暗加快脚步"，的确需要这样，由于还"没有去看那片海"（这首诗的问题与症结也正在此，没有去看，所以也看不到）。而诗人已经有了自觉，诗歌的自觉。她在"将近三十"后接着写："噢，魔菌般越来越密的云朵／这一瞬是否就是我长长的一生"，这里有一些预感，也意味着其人生抒情的另一个开始。

二、及物

及物是池凌云诗写作的特征之一,她的抒发与表述都立足于物象。而她的物象常常是朴素、自然、有一点矜持,同时又是灵动与美的。这一方面,我集中在她的《光线》《布》等诗来分析。

她写道:"一百棵乔木的树林的美/是种矜持的美。"我愿意把这看作她的诗歌意象所取之美的基调。它们的内核是"静谧地生长"和"勃勃的繁枝"。鸟也是这样品质的事物,诗人对此心领神会,她写下"多么纯熟的技艺。这些鸟儿"这样的诗句,就显得自然,却也令人惊叹。以主观的叹息来修饰一个物象,而能无比贴切地道出其最突出的诗意品性,这样的诗句出现在这首诗里,又仿佛是手到擒来,我阅读到此惊喜不已。我也一下子体会到了"没有比心灵的晴朗更适宜高飞的气候了"的意蕴,它不仅仅是将物象的外在描述引向了内心与主观。

现在,"她看自己比谁都更清楚"了。《布》与《布的舞蹈》某种程度上指证了这一点,她这样写:

赤裸的人无法站立
她羞愧这些不属于自己的群山

这意味着对外在世界的观察与体会发生了变化,那种理想性与内倾的信心已消失,被代之以警惕和某种程度的对抗。

她需要一块布让自己得到宽恕

"宽恕"这个词值得注意,它意指与外界对抗的平衡,同时又是坚定一种信念。由于人与布之间,包裹者与被包裹者在诗人这里是合一的,布的舞蹈也就是人的舞蹈,布的遭遇也是人的:"她希望碰到一个窃贼/被偷走,她在寂静中飞跑/发出撕裂的声音。"这两首诗的物象描述细致从容,也值得称扬。

当语言的能力被发挥,诗人的书写会更加随意自如,《在沈园》一诗中呈现出这种抒情的随意性。"我柔软的长袖在寂静中破碎",一种细微的动静被重新体验,栩栩如生。

三、环境

组诗《旧城》可看作诗人对自身生存语境的书写与体验的重述。一个人曾经的故乡或者当下生存中的地理、建筑、街巷组成主体的环境密码,对于它们的破解就显得富有寓意。

《旧城》一首含蓄地指出了主体与环境的两难性关联,这其实是惊心动魄的:"我曾经厌倦,可我已经回来。"因为曾经生活的环境已深入生活者的记忆深处,形成一种情结,对它的判断反而已经无关紧要:

> 我认识其中的几堵墙
> ……
> 谈不上善与恶
> ——《第一巷》

甚至已深入生命,深入命运:

> 过往的行人并不说话
> 他们的耳朵被自己喊出的声音损伤
> ……
> 除了神喻,没有一个音节可以流传
> ——《第二巷》

所有经过的外景的记忆,对生存者自身而言,都是不可缺的空间实在,不可剥离,是快乐所在,"一想起,就不知不觉独自发笑"(《第三巷》)。

诗人对自己熟知的环境体会独特,透视出一种文化语言,如《第四巷》。她从各个层次、各个方位审读这个城市街巷,展示它们,我却在阅读中，又似在悄然中听到一个人的脚步，她的眼神、移动的身体、跳跃的心脏。

> 这里的女人倦怠。熟悉幕布
> 和灯光，围着房子奔跑
> 有时拉长了声音歌唱
> 把眼泪流成柔软的丝绸

这就够了。我对池凌云并不很了解，包括她生活的历史或者当下，当然她的容貌我已经记得了，"人们记得她们最初的笑容"。我也是首次如此集中读她的诗作。我看见她在她的文本世界，也像一个昆虫学家，拿着放大镜寻索字里行间的动静。我认为需要关注《康乐东路》，这里溢满对女性生存的言语，它们是设身处地与相互怜惜的。"我想象自己从没来过这里／路过康乐东路，我不敢／回头……／我打算一点点遗忘"，原来如此。

《听到海浪声音的巷》，这首诗的标题激起了我另外的兴趣，那是对更遥远、更巨大事物的感受与表达，是"与一种神秘的力量抗衡"的方式，作者感觉到了这一点，然而她触及而退。"多年以后我仍无法描述／时时袭来的晕眩，颠簸／始终不能保持平衡"，这一段可能透露了这位诗人对终极性思考的态度，她有意无意地避开这个范畴。一个本质上感性的诗人，也许她的年龄不够大，她一次次停留在一个与海有距离的地方。她是否也听到了但丁的告诫，她仍然在准备之中。

四、主题

我认为云的意象，关系到池凌云诗歌的一个主题。这是关于生存的命运暗示和选择，关于生命状态的书写。云对风的敏感，确定了这一主题书写的主要意象是风。我从这个角度来理解池凌云给了她的诗一个总题目：风还在吹。

池凌云对风的叙述生动有力，"最后一个经过／将头伸进长满艾草的院子",风的形象活跃如生;"她的手是白皙而温暖的/打开了我珍藏的盒子",这是诗人的特许;"推动我向前",是一种期望与依赖;"而此刻她将头埋在我的胸前",则是一种亲密无间的认同。

与之对照,是《云》的塑造。"未被采摘的光,玷污之前的飞升/依然纯洁……","在加宽的河流中安静地汲饮",这是诗人自我精神的创造。

五、深入

阅读池凌云的部分新作令人快慰,它们使我的评论走向辽阔与沉郁。我这样说是因为我全然站在诗艺的立场而非对个人生活作判断的观点。《最沓嚣的人》《变化》《白色中的黑色》等诗作共同体现出一个趋向,那就是抒情的深入。早期青春抒情中的"星星"一般明晰的意象现在被隐秘与昏暗的词语或具象取代,如"屈从于爱情的外壳/脆薄的杯子倒出不存在的/汁液","把眠床铺在十二月的/浮冰上……","他送出的礼物全是稻草",等等。这里象征与隐喻的气氛更浓郁,意旨更复杂。尤其是后两句诗,具有深沉与宽广的指向。

在其《风暴过后》的第一节中,"遍地泥泞。每个人都有一张/苍白的脸/他们刚刚参观过死亡的盛典/不相信爱比时光更长久",这仿佛是一个概括性的表述,作者超越出一般女性诗人表达的局限性,而且她的语言开始了某种变异,形状显现出一种锐利和穿透的征象。《从名字开始遗忘》也一样,它痛却坚决。诗人仿佛开始着她生存与歌咏的新历程。

我愿意将《白色中的黑色》这一首诗看作诗人的新步伐。的确,我在这里读到了一些沉思的成分,开篇就呈现出这样的气势,"光线在黑暗之中诞生"。作者采取了人本体的表述立场,超越了性别等文化范畴。语言也更有力量感,"我想看到不同的美在我体内诞生"。

第四节的开头写道:

阳台的门开着,这个世界会有些什么?

这是由日常形态进入的深思。如此自然地进入,如瓦雷里诗篇的描述:"这片平静的房顶上有白鸽荡漾。"在第七节:

我要讲的话不足一亩,我的宽广
保存的热不足一亩

物象与观念真正地融为一体。第九节描写死亡:

而此刻它们坐在低矮的门槛上
低首无语,抚摩我粉色的棉布睡衣
寻找我的嘴唇
我们不说话,很久,很久

有着静默中的仔细与生动。这样想象性的体会也使人吃惊与震动。

洞察,然后有表述;想象,完成这种表述;语言,这般锤炼出,"我觉得离自由更近了"。因此可以注意到一些东西,一些可能被疏忽却有蕴意的事物,"深山里的野山楂在暗中燃烧"。这样,就能把"赞美的词语送给它"(第十节)。"我久久凝视剩余的东西／一切都变得更加坚硬",现在词语也如此,被槌击出声音。

现在我读到了最终的理想,不仅是那样自我塑造的完美,它应该是哲思的、面向全部的生存,它也应是纯粹书写的,脱离开青春与华丽外壳。

我要赶在一切消逝之前离开
进入最初的安眠,回到澄澈透明

艾略特写道"四月是最残忍的一个月",初看起来匪夷所思,但当我们直面这样的词语的世界,直面一个深思的精神神话与寻找的开端,将是全新的喜悦与痛楚的旅途。风还在吹,云就得走。我如是想。■

发明一个亲爱的　池凌云研究集

一本个人诗集作为诗人的阶段性总结或同一主题的变奏，应该建立一个清晰的诗歌主体形象，所有的作品应该集合在共同的时间里成为互相呼应的各个声部，而不是不同作品的任意组合。如果不同作品之间的落差和冲突出现在一本诗集中，那么这本诗集的效果无疑会自动减弱，而且，本应明亮的高音部分也会受到杂音干扰，出现令人难以忍受的不和谐。符合这个理想的诗集有罗伯特·勃莱《从两个世界爱一个女人》（董继平译），五十首长短不一的诗歌在同一语境中，互相联系又相对独立，呈现出主题的丰富性和变化的可能性，无论具体场景的空间移动跨度存在多远的距离都对应于精神与物质、肉体与灵魂、现实与想象的矛盾和统一。

　　池凌云的诗集《一个人的对话》显然不尽符合以上关于个人诗集的理想。诗集中一百零六首诗分为"布的舞蹈""风在吹""白色中的黑色""最吝啬的人""旧城"五辑，既有个人梦境絮语和内心的强烈回声，又有诗人化视角的客观观照，其中暗藏的无法抗拒的怀疑和焦虑反映出池凌云固执坚定的写作诉求，当然也有对话的茫然和失败感。但是，这本诗集的诗作从写作时间看全部完成于2004年，读者可以观察到一个清晰的诗人主体形象。主体形象对于诗人来说不仅是一个基本要求，也是检验诗人诗歌态度是否诚实的标志。只有真实的主体形象才能证明诗歌的真实性，而主体形象又是诗人主体意识的形象

一个人的怕与爱
——读池凌云《一个人的对话》※

沈方

※ 此文未公开发表。

化表现。在池凌云数量可观的诗作面前，我们除了惊叹池凌云不可低估的持续创造力，还需要对她的诗歌创作的内在动力予以足够关注。写作量和创造力与诗人内在动力的能量大小成正比，一个相对成熟的诗人能有持续的创造力，这必然与她的生存状况存在密切关联，并非出于偶然。尽管我们不能迷信写作量是产生好诗的必要条件，但我们应该相信大量写作是一个诗人内在动力和写作激情的反映，因此写作量也是成就一个诗人的条件之一。好诗并不来自写作量，但也不是来自碰运气的灵感写作和挤牙膏式的写作。池凌云在《闪亮的球体》这首诗中说："一个闪亮的球体。光线／从内部碎裂，美丽的叶片旋转／灰色的，黑色的，橙色的／这些曾经远离我们的，亮起来，再转暗／有多少未知值得追寻？／有多少高音可以让人发疯？"这里出现的痴迷和狂热似乎透露了她的诗歌秘密。

还有一种个人诗集属于诗人整个写作历程和相当长一个时期内的作品选集，不仅汇集了诗人各个阶段的代表作，而且是诗人成就的真实客观的集中展示。这一类诗集的编辑难度不在编选眼光、角度和对于诗人的认识深度，而在于诗人本身所达到的诗歌成就和高度，一本诗集就是诗人的整个人生。这类诗集的理想选本有切·米沃什《拆散的笔记本》的绿原译本。从这本米沃什自己编选的诗集中，我们除了看到米沃什的诗歌成就，更多感受到的是他面对的人世巨变和他的思想深度。

我们这里也有大量诗人的个人选集面世，每年层出不穷。很多诗人经过多年写作，为了对自己有个交代，以各种方式编辑出版了个人选集。但是，这类诗集大多数只是服从了诗人的出版愿望而已，几乎与诗歌阅读期待没有关系。即便一个诗歌作者也很少从图书市场购买个人诗集和选本，这些诗集大多作为诗人之间的互相赠阅品而存在，诗歌出版活动基本是自生自灭的行为。同时，诗歌阅读的选择自由往往受制于现有的诗歌出版、传播方式，在某种程度上失去了自由选择的意义。池凌云的诗集自然也难以超越现在的诗歌出版状况，同样要面对当下诗歌阅读的局限性，但是，一本诗集要在无选择阅读中建立起选择的意义，还得取决于诗集本身的价值。也就是说，任何阅读都需要一个理由，文学阅读也不例外，因此一本诗集必须为阅读提供一个阅读理由,否则的话,一本诗集遭遇真正的阅读的可能性微乎其微。这使我想起博尔赫兹坚持不读当代文学作品的固执,我相信博尔赫兹的态度自有他的正当理由。我们对当代作品产生阅读意义上的疑问,并不是阅读本身的过错。在文学阅读中,既有一次性阅读,也有多次阅读和反复阅读,而诗歌作品要实现的应该是后者。我们认同一首诗并获得心灵的共鸣,那么当我们再一次遇到这首诗仍然会产生共鸣,甚至成为人生的深刻记忆。因此,诗歌作品所寻求的是多少年之后仍然有效的灵魂之间的对话,诗人的写作诉求如何实现灵魂的对话也就成了一首诗的基本要求。

在我的阅读中,池凌云的诗集《一个人的对话》虽然也属于被选择的结果——不是一次自由的选择性阅读,但是,我对这本诗集中的诗歌已经不是第一次阅读,在此之前我通过其他途径读过其中的大多数,池凌云的这些诗恰好撞上了再次阅读的检验,必须重新提供给我一个阅读的理由。诗集中有一首题目被选为诗集名的诗《一个人的对话》:"我得到皮肤的颜色,黑色的毛发／接受了恩惠。我先伪装成一个女人／再伪装成一个老年人／假装在人们面前打盹／而我还那么年轻,只用一只脚就可以站立。"生活中的每个人顺应自然规律都要经历少年、青年、中年、老年,直到死亡,在人生历程中每个人还要扮演各种角色,是儿子或女儿,是丈夫或妻子,是父亲或母亲,是领导者或被领导者,是电影观众或戏剧演员。但是每个人又都有一个自我,如果这个自我具有恒定的特性,那么人所经历的那些阶段和各种角色到底有多少真实性?由此产生的疑问是我们每个人的疑问,池凌云一个人的对话也是我们每个人内心的对话。所以,这首诗在我的再次阅读中仍然像最初的阅读一样引起了我对自我的发问。发现客观世界的真实和规律是人生的难题,但更大的难题是发现自我的真实,每个人现在拥有的身份往往与他内心的自我相去甚远,而我们可能并不自知,池凌云却在这首诗里直接提醒了我们。当然,池凌云并没有停止在简单的疑问上,她的认识深度还在于知道结局,揭示出人生真相,不为假象所迷惑。"我放下伪装／真的变成一个女人,一个老年人／我已被选中,清理我的遗物／我唯一的成就是制造了梦／在梦中天空随意变换色彩／不需要肌肉的力量也能站立／我还制造了时间／在日历牌中自由穿行，／有时来到另一面，分析命运的几种形式。"没有比这样的真实更可怕的真实了，也正因为人生只有可怕的一次，所以才值得我们去爱，才值得我们希望"会有自己的新发明"。米沃什就说过人要独自在地球上，去发明新的天堂和地狱，是多么困难。

那么，池凌云对人世间存在的爱又是怎样感受的呢？《在沈园》这首诗中，池凌云借用唐婉的身份说："我脚步安静，跟随你／怜悯一朵晚云的欢宴／小道上草木继续茂繁。远的一些／枝影斜横，向更低处／延伸在暗处荒废／期待绝处逢生……我是你已死去多年的女人／在一个漆黑的夜晚／把珠钗送出。只留下一些覆满灰尘的诗篇，守住人类的／习俗，守住一片残壁断章。"其中对爱的依恋和探究哀婉而又坚定，而且异常清醒，即使人生的全部可以在执着的爱恋中复活，但是依旧无法超越人类的习俗，人的坚守不过是一个坚守的过程。还有一首诗《远离》，池凌云表达得更明白，人间的爱是面对波浪的勇气和对立于寒冷的抵抗，"为了感知温暖，让渴望长得更高／我在冬天的雪花中降临／把冰块含在嘴里／吐出温暖的词／远离母体，才握住母亲的手／我得到指引／家不再在寒风中摇摆／波浪在移动，不停地涌向岸"。我们可以认为，池凌云的诗歌是对一个人乃至一代人的怕与爱的探问和表达，因此，她的诗又是主体意识强烈的自省，并不着重于对外部世界的观照，已经远离失败了的反映论表现动机，她在诗中处理的是主体与外部世界的关系。这一点在池凌云的组诗《布的舞蹈》中得到了精彩表达，"赤裸的人无法站立／她羞愧这些不属于自己的群山／随时都要崩塌／她需要一块布让自己得到宽恕／一个自建的囚所，出逃的蓓蕾／得到暂时的安全／习惯的外套裹住时间留下的标记／把一个个盛夏带向寒冬"。在《布的舞蹈》这首诗背后隐藏着一个巨大的疑问：人为什么不能赤裸，为什么需要一块布让自己得到宽恕？

或许有人会认为《一个人的对话》中编入"旧城"这一辑的诗对于池凌云更有意义，在一定程度上具有开拓价值。我不否认这些诗多少反映了池凌云作为一个当代诗人对于生存状况的观照，但是这些诗中显示的诗人化视角和客观冷静与难以掩饰的主体意识之间存在着根本性的矛盾，她的写作诉求既未能揭示出事物与事物之间的秘密，又不能表达诗歌主体与外部世界的强烈冲突，仅仅局限于形象描述和特征捕捉不足以引发阅读上的震撼和惊讶。这个问题是我们的诗歌写作中存在的严重问题，至今仍然没有得到恰当的解决。如果说池凌云对自己诗歌中的主体意识存在犹疑，那应该是客观条件的影响和拉动，与她对诗歌的基本态度无关。而且，池凌云的诗歌意义并不表现在修辞形式和风格方面，虽然我们认为诗歌修辞不能从诗歌中剥离，修辞就是诗歌本身，甚至可以上升为写作的道德，但是，池凌云已经取得的诗歌成果和她说出的一个人的怕与爱，事实上就是我们进行阅读的理由，至少在我的阅读中是这样，至少比那些在写作动机中暴露出表现野心的诗歌值得信赖。

我们为什么要读一本缺乏主体意识的诗歌？只有从诗中读到一个人内心世界的诗性表达才能成为阅读的理由，也只有这样，诗歌才可能成为灵魂的对话途径。至于那些遮掩内心世界或没有内心真实流露的形形色色的诗歌迟早会在时间中消失，今天没有引起共鸣的可能，那么明天必然也不能产生共鸣。■

发明一个亲爱的　　池凌云研究集

黑暗的词

黑暗是一个怎样的词？我多年来在铅山大地上反复琢磨过它！这个吸走了人类全部光量的物质，它神秘、深邃而灼痛，就像一口苦井，埋在那里，在你前进的路上，使你无法避开。它盛满了描绘人类全部苦难和辛酸的词语，盛满了时光深处无处不在的物质重量。2005 年 5 月 22 日早晨，我在温州景山宾馆细读了《一个人的对话》部分诗卷。我似乎感觉到黑暗从池凌云的诗歌中向我袭来，不禁打了个寒战。这个在我面前热情而开朗的女诗人，没想到她的诗歌竟像一枚枚钉子把我的目光扎伤——我十分吃惊，站在她的水井旁控制不住就往下跳。

她的诗被黑色包裹着。她把自己比作"常年在黑暗的道路上奔跑的身体"（《朝南的房间》），在她的诗中随处可见黑暗。《黑甩动长长的鞭子》一首诗用了多处："鞭挞我的黑暗""黑珍珠""清晰的黑"等，《蒙面人》里又有"黑色鸟群的脸""幽暗的雷声""暗器发出寒光落在我的四肢""惧怕光的黑色的身体"，当然还有"古老的容器显露黑色"（《失去》），"黑暗。似乎掌握黑暗的源头"（《蝙蝠》）。如果说海德格尔在南黑森林居住时研究的是存在与思考的哲学问题，那么池凌云更像在一个黑色的森林里构筑一间自我的木屋，让诗歌居住。黑色是纯净的，也是迷离的。偶尔有从树隙间射下的光斑，又被森林汹涌

黑暗是一个怎样的词
——解读池凌云诗集《一个人的对话》※   汪峰

※ 此文未公开发表。

着的黑暗的气息所阻挡，或者光会被迎面而来的荆棘所刺伤，显得无措。在她充满暗喻的森林里，避开词和词语的发光体，你被她莫名的抑郁所牵引："她为什么拒绝光明，因为炫目的光伤害了眼睛。"池凌云是一个善于用颜色的高手，她把大块大块的黑暗引进诗歌中，让人看到这种生命研磨出来的墨汁是如此沉重，像沉默的呼啸，像在心灵深处引爆的原子弹。

被疼痛掏空

　　池凌云的诗很痛，读后甚至让我落泪——其实多年来我的眼泪已经干涸了，能使我落泪已经很难了，但读了她的诗眼睛却难免湿润。"谁在自己的葬礼上痛哭失声／一个空虚的灵魂／从躺着的身体上起身／抓不到摇摆的闹钟——时间已与她无关／病与伤痛也与她无关／……然而她的一生白费了……／一个飘忽的影子受到重重的一击／终于跨了下来。"（《谁在自己的葬礼上》）诗人对生命认识如此之深，没有经过岁月的风霜的挤压便不可能悟得如此透彻——我有生以来出现过两次这种情景：第一次是失恋了，躺在床上三天，脑中呈现了空洞——以为从此以后再也不知怎么过日子，整个身躯瘫软着就像死了一样，后来，我走在雨地里失神了，竟然不知道在下雨，不知道自己被淋湿；第二次也是一次人生的十字路口，我一个人攀到山顶上放声痛哭，雨也落了下来，山路泥滑，我一个劲地往上攀，跌倒了就坐在泥地里，命运好像把我引到悬崖，引到生命脱离躯壳的一刹那……我读到这首诗不知怎的心里很痛。在诗中，池凌云有时也像高处的哲人俯瞰茫茫空洞人世，但更多的时候她在地面，在痛苦的烤炙中——处在海滨城市的她，生命难道承受过飓风的击打，竟把诗歌的内脏撕得粉碎？"黑暗到来灯烛的火焰已经安睡／被一双粗暴的手捉弄的翅膀／羽毛不再振动一下／她看着人们走下美丽的山岗／从她的记忆里消失。"（《越飞越高的鸟》）一个诗人在命运的搓揉当中，承受的内伤沉重而无声，她是绝望的，绝望得只呈一声空响，于是她在无声的烛照中掏空了语言的躯体："谷粒在一个早晨落地／它们差一点被吹空了。"她在细微中洞察着人类的终极,让凡尘的痛尽量减到最低状态。正是如此,我觉得诗人在灯红酒绿的都市生活中会更彻底的绝望孤独,她沉重的和弦极少谐音。

焦虑的钉子

池凌云始终处于一种焦虑当中。在《钉子》里,我明显感觉到她坐在椅子上左移右移有着深重的焦虑感,因为"一些钉子从接缝处冒出",这是一个藏得很深的钉子。作者在处理"我""椅子""钉子"三者的关系时是十分矛盾的。她看到了钉子的炽热,但又为钉子将许多人固定在单调的世界令其无法逾越而遗憾。她看到了钉子坚硬的统治,"它们喜欢这样的游戏/在钢铁的硬壳里,弄空自己/我用血来款待它们"直至"黑暗的钉子落了一地,我们都有点悲伤,为一阵阵袭来的自由尖叫"。在这首诗中,诗人明显把自己放置在一个左手和右手互搏的场景中。她爱钉子又被钉子伤害,于是她渴望从钉子的束缚中解脱出来,并且获得自由。实际上诗人很像一个贪玩的孩子,突然喜欢带着亮光的钉子,在玩钉子的过程中,她不小心被钉子刺伤,发出了尖锐的喊叫,直到她矛盾地把钉子扔掉。在生活中,这种焦虑是宽泛的。实际上,在这首诗中,我们还能看到钉子已像作者身体内部的某个器件,它不言不语地深扎在那里,使诗人聚集了不少痛苦和欢乐——在作者充满隐喻的森林里,我的打探是十分有限的,读这首诗时,我也看了看我的椅子和椅子里的钉子,静静地感受着诗人隐藏在词语中的焦虑、挣扎、苦痛。在《闪亮的球体》中,她从一个闪亮的球体切入,带着焦躁的激情的灼痛:"光线从内部碎裂,美丽的叶片旋转/灰色的,黑色的,橙色的/这些曾远离我们的,亮起来,再转暗……有多少高音可以让人发疯?珠玉都碎了……蕴藏激情在胸口开始疼痛……我暗淡成一枚老式珠花/你却怪我绽放如此缓慢。"我好像看到诗人像塞壬(Siren)在海面上梳着长发,翻腾的大海夹着女妖的琴声和歌声,像一个非常大的磁场把人们吸引过去,感受着诗人的焦躁和激荡。大海终将成为一张揉皱的纸,在揉皱的过程中,渴望抚平,渴望安宁。"我去摸摸那些树,那些草／狠狠摇动埋在底下的根／让枝条抽打我——没有谁叫出声／我靠着树干,慢慢安静下来。"(《我已没什么事可做了》)诗人在接受生活的鞭挞时,像汽车的排气管在接受加速的"抽打"烧红了,需要停下来休息一会儿。寂静就像一张床,我们一旦倒在上面只有做梦的权利;寂静更是一堵墙,可以让更多的人来依靠。是的,风暴冲刷过的血管已经很痛很累了,只有亘古的安寂才能获得医治和抚慰——"寂静是一剂良药／我的寂静在木制的水桶中,悄悄啜饮着时光／让我安静地坠落……她发着光,如此安静地下降。"(《寂静是一剂良药》)

郁暗和光的湖泊

读池凌云的诗集,我不知怎的突然将她和法国画家莫奈联系在一起,我想起了莫奈的《睡莲》(水景系列),其中有一幅油画描绘着这样的景象:一座漆成绿色的拱形木桥跨越池塘,水菖蒲、百子莲、杜鹃花科的观赏植物和绣球花环绕并保护着池塘。柳树和紫藤直泻水面,使水的色调变得更深暗、更蓝。水面上漂浮着粉红色的睡莲,像繁星一样在郁暗的天空闪耀。这是一个由"阴影和光线组成的、水上漂浮的世界"。在画的面前时间暂时停顿下来,每个人都会沉浸在画家谜一样的湖中甚至进入湖底,尽情地思索、遐想。我接连几天把手指按在池凌云墨黑汉字构成的诗歌方阵中,想进入词的渊底去打探一个潜在世界的真实。我知道在诗人的地底有一团熊熊燃烧的活火,那是巨大的爱的熔岩在自己烤炙自己,自己烧熔自己,甚至是自己毁灭自己。是的,池凌云的诗所持着的是火一般的大爱,她有着一间经常着火的木房子,"光芒高耸,活力四射／令人心颤的美"(《木房子在梦中着火》),我可以在诗中听到一个人呼唤着爱的声音,那么甜,那么笑意溢满嘴角。"木纹上一条红色的河流裂开"烈火的红色汁液鼓胀在胸脯像要喷涌而出。"谁为燃烧?"一双渴望爱又充满疑惑的眼睛也流淌着水晶的河流。也许生命之爱正要借助情感之爱才能彻底点亮。然而正是诗人之大爱酿就了诗人之沉痛,池凌云的烈火的房间,只有她自己走了进去。诗人太孤独了，孤独得像是在大地上的最后一个人。诗人还在《女朋友的按摩椅》中写道，"它该是一个秘密的男性名字／它绵长的指力让我好奇／我抚摸它隐藏的手／它伸出来，抓住我的骨头摇晃"，摇动骨头需要力量，摇动真正的爱连风暴也不够！

释放的寒香

作为一个"用一篮鸡蛋换一件红毛衣／保存了十年喜悦"的乡村教师之女，在她的声音系统里潜泳着怎样一种对美的执着。池凌云的文字让我想到火焰的烧灼正微微作痛，诗瑰丽而深沉优雅的文字后面，有着带微痛感而捉摸不定的深邃隐秘。为什么多年之后她的诗突然能释放出如此巨大的语言的香气？为什么她的诗那么沉，竟把我的眼睛紧紧地拖住那么久不肯放开？是的，她像是诗歌黑森林里的妖后，抓住词语的魔瓶把诗歌的果汁装了进去。语言是池凌云诗歌真正的陷阱，像莫奈画中真正的睡莲，有着幽深的湖泊。"蜜蜂的道路上优美的旋涡"（《对一朵野菊花的十种比喻》），花朵的美质跃然纸上。"铜管乐器的内壁向光挺进／更高更远的吹奏者，嘴唇翕动／刺眼的音符拖着长尾／轻易地越过人们的头顶"，诗句精致、沉郁，闪着青铜一般高贵的光芒。还有《眼睛里的鱼》，"你见过我眼睛里的鱼／有时一闪一闪，有时白茫茫的一片／你的鱼也浮上来／有一些沙子挡住了它们"，才气淋漓，让我仰止。池凌云的诗走的是瓦雷里"黄金的一团柔影"般纯诗的一路，在多变的诗坛始终坚持纯粹的探索。她没有停留在把诗打磨得更光洁的层面，而是在诗歌的质料中不断找到属于自己的质地："我需要寻找一种东西，一种能使腾空悬浮着的事物落地的东西，或者是一种坚定，一种信仰，或许是最平实的一份温暖。我渴望的诗歌首要是抚慰人的心灵，其次才是别的什么。继续关注人性的苦难，在汉语中寻找新的秩序，将向内的写作延伸到底部。"她这样说也在诗歌中通力实践着，她在《第六巷》写了一个电焊工，他蹲在地上，"手中的焊枪发着蓝色的光／每一次经过这里我都能看到他／目光发皱，打量着最坏的一面"。作为在企业工作的我多少次打量过电焊工，但并没有像池凌云一样能发掘出这样的诗意,"坚硬无比的东西正变得柔软／强光之后,天空漆黑一团／他要遮住自己的脸去做这一切／可他看到刺芒／依然让他的眼睛充血",以至于"断裂的铁发出了咸腥的气味"。这些开阔厚重的诗,我们很难看出它出自一个女子之手。正如池凌云所说:"我相信语言的力量,当我在作品中对劳动者表示敬意,对空虚和孤独的心灵给予人性的关怀时,我对自己的人生也进行了自我修正,使心灵变得更加自由和开阔。"是的,正是开阔,使池凌云的诗摆脱了庸脂俗粉。池凌云的诗歌始终在传递着一种香气。"手臂,半合的眼睑／这些装满梦的容器／传递着花朵清香的气息"(《朝南的房间》),"我放弃了最后一个湖泊／我不可能出生的女儿满山谷奔跑／让所有的夜晚失明／道路上遍是她的芳香"(《空白》)。我知道她把自己内心按得很低,低到苦难的位置:"优秀的诗歌总是抚慰人类心灵深处的苦难,追寻精神中的永恒和美。而对于一个人来说,精神的迷失是最可怕的,文学让那些麻木的人记起还有灵魂。这么一想,我觉得诗歌创作简直是件令人愉快的事。"——她已经成为一只高傲的天鹅在诗歌的王国里振翅翱翔。■

发明一个亲爱的　池凌云研究集

一

这几个月只要有空,我就会读几页《池凌云诗选》(以下简称《诗选》)。

读了三四十首,觉得"还行"。"还行"在我的词汇表中,是一个不低的评价,当然,这也不能算是一个具有一定高度的评价。我之所以会有这么严苛的认识,是因为之前有着极高的期待。事后我分析过它的成因,可能来自西渡的倾力推介与我的想象,虽然池凌云事先给我发过预防针式的短信,但是我仍然未能克制住这种强烈的愿望。

事实上,在这三四十首作品之中,我都能轻易地找到我所喜欢的元素,比如开篇的《辜负》就有着相当自然的语气。这种语气与我个人写作之中的某些气质是相通的。我当然知道这种"喜欢"正在赋予本来中性的评价"还行"以更多的主观因素,而且我也知道"喜欢"本身就是一种非常个人化、感情化的词汇,虽然它也包含着对诗艺的某种肯定,但是它的选择性显而易见——我还想象过这样一个比喻:如果把这些诗篇看作一只只蝴蝶的话,那么它们始终都是围绕着"还行"与"喜欢"这两个横杆而上下翻飞的。

然而这些对我这样的读者来说是不能满足的。

它与西渡的推介和我之前的个人想象之间存在着不小的距离。它

无限接近那温和的心脏
——读《池凌云诗选》※

桑克

※ 原载《上海文化》,2011 年第 3 期。

不应该只是这样的,还应该更好、更杰出,但是正在显示的事实似乎不是这样……我不免对西渡的估计或判断产生了一丝怀疑:他是因为客气还是因为更多的个人因素(如我一样的出于一种不同寻常的因为共同的乡村经验与时代境遇及代际归属而形成的"喜欢")?还是我的想象过分用力,以至于对阅读进程产生了不当的偏移作用?这种想象期待与阅读实践之间产生差异的个人体验以前不是没有过——这时我并不知道事情的真相是否如我猜测的这样,因为后面还有更多的诗篇,我只有继续读下去才能证实是否如此。对于这一波折的出现,我现在想来有点儿后怕。如果阅毕依旧如此呢?如果隔绝多年之后再读,依旧如此呢?要么是池凌云的诗有问题,要么是我自身有问题。更多的可能则是,我们都没问题,而是我们之间没有阅读的缘分——这就是为什么我对某些杰作,比如说一个阿拉伯人的几首诗,没有亲切感,反而对一篇漏洞百出的中文作品(请原谅不能举例,太不恭敬了)却有一种切肤之痛。这种情况其实并不复杂,不过是心境与环境使然。

我知道人的阅读心理是复杂的或者丰富的。事情本来应该是这样的:正确的句式构成不仅导致正确的语义构成,而且往往导致比较理想的阅读效果。但是由于瞬间感觉发生变化,或者某种意外干扰的出现,从而使正确的语义构成发生某种轻微的或者微妙的偏移,并且直接影响阅读效果趋于非理想化。在这里,技术因素是容易鉴别的——我对技术的研究与修炼可能起了极大的作用,但是这些对池凌云或者我所想象的她的作品来说是不够的,它应该是一些更大的东西。这个"更大"是什么?它不是伟大,也不是宏大,而是一个更为整体化的东西。它就在那里,本身具有强烈的生命力,吞吐着呼吸,又似乎没有一个标准像,没有一个规范的名字……然而这时我已经没有更多的时间来调整自己,生活本身让我愤怒的东西太多了,政治的、社会的,以至非常个人化的,我知道它们对我有着致命的影响。这些影响又直接或间接地干扰着我的阅读进程与效果,甚至有时不是内容方面的,而仅仅是注意力方面的。飘浮在作品之上——这是一种阅读忌讳。以我的认真与严谨,是绝对不允许这样的。必须用自己的心,用自己的全部真实去理解一个人的心,虽然我知道这是几乎不可能的,但是我愿意为此付出努力。阅读为什么是理解,而不仅仅是单纯的分析,就在于此。在后来的阅读中，我对理解这个词有了相当多的更新的认识。池凌云是一个努力理解自己生活的人，努力理解别人生活的人，比如父母亲友，比如更多地出现在她视野之中的人或物，盲人、疯子、麻雀、流水。理解之后，往往就产生更深的谅解、更深的悲悯。谅解往往是隐藏的，而宽容其实正是一种批评，但是"善"与"忍"使池凌云放弃了这种表面的东西，而悲悯本身从来只是字里行间的无形气息。

"还行"的这一切直到《钉子》这首诗的出现而告结束。

《钉子》是第四十五首诗。我兴奋起来。阅读缘分终于来了。然后我又继续读，我的兴奋居然还在，居然还在持续。继续读，渐渐地，想象之中的池凌云出现了——与我想象的几乎一模一样，而且不仅仅局限于西渡之推介勾勒的面貌。前几天，和几个友人谈论为什么诗人是先知的时候，曾经谈及数学之证。有些数学家是一开始就知道结论的，然后开始反证。我虽然并非如此，但是事情的发展居然与我的想象一致，我当然高兴了。否则我不知道怎么结束这尴尬的一切。我后来想过：与其客客气气地，还不如彻底拒绝⋯⋯名副其实的时刻来临了——与西渡的推介也有表面的接近，后来我才知道，差异源于评估框架不同。这次我是站在一个同行与一个读者的角度，而没有站在学术的角度，而前者是我极其珍爱的角度⋯⋯

我反复想：我怎么直到碰了"钉子"才发生改变呢？这有些好笑，现在想来却是一种幸运。难道是从这首诗开始，池凌云的诗才开始变得"出色"或"杰出"的吗？当然不是。那么为什么之前的诗却没有读出这样的感觉呢？可能与作者的编选方式有关系——这是一个值得探究的节点，然而不必在此做过久的停顿。现在有一点是能够弄明白的，那就是，因为之前我从未看过池凌云的诗，所以从开篇之始，我都在以自己习惯的阅读方式接近她诗篇的核心。这才是问题的关键：反复试探，反复琢磨，阅读体会之间又相互辩驳，相互融合，或如龙爪似的隐藏于云雾之中，一会儿这里露一下，一会儿那里露一下⋯⋯这个时刻，我只有调动我的智慧或者我全部的注意力，在观察的积累中，将分散的或者丰富的它们逐渐整合起来。只是恰巧在读到《钉子》的时候，我的阅读基础才算奠定下来——也就是从这个时候开始，才有了迎刃而解的感觉。

我对西渡讲了自己的阅读体验，他说我还算是幸运的，读到《钉子》就读进去了，他第一次读完全书的时候还不得要领呢。如果他不是在安慰我，那么我的自我分析就不是单纯的猜测，而与事实、逻辑暗合。

这样的体验或许能够证明，阅读是一件多么复杂且具有哲学意味的工作。没有阅读进去的原因，可能是文本的问题、沉静的问题，更可能是缺少进入之路的问题——因为存在着完全封闭的个人化的文本的可能性，而更神秘的说法则是缘分之匮乏，彼此的气质可能格格不入，而不可能进入心意相通的契合之境。还有一个更大的问题，就是作者埋伏的基础之庞大，或者琐碎（并非贬义的），必须积累至一个恰当的时刻（以《钉子》的出现为标志）才渐渐汇拢，形成一个清晰的或者舒服的感受层面——这或许就是比较《诗选》与单篇或者数篇作品之间的容量差异而产生的意义，换句话说，阅读池凌云的诗，只看单篇作品是不够的，必须看大量的作品。只有经历小差异的不断变化与叠加积累之后，才能接近这个人的生活或者灵魂深处的风景。

现在，读罢全书，我对从人到诗的秩序，已经有了一个大致的理解走向。但这对严谨的我来说仍然是不够的。我开始第二次阅读。这次阅读，我为每首诗做了简略的笔记，每首十几个字、几十个字，直到把两张4开大样的背面写满。我觉得只有到了这个时候，我或许才有了一点儿发言的把握。我曾经对西渡说，我的压力是很大的——只是因为没有读完作品，思考没有到位，我总觉得我在作品的表面飘着，没有进到核心里面去。"进到核心里面"当然只是一种奢望，甚至是不可能完成的任务，但是这种努力多少是值得肯定的。现在似乎有了这么一点儿把握了——但是有些东西，我还是没有完全吃透，当然有我将之归结于池凌云故意的做法，比如私人典故（这个并不多），比如某些象征时期的技法（我因为看得少，对它们之间的关系或者自身语码，都是非常生疏的，要想在短时间之内把它们自身的指向与彼此的真正关系找出来，是有不少困难的），还有一些结论被故意忽略了来源，甚至是必要的过程……还有就是我的能力——对这个我的怀疑并不多，这个倒不是因为我的自信，而是从理论的角度讲，这个能力的限制肯定是存在的，我只是不了解而已，而我一旦达到了解的程度，几乎就能及时弥补了。有一点是肯定的，池凌云自己想让读者明白的地方，我肯定是读明白了。可以看出来，她给读者留了一条或者几条进入的道路，这可能是有意识的。而我从不预留这样的道路。如果存在，也是天然形成的，而非故意形成的。我说过我从不考虑读者之类的"无情"之语，而池凌云则是温和的，这是我们之间的一个极大差别。同行之间喜做比较、心理揣摩，这可能是一个问题，但是我并不在乎这样一个问题的存在，因为我的目的，只是确认自己、认识自己，从而提高自己，无论是技术，还是境界，或者真正的深度（这个词，从去年开始，我说得才多起来）。温和，这是必须注意的形容词（它同时也是名词），它不仅体现池凌云的个人气质，而且（或者完全可以这么认定）也是她的诗歌气质。只有充分体会"温和"的真正含义，才能理解与它同一谱系的"宽和""宽容""厚道""容忍""善良""同情""怜悯"……

二

按照我的本意，我是想把每一首诗都阐释一遍的，把我的看法、感受，都仔细地说个干净，或者至少为每一首诗做一个略为粗糙的"细读"（我更喜欢这种无限接近的方式），然后在这个基础之上，把池凌云放入一个更大的框架之中，与其他的同行进行比较，赋予其一处恰当的位置，犹如西渡正在做的……但是转念一想，这个"野心"未免太大，它需要付出更多的时间与劳动及智慧，而我现在明显是没有这个可能的（时间与体力所限）。那么我就把真实感受写出来吧，作为一个同行对另外一个同行的阅读，作为一个读者对一个诗人的阅读，作为一个同代人对另一个同代人的阅读（我看到《诗选》附录里的文章，才知道池凌云生于1966年，而我生于1967年）。这是让我感兴趣的一个近似点，这是我理解池凌云的一个重要基础，这是我曾经强调过的代际归属感（这种"坦白交代"的研究方式或许能够提供必要的启示）……还有就是，我一向觉得，有的问题可能还需要更多的时间，不必在这个时候解决，不能在这个时候解决。山高月小，水落石出——这是我们这代人的"荒原"或者"旷野"。而体验或者理解它们,需要再次地或者反复地阅读——由此进入第三次、第四次阅读。先在作品的细节之中纠缠,然后又将有机部分之间的紧要关系约略梳理出来。

还是需要再说一下开篇的《辜负》。散淡的语气,是技术得来的,更是生活得来的。日常生活的作用可能更大一些。现在的"高楼",三十年前的"田野",两个时间,两个环境,这些其实是池凌云的一个重要主题,关于城乡之间的,关于过去与现在的。《诗选》之中的不少作品都在这个主题里熠熠生辉。还有那种看起来轻描淡写的虚无感:"这些光阴,即使再长一点,还是虚度了。""虚度了",只有中年人才有这样的感慨,而老年人反而可能更积极一些。他们可能是真正地看透了,而我们中年人的看透更多的只是忍耐(这个我后面还要说到)或者无奈。这里的虚字,这里的口语,都与中年的心境吻合——你听不到一声叹息,但是字里行间全是叹息。孤独的叹息,在追忆之中有着更久的起源:少年的池凌云躲在衣柜之中,"看谁的孤独更持久"(《从一座房子到另一座房子》);孤独而寂寞,是两只曝晒在阳光之中的双手,"它们像两个走失的孤儿/互相抱紧,还觉得孤单太多"。(《午后》);"孤单的夜晚,我不写信/我只想抱住一棵树痛哭。"(《存在》)心痛何如!说实话,我有点儿佩服池凌云的"忍",因为我也是一个极能忍的人。但是她的忍是热的、轻的、温和的,甚至有几分优雅,几分从容。我的忍却是冷的、狠的、强忍、坚忍,甚至还有忍不住愤怒的时候。池凌云在诗中也有忍不住的时候,但是她不是愤怒的,而是呈现出一种面目温和的批评格调或者以自我选择的方式而表现出来的委婉否定。表面是"这虚无的庇护,一动不动……",冷静或者安静,而内心深处却是"以无形的手指掐痛我……"(《树或者河流》),痛、痛苦、痛心。这种表里之间的对立与融合其实正是"忍"的人生形式。

我非常喜欢池凌云用"你/我"对话的方式写诗。而且《诗选》之中,这样的诗都是比较杰出的。可能女性更适合对话这种形式?对话的方式非常接近于书信与祈祷,这样或许更加利于言说的细腻铺排。这样的诗也可以分成几类:有些是写给前代人的(同行或者其他的人物),倾向于理解或学习;有些是写给同代人的,偏重于沟通或交流。

值得注意的,是为俄国诗人茨维塔耶娃而写的三首诗,《不是火灾,是深渊》《玛丽娜在深夜写诗》《所有火焰和黑暗,所有深坑》。池凌云叫这个老前辈"玛丽娜",与其说将她视为导师,不如说是将之视为自己的闺中密友。她们之间谈的问题多数是大问题,比如爱,比如火灾/火焰,深渊/深坑,池凌云主要是赞美、仰慕、理解茨维塔耶娃的精神世界,同时将之引为自己的同类,比如说"没有人可以让我们快乐"——必须注意这里的复数"我们",它至少是同一阵营的显示,而之后的诗中,"我们"还承担着更多的指涉功能。还有池凌云对爱的论述和表白也是值得关注的,如——

玛丽娜,从今天起
我将像爱大海那样爱上孤独,
我为爱你而高兴……

因此,可以初步认定,茨维塔耶娃是池凌云谱系的一个重要组成部分,不仅仅是因为彼此个人气质的接近,在精神师承上,在诗歌方式上,她们之间也有诸多相通之处,甚至通向更大的俄罗斯白银时代的传统。我还注意到,虽然池凌云没有提及另外一位重要的俄国诗人阿赫玛托娃(我对她更了解一些)的名字,但她言说之收敛与悲痛之忍耐与阿氏的经典表情确有几分神似。此外,《读一个人的回忆录》也似乎与"玛丽娜"有关。你/我,你/他,在谈论别人的话语之中确立自己的位置,在谈论"爱与性有时是如此难以分辨"的纠结之中确立"爱"的主导作用。在这里还要解释一下诗中提及的"著名的鞭子",这个典故出自尼采的《查拉图斯特拉如是说》之《论老妪和少妇》。老妪说:"你到女人那儿去吗?别忘记带上鞭子!"这是老妪对女性的贬斥与对男性暴力所谓"合法性"的强调。大多数人的反应是愤怒,而池凌云的反应则是"悲哀",并干脆以虚无感将之取消,"没有什么可以不朽"。虚无感有时就是一种结论,正如对某一中国传统节日的论述,"关于七夕,确实没有什么好纪念的"(《那一年七夕》),否定的不仅是与这个节日相关的情爱记忆与人生经验,更多的则是在这个节日符号之下暗藏的关于爱情与婚姻的儒家伦理形式。

写给波兰诗人希姆博尔斯卡的诗有两首,《游船》《苦恼之夜》。这里没有与茨维塔耶娃对话时候的那种热烈,反而是平静的,带有某种欣赏性的趣味。"我听到整条河流都在说 ——/这个女人来到这条河流上,她是那么可爱"(《游船》)。表达是这样的大气、自然。我觉得这不是依靠单纯的技术修为就能够达到的,也一定包含着人生的修为。技术做了基础,而人生则给了这样的自然。这种表达看起来似乎是朴素的,其实又囊括了不少东西。兰斯敦·休斯在他的名篇《黑人谈河》中写道:"……我听到密西西比河在歌唱……"(赵毅衡译)说河流歌唱的有之,说其言说的也有之。池凌云把后者予以化用,以口语的样式将它放在一个比较恰当的位置上,从而构成了一种略微起伏的美感。所以,我们只有到了中年才能谈论这种积累的重要性。它并不倾心于强烈的创造,而着重于表达的合理性。生理之所以拥有一定的解释能力就在于此。所以,从前所谓年轻激进而年老保守的阐释话语可能就不是那么合适的 ——人当然可以为这样的循环、这样的重复而悲哀,但人类的生活就是如此,如同河流,从山到海,再从辽阔无边的海洋回到幽邃迷离的群山之中。

三

人的注意力往往倾向于这样一种认识:这个世界是由人组成的。那么与此相关的文明或者文化就会倾向于对人的描绘。池凌云并不例外,她只不过有她的选择性(以价值判断为中心)。比如她赞美甘地,"只有真理和爱才能得胜"(《圣雄甘地》),由此表明一种价值取向。这是让我感到惊喜的地方,因为我一向喜欢甘地的非暴力不合作之主张,它多少有点接近于以塞亚·伯林倡导的"消极自由"。如果由我来写这个句子,我可能会删掉"真理"这个词,而只保留"爱"这个词,因为我觉得与"爱"相比,"真理"又算得了什么 ——池凌云的诗句引起我"篡改"的兴趣,这是阅读正在走向深入的一种标志。还有就是池凌云在《安息日》中写道,"这么多心甘情愿被奴役的人",由单纯的同情而进入深刻的社会思考。从这种广度之中,还可以看见卡瓦菲斯的身影(《我今天只读两首诗》),看见西藏的身影(《与Z说西藏》)。而更多的批判性有时由隐喻构成:"部分河流并不流向大海。"(《交谈》)池凌云并不是只有直接的方法,还有面具的现代方法,她时而戴着唐婉的面具(《在沈园》),时而戴着小提琴手的面具(《醉了的小提琴手》),甚至是戴着树木的面具(《阔叶林与针叶林》),这样,既能深入其他事物的内心,同时间接地显示自己的幽隐之声。

童年记忆、成长经验、家庭生活(或者更为隐秘的女性生活)、对私人史的处理,几乎是每一个诗人都会碰到的问题。池凌云的表达重心大多集中在这些地方。在涉及这些阅读之前,似乎有必要强调一下,《诗选》之中以"代诗人简历"面目出现的散文《遥寄无名》可以作为一篇比较重要的文献或者前史与诗歌作品相互参看,其中比较重要的细节是落水、绣花,比较重要的情节则是抗拒与小木匠的婚约——这是一段非常惊人的难以想象的社会遭遇,虽然池凌云为此起了一个看起来比较轻松的小标题——《自由练习》。"练习"的真正意味或许只是追求自由的开始,而非真正的自由本身。散文之中的内容渗透在部分诗歌作品之中,而其残酷和令人愤怒的情绪却被"温和"所化解。这是在参看的时候需要注意的。

池凌云在诗中是这样写母亲的:"我挽着她时,我们的身体紧挨在一起/喘息此起彼伏,像美妙的音乐。"(《与母亲同行》)"我尝试着学习你,守着儿女/不让他们感到荒凉"(《一滴水生下另一滴水》)。在这里我们看到的是温馨的母女之情,一个老年母亲与一个中年母亲之间的传承关系。而对父亲呢?对这个病中的乡村民办教师的看法则存在一些轻微的道德冲突,"但你已不能与一切错误争辩"(《病中的父亲》),池凌云的个人性格与道德风范显示得相当充分——

拥有热爱简单日子的双亲多么好!
拥有无法帮助子女渡过难关的父母多么好!
拥有一天两包烟的倔强老父亲多么好!

吸烟这种被现代社会认为是不健康的嗜好,在今天的环境与心境之中渐渐蜕化为一种原始生命力的象征。参看散文的相关内容,谁能不为池凌云的温和而动容呢？

> ……我们一起
> 做一个反叛者，我不喜欢你不听劝告，
> 你不喜欢我对你限酒限烟，
> 我们就这样活着吧……

对差异的解析与理解渐渐通向包容与光明。池凌云阐释与姐姐一起迷路的幼年经验之中的责任问题，"我们从不问过错在谁，只在沉默中复原"（《那时候我们不知自己身在何处》）。这里迷路之途的河流是否就是《遥寄无名》中五岁的池凌云被六岁女伴推下去的河流？

现在的池凌云是一个母亲，她有自己的家庭。丈夫与儿子，正在成为她双亲家庭之外新的世界核心。那么拥有如此成长经验的她，将怎么面对自己的家庭？难道会是双亲家庭的简单复制或者激烈反动？这里明显存在着差异。或者是形式差异，而血液之中的"爱"始终相同。我明白，"爱"才是"温和"的真正心脏。出生于乡村的池凌云给生活于城市之中的儿子传授生活经验，或者说正在完成一种真正的教育，"你要学会远离光也能生活"（《这是拖着灰发辫的冬天》）。或者讲述一个"失败母亲"与儿子之间的相互理解，其中有异有同。这是在《诗选》各处出现过的类似表述，但是往往归结于同。这就是池凌云的方式：在最后的时辰，每一个人与他／她喜欢的或者不喜欢的人都会达成真正的和解——

> 我们都需要一种伟大的力量
> 供我们一次次分离
> 而不是任何别的事物。
> ——《傍晚送奔奔去小南门》

这是容忍、悲悯、理解、谅解，更多的是爱。爱可以容纳一切不洁净的经验，容纳一切没有写及或者故意忽略的沧海桑田。但我还是忍不住追问：为什么忽略？ 在日常生活中，除了自身体验之外，我们往往担任观察者和旁观者的双重角色。旁观者的冷漠,我们早已领略,而观察者呢?我以为或将产生真正的同情心——以我的经验来看,没有一种观察是纯粹的观察。比如观察"疯子"是怎么生活的,他是怎么号叫的——他的悲惨命运终将撼动观察者的心灵,"号叫是他唯一的方式,/他被迫的双唇暗黑而又慈悲/他终于让我忍不住落泪"。(《疯子》)比如观察盲人琴师,他生活在黑暗之中,他不仅不为自己的命运自怨自艾,反而向人请教"美是万事中最难的事",这不仅是因为个性坚强,而是因为池凌云所猜测出的"爱"(《盲》)。更让我欢喜的是池凌云将笔触施与时事,从而显示出一种真正的道德力量与历史责任感,无论是描述"到处都是失踪的人"(《六月记忆》),还是质问"谁才是真正的公民?"(《在梅家坞》)对《昨天》的"坏消息",池凌云则予以同情,"然而,我依然与他们一起/隐藏各种各样的血腥——"这里开始出现深刻的反省主题,甚至是对自我"从众"的严重谴责。这种带有自我批判特征的陈述方式其实正是这个消费时代日益匮乏的活力之源;在《纪念一个死去的女人》中,诗的结尾,池凌云写道——

这个女人,曾有过很多渴望
她死后曾被一些人拯救
她也拯救了他们

然而这还不够,池凌云又跟进一句:

——更深地爱一场灾难,无限期地。

表面形式是抒情的,而本质是反讽,而且它并不表现所谓的智能,而是表现痛心疾首的思想。在这里,深刻与抗议相融合,因而使全诗抵达一种难得的思想深度与艺术深度,而且仿佛是在不经意之间达成的,犹如这样的两句诗所表达的效果——

……如果涌出泪水

那是盐并不了解我们……
——《肖像》

一个人经历多少苦痛才能说出这样两句疑似诛心之论的诗行？

在艾略特的名篇《J·阿尔弗瑞德·普鲁弗洛克的情歌》中，有这样三行诗——"那么我们走吧，你我两个人，/ 正当朝天空慢慢铺展着黄昏 / 好似病人麻醉在手术桌上"（穆旦译），"麻醉"不仅准确地表现出黄昏的自然状态，而且暗示现代社会业已病入膏肓。而在池凌云的笔下，"麻醉"重新回到手术室，似乎回到它的原始意义之中……在《麻醉术》中，池凌云描述麻醉对于病人的治疗效果，并引申为"日复一日，多少人依靠麻醉术 / 继续活了下来"。人类继续存活的保障是"麻醉"，无奈而又悲哀。在《沉入深深的睡眠……》中，池凌云深化麻醉的经验，"我将与她一起醒来，从不断下沉的瞬间"。本来，醒来与沉睡是相对立的，下沉则与升起相对立。现在已非如此，而是醒来与下沉同时出现，这不仅裹挟着原来的对立语义，形成丰富性，而且还构成一种新的强烈的语言落差。《迷醉心灵自由的麻醉师》，是写麻醉的作品中最为出色的一篇，精确地捕捉细节的能力，恰如其分的语言节奏与逻辑控制，使麻醉过程在诗人有意地阐释之后具有了一种全新的审美视野。这可能是前面两首作品积累的一个结果。它的深刻性至少表现在这样的两句——

她只负责让我失去知觉
让我以为自己是安全的。

"安全"这个词在池凌云的社会与心理的双重架构之中是非常重要的，它的身影在《诗选》之中不时可以看到，其新鲜而独特的具有重要暗示性的语义，甚至可以使我们把它归结在池凌云或者我们这一代人的词汇表中。精彩之处还包括麻醉师的"台词"——

……我的麻醉师
脱掉橡胶手套，她的台词仍在手术台上：

"你不要动。但是你也不能动了。"

语言层次丰富而清晰,"不要动"之命令与"不能动"之事实的差异,转折连词"但是"赋予的冷幽默,其中蕴藉的意味不仅使人冷笑,而且使人回味以及无可奈何。

在这样一个强力、混乱而又缺乏选择的时刻,我们可以依靠的东西,或许只是艺术或者诗歌,只是幻梦或者理想(这一代人中的大多数都是事实的理想主义者以及行动的机会主义者)。它们是"从绝望的深水中升起"的(《风还在吹》),"绝望的深水"这一暗喻或许象征着"存在"的基础,"活着的人和死去的人并没有互相拯救"(《经历》),虚无感的迷雾几乎渗进我们的血液之中,所以池凌云才说,"我唯一的成就是制造了梦"(《一个人的对话》),自信而悲凉,"我来到人群中,学习生活的热情"(《过去的一天》),一如既往的温和与从容。不管怎样,你我可以原谅让人讨厌的人,可以容忍生活之中的丑陋,可以与屈辱的时间或事件周旋,并且予以深深的理解,而这理解背后则是悲悯的或者无力的人性余光。■

发明一个亲爱的　　池凌云研究集

如何说出未被说出的生活，这始终是文学存在的最初和最后的理由。每一个写作者最初的作品，总是与具体的人与事相连在一起的。但随着写作的深入，写作者与存在、语言的关系变得复杂起来。语言作为文学的载体，慢慢地衍变，到今天确实具有了它自身的自足性。因此，站在存在的一边，还是站在语言的一边，已不再是一个子虚乌有的伪问题。但完全偏向存在或完全偏向语言，也会造成作品的失衡。如何既保有存在的真实又保有语言的魅力，是考验一个写作者综合能力的极其重要的指标。一个好的作品，应该是这两方面都饱和的。当代诗人中，池凌云是极为完美地把握了两者之间的平衡，并将这两方面都上升到相当高度的诗人之一。

翻开池凌云的诗歌，你首先就会震撼于她对存在的揭示。她总能从一些平凡的事物上真正展示出存在悲剧性的一面。她对于痛苦的感受力，达到了纤毫毕现的程度。而她体验到的这些疼痛，并不是一种无病呻吟式的佯装，而是一种源自生活真实的刻骨的疼痛。它在很大程度上对我们业已麻木的神经构成了一种提醒与纠正。在这个世界上，疼痛恒在，真正的写作者总是一个时代最敏锐的疼痛感受器。

阿赫玛托娃有"哀泣的缪斯"之称，我想这个名字用在池凌云身上也非常贴切。在诗歌的谱系上，她的诗歌与阿赫玛托娃的诗歌确实属于同一品系：怜悯、忧伤、疼痛。像一切杰出的女诗人所遭遇到的

关于池凌云诗歌的札记※ ———————————— 韦白

※ 此文未公开发表。

那样，池凌云似乎天然地继承了那种"生命中不能承受之重"的磨难。她诗集的后记——为我们展示了凤凰是如何浴火的，又如何成为她想要把疼痛展示出来的原动力。于是，我们读到"今天，我有许多悲伤／我数了一下，它们一共有四个／像坚硬的纽扣，紧紧靠在我的胸前"这样的句子时，一点也不觉得奇怪，而是恰如其分了。

池凌云所展示出来的痛苦，完全超出了绝大多数女诗人的多愁善感和惺惺作态。或者说，池凌云的写作由于深入生活的各个层次而超越了性别的限制。因此，她在说出她的或显明或秘密的泪水时，有着卵石般的坚韧和沉甸甸的硬度。比如她谈到茨维塔耶娃时，这样写道："你忧郁的眼睛除了涌出泪水／还涌出俄罗斯和德国／和一点点消耗你的艰难的光。"后面两行所达到的广度与力度，都是极为优秀的。她对存在的反思，既借助于巨大的情感力量，也具有相当扎实的知识底蕴。

池凌云是自觉地与世界一流的女诗人站在一起的。她希望成为她们中的一员，并直接在诗中与她们对话。被她纳入倾诉对象中的有阿赫玛托娃、茨维塔耶娃、希姆博尔斯卡、索德格朗等。从这里，我们可以看出，她确实在对国际一流女诗人的持续热爱中，汲取了她们诗歌创作的长处和对事物的看法，但她又不是一个由于对临摹对象的敬仰而丧失掉现实感的人。相反，她的立足点恰恰是她的立足之境——当代纷繁复杂的社会现实。她的许多作品，甚至有直接指证的锋芒。她能对存在的阴影直接发言，在许多重大事件后，都留下了她的思考与批判。这一点不仅在女诗人中罕有，就是在整个诗坛也极为罕见。而当她针对一些直接的事件发言时，不是那种只宣泄情绪而无诗学考量的那种粗糙之诗，而是将情绪置于内心深处，待其发酵之后再析出其沉淀的精心之作。

虽然，池凌云的诗歌直接源于生活，强调直面生活的真实，但她又是一个极为重视语言和技法的诗人。这里讲的技法，并不是借用繁复的修辞或对正常语序的破坏而去营造奇崛的效果，而是指她使用语言的分寸，以及对节奏和语气的控制。她的用词尽量节制、均匀，而音量也尽量徘徊在低音区。但正如她的诗句所声称的那样——"所有沉重的事物都说着最普通的语言"，因此，她的作品在流畅的语感中，轮廓坚实，句法清晰又柔软，并审慎地遵从着自然朴素的语言。她小心翼翼地避免夸张、隆重与奢华。因此，她对语言的重视，又可以还原为对语言音量的选择，对词语本身的色彩、速度的挑剔性使用。

　　从题材上讲，池凌云诗歌差不多可以说是自传性的。是她生活的见证与冥想。她擅长从日常生活的细节去寻找它的象征意味，并将其与人生的况味勾连起来。她在《按摩椅》中，把按摩椅的动作还原到与一个真实的他者对话的状态，然后询问其背后的意义。又如《到一棵树中去》，将人与树木相类比，将树木的坚韧和执着与人性的贪婪和扭曲相并列，意在遵从自然的法则以修复人性的缺陷。她的作品有许多来自她生命的亲证——《在蛇馆》《麻醉术》《按摩椅》《一个针灸的下午》等；有许多是对现实事件的思考与批判——《安息日》《圣雄甘地》《六月的记忆》等；有许多是对生命自身的感悟——《辜负》《一个人的对话》《寂静是一剂良药》等。而所有这些题材，在她的笔下，都化作娓娓的倾诉，或凝重的反思。

　　池凌云是这个时代少数的追求写作深度的诗人。她的作品既不来自即兴发挥的能量，也不来自随意组合的机巧，而是来自诚实的、持久的、真实性的苛求、对客体世界的深入观察，以及对人生、世界表象之下的意义进行的深入探求。她不满足于单个意象或句子的完美，而是要通过诗歌的整体语境去抚摸存在的创痛。她始终信守爱、责任与良知，从来不回避生活的阴影与残缺，以及落后的制度在人们中间引起的问题。这种责任与担当和飞扬的想象力结合在一起，谱写出艰难的年代里一个熠熠燃烧的灵魂，她的光芒正越来越明亮，我祝愿她越飞越高。■

发明一个亲爱的　　池凌云研究集

在池凌云的诗歌中,《海百合》这首咏物诗或者里尔克意义上的"物诗"尤为引起我的注意,在我看来,这首诗很能向我们显露她的性格和创作特征。这首诗向读者传达了一个错误的信号,让他们以为——甚至也包括总是具有美好幻觉的我——海百合就是池凌云,而现在我们只能从化石上窥见这种古生代石炭纪时期无脊椎棘皮动物超然冷漠的美丽形象,还应补充一点,它的生活环境是海洋,但看起来就像漂浮的植物。再补充一点,如今海洋里还有海百合生存,因而我们无须感到遗憾。

　　在诗学和在生命进化史上,这首诗都向我们暗示,动物在模仿植物,不仅如此,还有,人类嫉妒低等生物的智慧。回到生命本源以重塑自身的愿望,让真正参与其事的生命悲欣交集。而人是所有生物中最善模仿者,他试图模仿一切,因而也可以说是在模仿神,而人如果模仿失败则可以归咎于神,断定神也会模仿人类中的流氓从而上演一部滑稽戏——汉语中对流氓的称呼是"社会渣滓"——而圣人则默默地看着这一切,忍受着这一切,满腔怒火而又头脑平静地推演宇宙正义和自然公理,当斯宾诺莎为人类的幸福着想断然否定恶的实质及其存在,他已经不仅仅是哲学家,还是一位诗人,因为他不光关心理性的面子,还考虑到了人类的愉悦。

海百合,深海之殇,与词的未来 ※　　　　　　　　　　　　　　　——王东东

※ 原载《红岩》,2011 年第 5 期。

当它一步步退到深海
开成一朵海百合，这世上
最孤独的花，现出了地平线。

在这里我们看到一种逆向的进化。如果说生命的进化是一种退化，那么这只能是一种痛苦的诗学，唯有当痛定思痛才能走向成熟的愉悦：

……悲伤始终是
成熟生命的散步……
　　　——《雅克的迦可琳眼泪》

因此，人对动植物的观察模仿，只能是对于人的痛苦的反思，因为人被设定为唯一的一种语言动物，虽然只是人类的语言而非其他动物的语言，也因此，人通过语言剥夺了其他动物的痛苦，并且据为己有：

我的道路也在悄悄回转。

写出了这个句子的池凌云，有理由同意弗里德里希·施莱格尔的如下论断："人是自然对自己的、创造性的回顾。"生物进化之路就是人自身的道路，但在此，人的道路和生物的道路达到了统一，与其说人为了它们一掬同情之泪，不如说他在它们身上找到了自己的形象。

风吹着流水也吹着新建的塔楼。

新建的塔楼是象征了精神存在的孤立形象，它与象征自然存在的流水形成了一种垂直关系。原先在自然与精神之间的平行关系被打破了，虽然在另一方面，我们只能在地质生命史里来设想精神的诞生和死亡。新建的塔楼只能是精神的塔楼，这句诗似乎表明了精神哲学——却不一定是唯灵论——的应运而生和势在必行。

潜流在栅栏之间打上金黄的印记
送出海百合的种子。

海百合的种子就是精神的种子。

这守护光明的柔软的黄金，
轻如羽毛的叶瓣与火焰共舞。

"柔软的黄金"这一矛盾修辞法，除了表现出人类精神（基督教精神只是其变体，因为基督这一人格化的神一样是人类精神渴求法则的表现）与残酷的生存斗争的矛盾。人类精神是脆弱的，甚至是柔软的，但几乎与漫长坚固的自然一样永恒，同时还还原了精神的历史和它显现的过程。精神的出现，在沃尔夫冈·歌德的眼里就是自然伟大的变形。在与观察对象逐步认同的过程中，一个人从外貌到心灵都发生了变形，而变形的能力就是一个人的精神能力。他依从变形并最终依靠对变形的驯服回到人自身的形象，而人的极限也得以探测出来，运气好的话则可以通天通神，不幸的话就可以说人堕落了。

这古老的深海之殇，退守的
终点，让一切死而复生。

《海百合》就这样穿越了漫长的生命进化史，然而生命进化史也是精神的历史。精神绝非虚幻，聪明的纯诗诗人也许会认为精神只是语言的幻觉，但是我要反问，难道精神不也是大自然本身的幻觉吗？我相信，普林尼和达尔文充满了真正的诗情。甚至，如果否定了精神人，也就否定了自然史。深海之殇是对自然的赞颂，更是对精神的赞颂。精神是人类法则与自然法则的折中调和，是人类法则对自然法则的顺从，而自然法则几乎也顺从了人类法则，于是在自然的起点，也就是精神退守的终点。在生命的循环里，一切都可以死而复生。这既是自然的作用也是精神的作用,我看不出需要否定其中任何一方。

然而,这仍只是精神的表达,自然始终沉默无语。诗歌的精神对于自然,尤其对于人类社会中的自然——也就是令人苦恼的现实——构成了一种没有希望的希望、一种没有召唤的召唤和一种没有可能的可能。因为精神是生的法则,而自然是死的法则,在二者之间,也就是生死之间存在着道德的真正含义。当布罗茨基说美学是未来的伦理学,他不仅将伦理学审美化了——在此意义上有理由认为,一个人的道德感只会让他的美学感受更为细腻和更有价值,而非扼杀后者或者让其窒息。布罗茨基有可能认为,美学是对全宇宙中生命智慧的追寻,不仅仅是生物地质学和生命的天文学,而是每一个物种的神学,也就是上帝对自身的沉思。

而实际上,诗人不仅在向动植物看齐,也在向无生命看齐,"一颗碎成两瓣的珠子能愈合",也许在《手珠》这首诗中并不特出,但却最足以表现出作者的信念。其实,这句诗非常奇特,甚至是非凡的。"栅栏"则写"一个被故乡抛弃的人 / 在栅栏之外","让他疾走的铁栅栏 / 让他疾走的木栅栏 / 让他疾走的光的栅栏。一阵烟 / 把他逐向消隐,他顺从 / 它的意志,停下来 / 在自身之外"。这首诗与保罗·策兰的《语言栅栏》有一定的互文性,策兰有一本同名诗集《语言栅栏》(*Sprachgitter*)"在自身之外"既是语言意义的衍生与自我更新,也是生命自身的进退行藏,是语言和生命的双重流放。栅栏一词在《海百合》中已经出现,这显示了她诗歌的连续性和完整性。实际上,一种越来越细微甚至趋于消隐的声音渐渐主宰了她的诗歌,而与这细微、消隐甚至空无的声音相对称,则是她对同一个或数个与创伤和历史有关的主题的深入挖掘,正如《声音》中所写:"我只是轻盈如烟,跟随幻觉的 / 天籁之音——你的喉咙追着 / 我罹难玉石的余烬。"

《词的未来》则假托一场拜访和对话,目的还在于钻研自我,以直率的形式和话语容留了辩解的痛苦和软弱无力,但还是出现了警句," / 你与我一样了解,局限于 / 诗行,甚于局限于生活"。但一切,都只为了最后一行有力的结尾,令人再次警醒于她生命诗学的曲折和困境,而不论怎样都勇敢地指向诗学和生命的未来,比如:

你早已预见她的曲折和困境。

然而为此付出就会有真正的危险,生命的低回和悲伤,这是永远存在于现在的危机,它将词的晦暗历史展现于一瞬,《黄昏之晦暗》很好地描绘了这一几欲枯死但同时如饮甘泉的场景:"……我默默记下／伟大心灵的广漠。无名生命的／倦怠。死去的愿望的静谧。""……而它终于等来晦暗——这／最真实的光,把我望进去／这难卸的绝望之美,让我独自出神。"

《词与词源》可以说是《海百合》的翻版,然而在表达上比传统的抒情诗《海百合》更为抽象和现代,它将《海百合》中已出现的矛盾修辞法推到了极端,并且对应于时间和事物的矛盾存在,火与水(还有花与土)构成池凌云诗歌结构中的意象对立:"被祝福的水一寸寸流淌／我们不提流逝。//火焰,火焰。我唯一的养料",结尾重又唱响了深海之殇:"一个晕厥之词,掠过——//我尚未开口的无字的吟唱//奔腾海洋的深远与分离……"

《雅克的迦可琳眼泪》《船歌》《殇——致大提琴演奏家杜普蕾》,正如其题目显示,是产生自音乐氛围的作品,这几首诗写得十分精彩,几近完美,我将它们看作汉语诗歌中稀有而高贵的受难曲。《船歌》呈现了将声音化为受难形象的神奇时刻:"河岸的容忍褪去金色／它的遭遇,开出一片繁花／轰鸣的流逝。无论／我们是谁,我们的外貌／最终露出鲜有的荒漠。"我为未给它们更多时间而感到歉意。

在两三年前,池凌云的诗歌还有不少20世纪90年代诗歌的痕迹,比如,对经验和叙述的重视、对反讽性智力的追求,这些男性诗人的倾向也影响到她。现在,她一下变得过于独立了,她自由了,一如既往的沉重而出人意料的轻盈,她不断趋于消隐甚或空无的微弱声音成为她的精神财富,力量丝毫未减反而变得更为强韧。有时候就是这样,看起来是走在后面,其实是走在前面。我认为,通过海百合的变形之眼,通过深海之殇,她已经看透词的历史,而走向生命、语言和智慧的愉悦,也就是与创痛历史相连的词的未来。她在《所有地中海的风》中写道:"她的黑发奏响拜伦。在她身上／对女性的赞颂,变得哀戚／

热烈的时间,把清单／交给她。"现在池凌云已收下历史的清单,如果人们还记得池凌云的女性身份,那么可以说,她的诗歌已经超出了女性诗歌的范围而成为我们最为珍视的诗歌,女性有理由不只是新女性,还是新人类。她引领了时间,是诗人、生命进化者和智慧的典范,只在这个意义上,女性诗歌才是大师诗歌。■

发明一个亲爱的　　池凌云研究集

一

塞缪尔·泰勒·柯尔律治给诗下过一个半真半假的定义："诗是最佳词语的最佳排列。"揆诸常理，西方人素以精确的量分为整个世界所称道。不过，一旦关涉到诗——不论古典或现代——都不免认同中国人的模糊思维。柯尔律治这两个斩钉截铁的"最佳"，看似言之凿凿，铁板钉钉，实则一头雾水。若非不得已认同这位英国大诗人的诗定义，依我看，还得另加一个"最佳"——诗人痴迷于创造时刻的那个"最佳状态"，或曰，"决定性的时刻"（此处引王家新语）。

每个诗人都在祈求这样一个神赐的瞬间。事实上，柏拉图早就说过，诗是凭神力写出的东西。优秀的诗人一旦步入创造的巅峰状态，任你怎么写，都会"发明"出一首接一首佳作来。

2004年，池凌云终于等来了这样一个"决定性的时刻"。这一年春天，她在写下了《风在吹》《风还在吹》之后，带着无声的渴望，突然发力，女诗人悄悄地捧给了我们一个组诗——《布的舞蹈》。

她的渴望无声
她的渴望覆盖了渴望的眼睛

"尽一切努力让自己变得坚定"
——记池凌云※

邹汉明

※ 原载《浙江作家》，2014年第1期。

让所有下降的人感到惊奇
——池凌云《布的舞蹈》

在此，读者"渴望的眼睛"且慢惊奇。让我们回到 2004 年前后。有三四年的时间，派拉蒙（沈方）和米高梅（笔者）等几个 ID 每天在早班火车论坛上灌水，有时嘻哈打趣，有时兼谈或乱弹诗歌。不得不说，那几年，实在是中国诗歌论坛交流的一个黄金时期。论坛上，无论谁，什么身份，都可以匿名发表高见。正反双方的参与度因此显得前所未有地活跃。而具有开放性、民主性、及时性和互动性的论坛，成为那几年交流诗歌、磨砺诗艺的最佳场所。

终于有一天，一个网名叫无名的人出现了。无名每天都有新作贴上来谦虚地请大家批阅。无名的低调和持续的创造力让大家眼前一亮。后来知道，这个无名其实有名。她就是身处物质温州的诗人池凌云。没过多久，池凌云将她的新作《布的舞蹈》贴了出来。此诗一经亮相，点击率随即猛增，引来一片喝彩。可以说，从 2004 年的这个组诗开始，池凌云猛然把自己提上了一个高度——这是写作了多年诗歌的许多诗人梦寐以求却常常到达不了的一个高度。

《布的舞蹈》的创作，使诗人池凌云有理由让更多的人惊奇了。此后，她以全新的书写方式出现在诗歌的前台。她紧接着写出了组诗《偶然之城》的绝大部分。她开始动用保存在记忆中的那些直接而丰富的生活经验，而且，坚定地把诗歌的触须伸向了故乡和童年。回忆是以干涸的血迹为代价的，她的这些诗歌，诗思充沛，常带有个人的创痛记忆——在经过多年的诗歌操练后，她现在有这个能力可以揭开伤疤并勇敢地写下它们。诗人此时关于诗的形式感完全具备了这个时代对于诗歌现代性的要求。年底，在写出了《一个人的对话》之后，她更以一首《安息日》收尾，她给创造力蓬勃的 2004 年画下了一个圆满的句号。

借此短文，在此我仍需着重提示：诗人在 2004 年最后一天奋力写下的这一首《安息日》，如今仍值得尊敬。或许，单就这首作品，我仍可以移用王氏在评述池凌云另一首诗《寂静制造了风》中说过的话："……需要怎样的爱、怎样的哀戚和阅历，或者问，需要怎样的高度，才能写出这样的诗篇？"

池凌云有一条高贵的诗歌血脉可以追寻。她从曼德尔施塔姆、茨维塔耶娃、阿赫玛托娃等俄罗斯白银时代的大诗人中盗火。在诗歌的阅读和创作中，"盗火者"和"被盗火者"从来都是互利互惠的。优秀的盗火者最后必定会以自己的诗歌烈焰吐哺给那一个伟大的传统。诗人池凌云并经由此火，开始煮沸自己的血液——这是复活的圣火，也是洗涤之火。正是在此火的引领和照耀下，诗的担当非常可贵地出现了。我个人非常看重诗人指认现实的那部分诗作和她背靠的那个传统。这无疑给2004年以来的池凌云诗歌加上了一个沉甸甸的砝码。发生在十年前的女诗人诗风的转变，特别是《池凌云诗选》在2010年元旦的出版，池凌云终于有了一个开阔的磁场可以吸纳更多的目光了。

二

笔者与池凌云的相识源于一次浙江省的诗会。

新千年刚刚降临那会儿，诗人江一郎在黄岩搞了一个诗会，邀请了省内好多位诗人与会。我也受邀从嘉兴赶去参加。会上，我还书生气十足地发了一个言。也就是那个诗会，我失去了一位朋友。意外地，我认识了一位新的诗友——很高兴，我是在一个生活和诗的晦暗时刻认识池凌云的。

诗会间隙，大家一道去石塘游历。其时，这个浙东的小渔村据说因为最早迎来了新千年的第一缕曙光而为世人所知晓。转过石塘的一个弯，在一个平缓的陡坡上，我与池凌云走到一起并接上了诗歌的话题。这是我与凌云第一次相见。不过，她的诗名我早已知悉。那时，我刚收读她与荣荣、千叶和汪怡冰的诗合集《光线》。我注意到，《光线》的序言是邹静之所写。静之先生引奈莉·萨克斯的一封信，串联着为浙江省的四位女诗人写了一篇很好的序言。此文我连读两遍，意犹未尽。我记得话题就是从这篇序言开始的。静之先生对于池凌云的诗歌，当时有"直接和灵动""很快很猛的激情"等评述。这是早期池凌云诗歌给人的一个印象。静之先生的这些话，对当年的池凌云持续写作下去，应该是一次珍贵的鼓励。

我对邹静之先生总心存感激。先生曾给我的第一部诗集写序。因我当时身处偏僻乡村，他担心我买不到书而亲自打包给我邮寄来里尔克、瓦雷里、穆旦等人的新版诗全集。而池凌云对邹静之先生也有特多美好记忆。就这样，我们的话题渐次深入，并多有心灵的契合。转过这一年的这个小小的弯道，我们的脚步不约而同地开始向着同一个方向移行了。这种同行，既有诗人之间的友谊、彼此对诗歌的理解，又有创作观念的基本认同，等等。

因为同处浙江省，我与凌云在不同的诗会上常有见面的机会。比如，在宁波鄞州的东钱湖边、在杭城、在诗人安身立命的温州。好多地方都留有我们交流诗歌的美好记忆。我还记得，我们较早交往的一次是我还在文化馆工作的时候。那次我到温州附近的永嘉开会。会后，我摆渡过江。凌云来瓯江码头接我。我随她的团队去了一次苍南——那个晚上，作为嘉宾的我聆听了一场美妙的诗歌朗诵会。这是我第一次越过苍茫的瓯江并踏上温州的土地，也第一次听到整场的现代诗朗诵。后来，由于种种因缘，温州这个浙南城市我没少来。而每次来临，我的朋友老陶总会叫上池凌云。我因此总有机会与她同桌喝酒，话旧和聊诗。凌云在温州晚报社工作，早年在发行部，近年忙活在文娱副刊版块。她又担任着单位的职务，工作自然是相当忙碌。但凌云对于诗的执着，依我看，在这个时代是不多见的。身处物质的年代和物欲横流的温州，她的精神生活之孤峰卓立显而易见。十多年来，她以勤奋而勇敢的书写维护了汉语的尊严。但我看得出也分明感觉到，她在温州始终是寂寞的。有时候和我通长话，老友之间，她会坦白自己的焦虑，告诉我她整夜整夜地失眠，这折磨着她的失眠，甚至连中西医都不起作用。一个诗人内心的寂寞和孤苦，何足为外人道。在一个太过于物质化的城市里，很明显，浅薄的读者不会认同这样一位诗人的书写。同为服务于一种语言，我知道，这是精神的命运注定要遭受的困境。诗，因反抗媚俗而对于普通读者的推拒，使得它在这个时代陷于更孤立无援的境地。诗连带着书写它的诗人，永远少之又少，如一颗未被发现的钻石，很可能将被淹没或不被理解。池凌云当然不例外。但池凌云又是一个例外。

三

  2006年8月14日，我突然接到孤独的诗人自拉萨打来的电话。她显然被奇迹迭出的西藏所震惊。她先是讲她的同伴如何在西藏缺氧的可怕经历。谈着谈着，她忽然问我，为什么不谈谈浙江诗歌？很显然，池凌云对浙江诗歌有她自己的判断，也或者这种判断需要同行的印证。但大部分批评家或诗人，比如我，公开场合一般不会谈论浙江诗歌，尤其是它的短处，说穿了，其实无非不想得罪同行而已。池凌云严肃的问话让我沉思——也就在搁下电话的那一刻，我以四十四分钟的时间写了一首诗：《和池凌云聊西藏，兼谈浙江诗歌》。我终于不揣冒昧，坦白了那些年憋在心里的"有突出的浙江诗歌吗"这个疑问。这本来就是在一个高度上谈论浙江诗歌。这种批评式的反问也是无情地在考问每一个浙江诗人，包括我自己。老实说，就我自己而言，这种质疑里实质上更多地含有我对自己创作的不满。正所谓诗非诗同者不能道也，此问果然起了波澜。但凌云不以为意。就在我的诗贴上早班火车论坛后不多久，她也贴上了一首和诗：《与邹汉明说起西藏》（收入诗集时改题为《与Z谈西藏》）。诗中，她告诉我：好东西都在天上。看得出，她的疑问和探索很清醒——这有她的诗句为证："我站在彩色的经幡下，异常清醒／却无语。我是一个孤独的人。"再看看她对于诗的高度的表述："上升到一个高度，／就要担心自己的呼吸和干裂流血的嘴唇。"这后一句诗，正是对于我的诗行的呼应。

  温州与嘉兴，相距不下五百公里，现代科技带来的好处是可以让这千里之遥的空间感随时消失。那些年，我常接到凌云的电话。有一次，我在轰响的23路公交车上听到她略带温州口音的普通话："……汉明，那些孩子的诗歌写得真好，真好哎！成年人写不出……"我将小灵通更密实地贴向右耳朵，另一只手将左耳朵掩住，将公交车的杂音挡在外面。听清楚了。原来她读到奥斯威辛集中营的孩子们写的诗歌了。孩子们的这些诗，出现在埃利·威塞尔的文章中，很少有中文读者关注。那些年，我的阅读量不算小。我碰巧读过这位诺贝尔和平奖得主的《一个犹太人在今天》。经她的提醒，我回家取出书来重读。我深深震撼。池凌云诗歌知识谱系中的俄罗斯背景，很容易被玛莎、莫泰尔、阿莱娜、巴维尔·弗雷德、莫泰利等犹太小孩在进入焚尸炉前写下的这些诗歌所震撼。这我一点儿都不感到奇怪。相反，我被她异样的眼光打动——她关注的当然不是这些孩子们的诗歌技艺，而是"他们在死去之前的一刻还在歌唱着生活"（威塞尔）的那一种勇气。不独在诗人创作的作品中，在一个诗人的读物中，尽可以看出一名诗人广阔的怜悯。

长久以来，固执己见已经成为我性格的一部分。我对于今日诗坛许多戴着人工光环的人物，常有所不屑。而且，这种不屑，常要凸显在脸上。这让我吃了不少的苦头。议论诗歌，月旦人物，我会与很多人小有争论，而唯独与池凌云从不相争。我们谈诗论文，每有会心的时刻。而且也唯独池凌云，曾当着某个人的面为我抱不平。这是私谊，至今想起，仍足以让我动容。

我们曾抱怨诗歌和诗人所处的当代环境，也曾在电话中数次谈论诗歌的理想读者。曾记得池凌云在《一个人的对话》中写下过这样自信而坚定的句子："我已被选中，清理我自己的遗物。"但归根结底，我认为诗在这个时代的选择始终是艰难的。诗人在这个时代除了创造诗歌，还有一个额外的任务——他（她）必须创造读者。"唯其存在伟大的读者，伟大的诗歌方有存在的可能。"惠特曼的这一句名言，在21世纪的我们这儿仍然管用。中国当代优秀的诗歌需要有极强鉴赏力的、有思想的、能够体贴心灵的读者，这是毫无疑问的。如果具备这样的读者，诗人如池凌云就不会发出"我不知道我发出的声音会落向何处"之类的感慨。诗歌的声音始于诗人微微颤抖的嘴唇，但终于读者的心。诗人杜鹃啼血的声音需要有知音读者的心灵回应。

面对真正的诗及滚滚而来的"时间将来"（借用艾略特《四个四重奏》中的意象），杂乱无章的"时间现在"（同上）其实算不得什么。当一个诗人说出"我依然惧怕孤独，依然不可遏制地懦弱"的时候，你以为她真的孤独和懦弱吗？目睹池凌云由"悲伤之诗""苦难之诗"转向"存在之诗"（引语出自王家新《篝火已经冷却——读池凌云的诗》一文）的途中，我始终相信，身为诗人的她仍会"尽一切努力让自己变得坚定"。

诗和诗人要担当得起这一份坚定。■

发明一个亲爱的　池凌云研究集

"只有耀眼的刀尖,那宁静而奔腾的光"(《玛丽娜在深夜写诗》),在《永恒之物的小与轻》这本集子里,池凌云为玛丽娜·茨维塔耶娃写了三首诗歌,还有两首是《不是火灾,是深渊》《所有火焰和黑暗,所有深坑》。茨维塔耶娃和阿赫玛托娃、希姆博尔斯卡一样,都是池凌云精神世界的"源泉"和多次献诗的对象,对现实和梦想不安的诗行,让池凌云获得开阔高远的写作背景、细腻感性的生存经验和批判力。从20世纪80年代开始,池凌云凭仗"那宁静而奔腾的光"在当代诗坛潜行,她既有阿赫玛托娃的"小而复杂细腻",又有茨维塔耶娃的"不能告诉你的秘密",更有希姆博尔斯卡的"无可争议的纯洁和超常的力量",靠近事物"最小"的部分,用诗歌阐释"向何处去"的生存经验和"消亡式"的考问。池凌云的诗歌视角准确而有力,对尘世生活和自然风物有通透细腻的把握,能从个人经历和伤痛中抽离而出,为时代构建一部必说不可的诞生史和发展史。东荡子诗歌奖在给池凌云授奖时,给予这样的授奖辞:"她的诗歌不断触及我们时代生存的疼痛和幽暗,既具有批判的力度又在不屈不挠中葆有发现的欣喜,她把人文关怀、东方文化生存的可能性、当代社会叙事的忧思,以及预言的激活有机结合,在词语的凛冽中蕴藏着精神的丰润,为当代汉语诗歌写作提供了一个具有勇于面对现实、情怀高远、语言优雅的诗歌典范。"

吸附灵魂颗粒的潜行之光
——读池凌云诗歌 ※

王孝稽

※ 原载《浙江作家》,2019年第8期。

潜行的基本释义有三种：在水下行走；秘密行走；专心修行。而光通常是指照在物体上，使人能看见物体的那种物质。对此，池凌云有自己把握的方向："我们所处身的现实、人的存在与精神之光的递送。"池凌云的潜行之光，至少有三层含义，一是潜行于地底下的光，一只土拨鼠潜行沙土里，抚触到松软的沙土间的空隙和气息；二是潜行于生活中的"一丝艰难的光华"，通过多次转角折射，穿过水滴间的泡沫与命运说话；三是潜行于暗物质间的光，叠加在"最佳词语的最佳排列"的"诞生"气息上，凝聚无限的"小和轻"，在核心区放射出夺目的光芒和力量。在浙江沿海地区经历过教师、工人、记者、编辑等多种职业的池凌云，在诗歌界潜行三十多年，懂得用诗歌来矫正生活，用修辞来矫正情感，用光束来矫正迷离。她的诗行，就像无尽的颗粒，被吸附在一束艰涩的光里，星星点点，永不枯竭。这到底是一束怎么样的潜行之光？这束潜行之光照射到什么秘密？谁在窥视这束潜行之光？"从最小的可能性开始"的池凌云，有强烈的自我意识，她愿意做"站在后面的那一个，朝向光亮"；她用"眼泪""晦暗""殇""雨夜""船歌""密语""喑哑""幽会"等语词，串起时代的挽歌、献诗，或悲悯之歌。

灵魂颗粒，是灵魂研究者认为附着人体的物质，我更愿意认为是诗神所钟爱的万物。"只是你自己的美在我灵魂上的反光"，雪莱认为，诗应记录人间最善良灵魂的最善良的瞬间。"每一个词都渴望返回到它出发的地方，哪怕是作为一个回声"，池凌云在《从最小的可能性开始》这篇论述中引用了布罗茨基的观点，道出了她对词语抵达事物和想象力被激活的渴望。写于2005年的《在印度大地上》，就发出了"卓越的声音"：

赛格王树和以丽安树站在一起，
看见有人跌倒，却以无言来约束自己。

牛拉着装满甘蔗的木板车，
赶车人没有扬鞭，来自大地的甜就要回家。

步行的人们时常停下来歇息,
陪伴心中的神,或等待下一缕阳光。

几个孩子荡着树枝做的秋千,
有时离天空近一点,有时离大地近一点。

印度人把树当神敬。与印度大地的一次亲密接触,如何捕捉到它的古老和神秘,这就需要有敏锐的洞察力,池凌云精准抓住了"赛格王树和以丽安树"这一符号,开始与"心中的神"对话,在日常性中开启神秘的力量。站在一起的"树",本是一种合力,却对"跌倒"的现实无能为力,只能"以无言来约束自己"。在神性的大地上,"赶车人没有扬鞭",步行的人们"或等待下一缕阳光",孩子们"荡着树枝做的秋千",不慌不忙的场景,镶嵌在八行诗句里,寓含着灵魂的自由出入——"有时离天空近一点,有时离大地近一点"。

灵魂如水,只有俯下身躯用心贴近,仔细倾听,才能听到里边"流水的声音",才能感受到灵魂的存在。这不是矫情,"一刻钟后,我朝一只破旧的瓦罐俯下身,/倾听里边流水的声音,/稍远处,山峦正无边无际蔓延"(《在梅家坞》)。隐藏于流水里的闪电,装在"一只破旧的瓦罐"里,联合击中视觉和听觉的神经,而诗意在稍远处"蔓延"。在现实与梦想之间,池凌云不断说出了自己的声音"悲伤始终是/成熟生命的散步"(《雅克的迦可琳眼泪》),真正的悲伤是无法言说的,无法在一首诗或一首曲中道尽,跳动的诗行或白色的弦,在物与物之间,在词与词之间,在曲与曲之间,不再让人们陷入深渊式的悲伤,而是在田野间的一次自然"散步"。成熟的生命,贵在不做作,贵在自然。即使是对暗流的描述,也能凸显日常性,让光的神性那么具体可信,"太可爱了,在黑暗中触摸某个词/光线出现:她在那儿/周围都是/变凉的星星。你也在那儿"(《幽会》)。光线的出现是必然的,像某个美好事物的消逝,让你"触摸某个词",找到某首诗的"光晕"。

"今天,除了草木的气息/还有一丝淡淡的血腥,怜惜这空旷/荒野的绽放,全身流溢的静寂……"(《最小的梅花》),在这里我们闻到了俄罗斯白银时代的气息。这种气息,是静寂的,是野性的,也是无所欲求的,但需要培育,需要一定沙土的空隙来培育,才能生成并绽放。现实中,我们总会遭遇各种"血腥",而这首短短五行的《清泉》带给我们一股清凉,"清晨的鸟鸣不是为了吵醒他/而是感动于一个好名字有一个好住所/这个早晨,一切很简朴/鱼苗和蜉蝣枕着浪头,我也暂时/关闭了泉眼"。池凌云一直在积蓄诗歌力量,形成光束又要从光束中走出。对于池凌云的非凡,王家新说:"让我们有可能拥有了中国的阿赫玛托娃"。其中《在深夜磨牙的女孩》,流溢出池凌云坚定的诗学理念,通过日常的可靠的有难度的转角折射,潜入本质层面的挖掘和传递,带给我们"特异的禀赋"。

她说:"我是星辰。"
而她微信上标明的地区为希腊,
又一个明天就要告别的新面孔,
想到或许余生再也不会相遇,
我们相视而笑。她不写诗
专注于诗歌朗诵会的新闻稿。
到了夜晚,她睡着了,开始说梦话,
并间歇性磨牙,伴随着痛苦的
呻吟。仿佛在某个漆黑的
空间,有什么控制着她。
我屏声静气,等待黎明到来。
她再次灿烂如花。我震惊于这
谜一般的历程。她说:
"每个夜晚都有一场噩梦,
牙都磨坏了,看了很多医生也没用,
甚至不敢找男友……"
她那么温顺,却羞愧于所有静夜。
我一直记得她静默的样子,
在鹤顶山的某一个夜晚,
我、寒寒与她同住一房,

入睡前,我们轮流把自己锁进盥洗室沐浴,
　　出来时每个人都带着淡淡的香皂味。
　　那时我们不知道谁有特异的禀赋。
　　一种在黑暗和光明之间跨越的能力,
　　通过沉睡得以完美过渡。

　　这是一个在诗歌朗诵会上出现的女孩,"羞愧于所有静夜"的女孩,把黑夜都磨破的女孩,会在"明天就要告别的新面孔",在山顶上某一个夜晚"我、寒寒与她同住一房",她不写诗,她写朗诵会新闻稿。开篇她就告诉大家:"我是星辰。"具有强大的吸附力的星辰,在"微信上标明的地区为希腊",错位的时空让大家产生一种陌生感,避免了语言叙述的直接对应。在光线隐去之前,"我屏声静气,等待黎明到来",这是一种等待的过程,等待磨牙声远去的过程,我却赋予她"灿烂如花"的"跨越能力","通过沉睡得以完美过渡"。

　　现实的光华,艰涩的部分总是先映入眼帘。"……我跟随／这洁白的灰。我害怕爱上这仪式:／空虚的天空／装着一颗空虚的心。"(《我腰系一根草绳》)生离死别这种跪拜的仪式,不是哭喊,也不是转圈,而是一层层脱落"灰烬",如何度过这段"艰难的时光",只有压低"我的呼吸",跟随"这洁白的灰",完成一条尚未发现的永恒之路。"我该向灰烬致歉,我并没有存在于／一小撮灰中"(《雪之女王》),燃烧之后的灰烬,积蓄足够的热量后又把它消亡掉,对于灰烬我们该有怎样的态度,才能探到它的过去、现在和将来,池凌云没有迟疑,坚定"向灰烬致歉",向卡夫卡致敬。从存在的热度中退隐出来,光潜行于雪与灰之间,对"羞耻的毁灭"现实,不再忍受,而是给予理性的批判。灰烬有"重返灼烧之焰","喑哑生活的乐器"会让命运在波折中更加有防御之力《殇——致大提琴演奏家杜普蕾》,向"短命的天才"杜普蕾演奏一曲命运挽歌。

　　带着你的殇,我独自穿过
　　四月的晚风。一切才刚刚萌芽
　　自由灵魂的舞蹈

让滚烫的眼窝深陷。仅有的翅翼
供我们重返灼烧之焰。

我在你患硬化病的手中回旋
对痛的启发,让我
伏倒在一个重大的颓丧里
你这短命的天才,向每一个密闭的
房间,供奉我的姐妹
喑哑生活的乐器!

这黑夜,一点点被抚触过的
危险的光。请停一停,杜普蕾
时间又快要到了。时间又快
到了。你溢出来的
多余的激情,穿上迷人短裙
却将我绑在一根易断的弦上

将我摇晃着往远处拖
我几乎窒息,水的深蓝
堆叠,拼缀出另一种颜色
供我们冲破。而我终于可以
感谢这绝望的日子,当受损的
耳廓耸起,你不知道的
结局,传来赞美的哽咽。

池凌云之所以能不断写出"夺目"的诗篇,是因为她的心中有"永不消逝的光",有她敬仰的对象,有她"爱的能力"。在不少的献诗中,有时她是在顺承,有时她是在挣扎,有时她是在反叛。在杜普蕾的演奏声中,"自由灵魂的舞蹈"让我们"滚烫的眼窝深陷"下去;在热烈的灼烧中,所有潜行于暗物质间的光,"传来赞美的哽咽"。抚触令人窒息的"危险的光",除了"多余的激情",还需要多久的"冷却",才能切入绝望的琴弦。"让枯萎长高一点,再去收割。/让接骨木,接住渴念死亡的沟槽。/让灰色的嘴唇独自言谈。/让天黑得晚一点,草木在地上画出颜色。/让泉水带上微光,经过绝望的黑洞。/让笔锋站立,刀斧自己出门。"(《让枯萎长高一点》)池凌云做到了"最佳词语的最佳排列",在"微光"中,让"枯萎"获得了"刀斧"的力量。

池凌云坚信:"一个渺小的人也可以有梦想,也可以从精神的成长中获得喜悦,获得对抗空无与对抗黑暗的力量。"诸如《所有的声音都要往低处去》《是谁点燃道路两旁的火把》《太阳底下,我什么也看不见……》《神奇的光带着它的灰烬……》《去爱一丛荆棘》《仿佛一只没有未来的铜雀》等,让我们看到了吸附无尽颗粒的潜行之光,放射出"小而轻"的星光,将万物停滞下来、凝聚起来,延伸出多维的思想空间和精神视域。我们更加坚信,池凌云的诗歌光芒与力量已经有效"拓宽并提升当代诗歌写作的宽度和精神的高度"。■

发明一个亲爱的　池凌云研究集

我有两本池凌云的诗集：《池凌云诗选》和《潜行之光》。除了这些，我还拥有一次与她的会面。我有时想，一种或许称得上幸运的情况是，诗人先于其诗歌到达阅读者面前。这样读者便拥有了双重文本：其人和其文。前者较之后者，或许更堪作为写作者"形式和内容"的全面展现和表达。或者起码，作为对后者的勘校性阅读文本。（当然，阅读者也处于这种被观察和认识的结构当中）我与诗人池凌云及其诗歌的结识顺序，恰好幸运地符合这种情况。

　　那是2010年深秋，诗人前往山西长治领受"十月诗歌奖"，途中顺便落脚郑州和开封，以便与几位河南诗友相见。这也是我和池凌云第一次及唯一一次见面。在此之前，我从未读过她的任何作品。晚上的聚餐在一处仿宋建筑群中进行，在"夜幕下"，以及"诗歌和雕花的门楣"（如其诗歌《在开封》所言）中，"我们以数繁星的方式交谈"。我的直觉所面对和感悟的，更多是一个初识之人而非"诗人"：她的神色和语气真诚而谦逊，甚至有一丝不符合其"名气"的、令人惊奇的羞怯和质朴。同时，又充满激情、豪气和庄重。当这些特性聚集于一个人身上，颇令人心生亲近、信赖和尊敬。

　　餐毕酒热之际，有人提议朗诵诗歌。我朗诵了她的《黄昏之晦暗》：

总有一天，我将放下笔

在声音、形象和观念之间
——读池凌云 ※

纪梅

※ 此文未公开发表。

开始缓慢的散步。你能想象
我平静的脚步略带悲伤。那时
我已对我享用的一切付了账
不再惶然。

朗诵时我深深为这首诗的语调和节奏所着迷。如同跟随诗人在杉树和菩提树下完成了一场缓慢的灵魂散步,或在夜幕苍穹下倾听了一场大提琴演奏——它的每个音符、停顿、重复、回旋,都自然而无意地照拂在弹奏者和倾听者的情感起伏点上。诗人想象中的平静追忆、自足而安宁的祷词,并不指向某种超脱或顿悟,而是一种富含力量的沉思,对时间和存在的沉思。我不知道,是这首诗的气息与写下它的诗人的气质吻合令我对这首诗充满信任和喜爱,还是这首诗的音乐感带动我产生了与之共鸣的情感节奏和审美想象?抑或是我心底潜藏的语言节奏恰好与其人其诗合拍共振?

保罗·瓦莱里曾说过,一位诗人的"职能",不在于"去感觉诗的状态",而在于"要在别人身上创造这一状态",即将读者变成"受灵感启示的人"。正是一种受启示的瞬间感受,使我对池凌云的诗歌生发出极大的兴趣和热爱。我希望可以弄清,这种富含节奏感和力量的声音到底是如何实现的?到底是怎样的秘密联系使这些声音和缤纷意象显现为一个成熟的整体?

一

那次会面之后,池凌云写下了诗歌《在开封》。先来试读第一节:

我不再描述我无法到达的生活,
但我在一个深秋的傍晚穿过白杨林。
我们以数繁星的方式交谈,
为了让烤红薯的香气飘得更远
暗中让自己变成柴火

给饥饿和真理加热。

——《在开封》

这是我们曾经共度的那个下午和夜晚吗？好像是，我从中看到了某些熟悉的时间、事物和气息。却也不是，因为"白杨林""繁星""柴火""真理"只属于诗人自己。这是诗人通过诗意建构并到达的一个生活片段，它包含着池凌云独特的气质和声音：

我 / 不再描述 / 我 / 无法到达的 / 生活，
但我 / 在一个 / 深秋的傍晚 / 穿过 / 白杨林。
我们 / 以数繁星的 / 方式 / 交谈。

再读这三句，尝试根据阅读的重音、停顿和气流起伏节奏将它们分别分为四至五个音步：首句，当诗人直陈"我 / 不再描述 / 我 / 无法到达的 / 生活"时，一个完成时态表达了对过去的小结。五音步在节奏感上低缓而持重，特别是"不再"和"无法"两个否定词，压制着句子的语调和气息向下进入一块低落却平坦的情绪盆地。紧接着"但我"二字旋即又中断了低音的盘踞，转而向上进入一片"白杨林"中，拔地而起的白杨林，同时拔高着我们的视野和想象。"穿过"一词则将这种情绪和想象平稳地保持在一个平行移动的态势。五音步的长句使穿行在想象中显得持久而绵长。从时间上来说，"过去"也转入到现在和此刻。在"我们 / 以数繁星的 / 方式 / 交谈"中，空间化隐喻和时间概念的转换持续发挥语义效应："繁星"意象使我们的视野和空间感进一步上升、弥散、荡漾，我们的想象和心情也随之从"白杨林"中升腾、激越，蔓延至整个星空。时间，也从当下进入了未来……

这种情绪气流的回转和空间隐喻的"抑扬格"在后面三句继续起伏涌动：

为了让 / 烤红薯的香气 / 飘得 / 更远
暗中 / 让自己 / 变成 / 柴火
给 / 饥饿 / 和真理 / 加热。

这三句，分别可分为四个音步，形式上更为整饬和凝练，气息上则具有义无反顾的坚定。

具体来读，不论是诗义内涵，还是情感表达，"为了让烤红薯的香气飘得更远"一句都充当了某种"让步状语"的成分，这种"抑"，无意中衬托着"扬"的内容："暗中让自己变成柴火。"阅读到这一句时，我们的视觉想象和感受也随之蜷缩于一灶炉膛中，蕴藉着热腾腾的火力。至"给饥饿和真理加热"，这股力量肯定性地舒展了开来，火焰般地燃烧了起来。

就更细微处来说，这节诗中还出现了诸多对称性的词组和词语，在内涵呼应之外，同时为诗句贡献了节奏感。最显明的是"数繁星"和"烤红薯"，它们同为动宾形式，在所处的诗句中又分别作为定语修饰核心词"交谈"和"香气"。此外"生活""柴火""饥饿""加热"等词，在发音的押韵、顿挫，以及语义和思想的相关性上，也都达到了完美的对应和结合。

借助节奏（一种语言能力和本能）和形象（通过隐喻和想象），池凌云创造了一个新的、更深刻的现实。这是一个充满魅力和魔力的现实，它容纳了过去、现在和理想的未来。

夜幕下，你们手中的长笛若有若无。
在我的家乡，诗歌和雕花的门楣
总是在第二天的晨光中抵达，
而这里的夜色让我惊异：
慢慢失去的深秋，变成小白杨
见证我们。那秘密的王杖的敲打
曾令绸衣心碎。
　　　——《在开封》

帕斯在探讨亚里士多德的诗学观时曾纠正性地指出："诗歌是模仿式的再创造。"这种再创造，"回想、恢复并再造那寓于时间的起源和每个人内心深处的东西；回想、恢复并再造那与时间即我们相混合的东西；回想、恢复并再造那既是属于大家的同时也就是独一无二的东西。诗歌的节奏就是要把那既是过去,又是未来,同时又是现在的我们化为现实"。池凌云的《在开封》,既显现了一个友人相聚的夜晚——它属于我们大家的共有经验,更创造了一个潜藏于自己内心深处的理想现实——某种"寓于时间的起源"并"与时间相混合"的东西:"诗歌"和"雕花的门楣","真理"和"饥饿","晨光"和"小白杨",以及缺席的朋友和理想的"翅膀":

> 我们共同的朋友,他们在远方试翅膀。
> 古建筑和书籍的沉默在传播,
> 气流像一个老人的安慰。我们乐于谈起
> 这里还缺了谁。不在者
> 常与我们一起吟诵,我能体会
> 但我听见了几声轻笑——我的确错认
> 路上的好女子为你们的妻女。
> ——《在开封》

当我阅读这首诗,记忆中的那个深秋傍晚也在发生着转变。我亲历着,一首诗如何通过被阅读而在参与者身上实现了一种再创造和生成。那"远方的朋友",那存在于此刻更存在于过去和未来的"古建筑和书籍",以及美好的"错认"……这些词语和形象,自模糊而遥远的生活和记忆中为诗人所挑选、追述,同时在阅读者心中泛起迷人的涟漪和光晕。它们的声音和节奏,应和着诗人——及心有戚戚的阅读者们——内心深处的渴望和本源。细读诗歌,便是去试着了解诗人的存在形态,同时发现和造就阅读者自己。

二

在《池凌云诗选》的封面,凸显出几组词:"黑暗""灼烧""命运""弥漫"。不知图书设计师根据什么挑选了它们。通过阅读,我确也认为上述词语构成了池凌云诗歌——或者说某一阶段的诗歌——

的高频词和关键词。这些词同时"曝光"了诗人内心深处的精神底色。就像帕斯说的,"当诗人找到某个词时,他认得出来,这个词早就活在他心中。而诗人也一直活在这些词里面。诗人的言语与诗人的存在是混合在一起的。他的存在就是他的言语。在创作的时刻,我们自身最隐秘的部分便浮现到意识中来。创作就在于让某些难于同我们存在分离的话语曝光"。

"黑暗",弥漫的黑暗,和一种必然性的存在经验——艰难、饥饿、沉默、孤寂、疾病——有关。它们在长久的日子里"弥漫",在一页接一页的白纸上"静静延续":

我敲击一个不存在的词 / 空气中发出嗡嗡声 / 嘴唇因寂寞而变得干燥 / 大地弥漫着汽油味。
——《我无语时受到的灼烧比说出来还多》

我的伙伴们正一个个离开 / 我抓住一个人说话,是为了阻止 / 沉默的树脂封住我的嘴巴。
——《语言与我》

艰难与孤单从来就是一对姐妹 / 那些日子,我们都知道 / 爱与欲望静静延续的形式。
——《卵球,一种态度》

里尔克曾说过,"一件艺术品是好的,只要它是从'必要'里产生的"。池凌云的诗一开始就充斥着各种必然性的负面经验,背负着深沉的精神重负。这种"必要"的写作起点,一方面源于诗人曾经晦暗孤绝的个人生活和寂寞艰难的写作经历,另一方面关乎诗人的写作理念和伦理观念。在《遥寄无名》一诗中,她曾引述薇依的话"若无辛劳,若无源于辛劳的饥和渴,任何同民众相关的诗歌都是不真实的"来表达对"生活"的忠诚,和写作朝向的自勉。如同某些诗题所言,写诗是诗人在孤寂无援的黑夜《发明一个亲爱的》,从而完成《一个人的对话》,也是深入到书页和历史深处,发现更多熟悉的"陌生人"。

还有一些我不知道的人 / 他们是另一些美丽的名字 / 有着陌生的嗓音和脸孔 / 他们没有机会对我说出破碎的愿望 / 然而他们一定很悲伤 / 他们无法告诉另外的人，他们只有沉默。

　　——《四分之三泪水》

很多时候，我的痛是因为她。 / 长久地被一首悲歌追踪， / 如果我开口歌唱 / 那将是另一个人致命的嗓音。

　　——《双重生活》

他们要借我们的嘴说话 / 要与巨石一起合唱。继续的轰鸣！ / 到处都是失踪的人 / ……

　　——《六月记忆》

　　阅读和写作就是过一种想象中的"双重生活"或多重生活。那些"失踪的人"，他们"破碎的愿望"和沉默的悲伤凸显的恰恰是我们的一部分经验："它们一共四个 / 坚硬的纽扣，紧紧靠在我胸前 / 走到哪里我都带着它们 / 一个人时就痛快地流泪"（《四分之三泪水》）……让渡自己的喉咙，不仅是因为理解和同情，更是服膺于一种共同经验："这是小人物的命运，双手贴满弱的标签。"（《世界》）一种伦理观念和写作信念让诗人的声音与"另一个人致命的嗓音"凝结在一起，令诗人相信"另一个人"的生活不仅是诗歌重要的经验来源，同时也是发现自我和创造自我的动力和源泉。这种实践使池凌云的诗歌即使是抒情诗，也充溢着对话式的生动和回响，以及厚重的命运感。双重的张力——协调一个声音和另一个声音、一种生活和一种命运，以及将巨大的悲恸尽量控制在平静的节奏中——带给这些诗句巨大的力量和深远的历史感。阅读这些"复调"诗歌，我们感受到双重的悲伤和多倍的沉重。这种双重性同时吸引着我们加入它们，为其增加又一重声音，或者将她们的声音引入自己的喉咙。

三

艰难、沉默、孤寂、疾病，这些负面经验如皱纹爬满阴冷的脸，等待被语言温暖、解救、平展："火焰，火焰。我唯一的养料。／……灯光／被种植到黑暗中，／所有屈辱和被挤压的／成为新的光源。"（《词和词源》）语言之于沉默，犹如火焰之于黑暗，是长久沉寂之后的必然性勃发。那些沉默的声音、晦暗的图景、模糊的经验……经过燃烧和淬炼，转化为温热神秘的诗句和明晰的意义资源。晦暗寂然的河面，一旦瓦解冰封，便奔腾起温润闪光的浪花："飞奔的雪花照亮了夜色／大地，这只褐色的方舟／装满了废弃的草垛和光滑的河流"（《飞奔的雪花》）；"除此之外，只有又甘甜又刺痛的漆黑的柏树／只有耀眼的刀尖，那宁静而奔腾的光。"（《玛丽娜在深夜写诗》）

值得注意的是，池凌云区分了两种光：一种是发端于"必然性"的光，比如聚拢于炉膛的"柴火"所产生的火焰，或如隐匿于深海的贝壳。它们的光亮始于自身属性的开显和绽放，如海面裸露的冰山，潜藏着八分之七的坚固根基。此外，还有一种浮艳于"高处"的虚幻亮光："你要学会远离光也能生活。／当你一个人漫步，在尘土中／揪住日子的灰发辫／对这一片旷野讲述不能长久留存的梦。"（《这是拖着灰发辫的冬天》）这种意识上的区分使诗人将不同的光引入到高与低的空间化隐喻和精神隐喻："贝壳沉于海中，避开了高处的光。灰暗处于深夜和低处，产生思想和诗歌。"（《玛丽娜在深夜写诗》）

对"低处"的热爱，与诗人的存在意识有关，与其谦逊自省的性情也不无关系。低处，沉默无言的低处，如田野中历经风雨而成熟的谷穗，低垂着头，却闪耀着丰硕和满溢的光芒："想想三十年前羞怯的田野，多少谷仓为它们而建。黄的一垄／绿的一垄，无人时依然闪耀"（《辜负》）。相反，"毁灭"恰恰源于对"高空"的迷茫和狂逐："水和火渐渐安静。在破晓之前／它们都没什么可说的／着魔于高空的烟雾／奔向毁灭就像悄悄溜走。"（《水和火都渐渐安静》）在诗人看来，只有向低处去，才可能拥有与"伟大"的相逢："我们被毁坏的喉咙干涩。／当我们喝水，才知道／只有低头才有伟大的相逢。"（《另外的海》）甚至，"所有声音都要往低音去"——

> 日出时，所有声音都要往低音去。
> 夜的运动把伸出的幼芽压碎，
> 露珠与泪珠都沉入泥土
> 一切湮灭没有痕迹。惟有
> 盲人的眼睑，留在我们脸上
> 黑墨水熟悉这经历。一种饥饿
> 和疾病，摸索葛藤如琴弦。
> 我们的亲人，转过背去喘息
> 他们什么也没说，他们无法洗净
> 身边的杂物……
> ——《所有声音都要往低音去》

看见"日出"一词时，我们的阅读期待和想象随之高升，诗人却以决断的口气宣布"所有声音都要往低音去"（这声调和结构很容易令人想到"要有光"）。情绪的突转在随后两句进入缓滞，并获得一系列精神形象——"夜的运动""幼芽""露珠""泪珠""泥土"——的充实。接着，"盲人的眼睑"和"黑墨水"调动读者的视觉想象和互文联想（如帕斯捷尔纳克的"墨水足够用来痛哭"）进入更晦暗的图景："饥饿和疾病"。与"日出"和"夜"的二元结构，以及"幼芽""泪珠"等充满文化象征意味的意象相比，"摸索葛藤如琴弦"这个精妙的描述性隐喻堪称本诗的点睛之笔。为什么是"葛藤"？在一篇访谈文章中，池凌云曾谈及策兰写给同是犹太人的奈莉·萨克斯的信中出现"石楠和矢车菊""毛地黄和金雀花"是"共同命运的人才会有的密语"（回地、池凌云：《池凌云访谈录》）。因为上述植物或可以对抗有毒气体，或可以清热解毒良药。在这里，以"葛藤如琴弦"修饰"饥饿和疾病"，我想也不仅仅源于诗人的个人兴趣或美学偶然。从形状上说，葛藤丝缕攀缠，确状若琴弦。而"琴弦"一次瞬间拨响了该诗的声音和旋律。另外，葛藤伏地而生，葱茏庞杂，与人们经验和记忆中盘桓不褪的"饥饿和疾病"颇为对应，甚至可以（过渡）阐释为象征着隐匿于池凌云整体诗歌深层的晦暗意识。再则，葛藤喜生于阳光充足的阳坡，并有清热解毒、生津缓痛等功效，或可以理解为暗藏着对阴暗、寒冷、沉默等生活毒素和疾病的抗拒和否定，而这，也是池凌云诗歌力量感的又一来源。

很明显，池凌云诗中的"高"和"低"，是一种精神段位和象征性修辞。与之相应，其笔下的诸多意象，不论是"葛藤"、"灰发辫"和"贝壳"，或者"飞奔的雪花"和"耀眼的刀尖"，与其说源于生活中的具体图景和经验，毋宁说属于诗人内心的精神形象和灵魂形象。"'形象'不应解作'图画'"，如W. J. T. 米歇尔所言，"而应解作'相似性'，是灵魂的相似性问题"。我想，正是出于"灵魂的相似性"，池凌云经常写到树：《在开封》中的"小白杨"，《黄昏之晦暗》中的"杉树"和"菩提树"，《玛丽娜在深夜写诗》中的"柏树"，《一个人劈开语丝》中的"杏树"，《燕子的飞行》中的"茉莉花树"，《要这些沙……》中的"木棉树"，《我们所见……》中的"榆树"，《让枯萎长高一点》中的"接骨木"，《夜晚的植物园》中的雪松、白桦和鹅掌楸，还有其他诗中出现的花楸树、白桦树、油松，等等。在这些诗中，树更多是作为灵魂形象而自况的。在某些诗中，诗人甚至直接以树自喻："我感到自己身上长出绿色的叶子／一棵未长成的万年青／无法参加喜庆。"（《娃娃亲》）"我的手指／逐渐长出松的新枝，我多么喜爱／这时间的永恒吟唱！这水下的／重音，催动我流向更远。"（《喑哑》）

树立于旷野，如人立于世。诗人理性中的自我形象——平静、宁定、坚韧——与树的寂静、安详、稳健颇为相似："一棵树的话／它永远说不出，但知道／同类的无言静默。"（《惊落叶》）树呼吸并生产氧气，也生产"木桌，和忠实于独立的椅子"（《水知道一切》），人也生产语言和文字；树木"摇曳一身纵裂／和落叶"（《我们所见……》），诗人在笔端抖落时间和记忆；树根深入无尽的土壤："它比我看得更清楚——／生命之美深藏于根须和落叶／空气和土壤互相唤醒，获得新的素质／所以，到一棵树中去。"（《到一棵树中去》）诗人深入无限的黑暗和负面经验；树又朝向高空和光，人则通过写作追求"上升"："沉沦与上升交替着来临。／而我们之中的一个，爬上树。"（《在桥头》）正是形象的挺拔和坚韧，以及精神内涵的双重性，使诗人屡屡青睐于描写树："所有的树都铺成闪光的阶梯，／我的歌谣唱到天使。"（《一个人的对话》）如蕴藉"生命之美"的根须，在诗人的精神通道中，"低处"并非目的,而是一种必然性经历和过程,是取暖的"柴火"和"火焰"。诗人的渴望,在于"让烤红薯的香气飘得更远",在于"下沉"的同时成就另一种"攀升",以及在后退的终点"现出地平线":

> 我在无人的时候朗诵诗歌 / 如同在下沉中,被一根绳索拉着 / 攀升。/ 即使在沮丧中 / 我也常常感到喜悦。(《另外的空椅子》)

> 当它一步步退到深海 / 开成一朵海百合,这世上 / 最孤独的花,现出了地平线。/ …… / 这守护光明的柔软的黄金 / 轻如羽毛的叶瓣与火焰共舞。/ 这古老的深海之殇,退守的 / 终点,让一切死而复生。(《海百合》)

从动物到仿植物的动物(海百合始见于早寒武纪时,形若百合),看似属于生存链演化的后退,不过,在诗人这里,"退守的终点"——海百合,同时也是时间起源的某种象征。这与树的形象和双重内涵,有着异曲同工之处。

如《另外的空椅子》中的"下沉"和"攀升",《海百合》中的"后退"和"现出",池凌云诗中颇多类似的充满矛盾修辞的精神隐喻和象征:"伟大"和"低处"(《另外的海》),"深夜和低处"与"思想和诗歌"(《玛丽娜在深夜写诗》),乃至诗集《潜行之光》的命名,诸如此"高"与"低"的精神张力,使池凌云的诗歌具有某种悲剧式的效果:那些晦暗的意象、低沉的嗓音,所唤起的不是阅读者的低落和绝望,反而是内心深处的力量和崇高感。

从另一个角度来说,相似性的精神形象,容易在诗句之间和不同的诗歌之间形成彼此照亮和相互唤醒的结构,从而使一个人的诗歌具有某种稳定的整体风格和气质,在内涵和声调方面,也具备树干似的清晰纹理和走向。不过,在某种程度上,也容易削弱形象、声音、气息的陌生性和丰富性表现。比如《真正的树》一诗:"我们可能在一天之中失去全部果实,/ 但不会失去更多。/ 因为要一棵树在一天之内倒下是困难的,/ 除非那不是一棵真正的树。"根据共通性的文化积淀和审美想象,阅读者很容易想象"一棵真正的树"所蕴含的特征:挺拔、坚韧、丰硕、秀美、雄壮，如此等等，不过在这一刻，这棵"真正的树"，其形象和声调也容易混同于文化和意识形态层面的"大树"了。

与上述倾向于"根植土地"的诗歌相比，大约在2010年下半年之后，池凌云的诗歌更多出现了"水"和"海水"的意象。如果说她此前的诗更多透露出某种黑色意识和灰烬味道，这之后的诗歌则更多凸显出蓝色的海洋气质。当然，土地和海洋，大多时候是交叠出现在诗人视域中的。从《最小的梅花》到《野花》，从"颤动"的《羽织》到简朴的《清泉》和《碧玉溪》，在沉着、宁定和坚韧之外，池凌云的诗歌同时不乏质朴的美丽和细腻的柔和，声调和气质也更显湿润、丰盈、灵动和清逸。

四

在一首作于2007年的诗中，池凌云曾写道：

我曾经做过很多蠢事
对着一块石头抒情
寻找藏在里面的音乐
————《石头比以前更是石头》

石头，拙朴而自然的存在；音乐，一种艺术品和文明的产物。它们的关联依赖欣赏者和劳动者的工作：如从粗陋的原石中发现玉。与之相比，语言这种文明的产物距离"音乐"是否可能更近呢？如果也以石为喻，语言或许可称为鹅卵石，因为被无数双脚踏践过，被无数口水含吮打磨过，每块石头早已无比圆滑。当一个词被人脱口而出，在丧失表达阻力之时，发声者和倾听者同时也免除了细味语言摩擦事物所产生的新鲜如初的陌生感和战栗。相对于"原石"，对着圆滑的鹅卵石抒情，并从中寻找隐藏的音乐，可能更接近一桩易事吗？

面对沙滩上遍布的鹅卵石，我们难以动手搭建一座新奇、美观、稳固的建筑物。如何将日常性和实用性的字词进行拼接、连缀，使其结合抵达一种叫作"诗"的东西并蕴含"诗意",使不押韵的分行富含内在的旋律、节奏和音乐感,是一门充满复杂技巧和无数试错过程的手艺活。其中关键,除了发明个人性的、临时性的隐喻形式以激活意象和词语,还包括寻找独特的形象和节奏。形象透露着诗人内心深处的理想图景,而声调和节奏可以表达语言所无法呈现的某些东西——它们是词语背后隐匿的"柴火",照亮意象和形式,为诗歌镀上绘画般的"整体色调"。

池凌云善于让声音召唤形象的到场,或让声音和形象同时显现。回到那首《黄昏之晦暗》:"总有一天",一个将来的时间,与此刻拉开了深远而漫长的距离。属于它的声音是希冀的、隽永的,同时也是坚定和泰然的——一个未来的时间包含着某种晚年的智慧。"我将放下笔",肯定性的叙述应和了开口时平稳的定调。随着"放下笔"(意味着写作在某个阶段的完成)这一状态的持续,读者的声调和情绪随之下沉,并跟随诗人"开始缓慢的散步";好像怕读者会落下,诗人接着用"你能想象"强化了自身和读者之间的对话结构和同行关系。而当我们沉湎于诗人脚步的"平静"和"悲伤"时,抑扬的拐点出现了:"我已对我享用的一切付了账／不再惶然。"声调的起伏和想象的跳跃,形成一股神秘的气流,连缀于意象之间。

> 我不是一个逃难者
> 也没有可以提起的荣耀
> 我只是让一切图景到来:
> 一棵杉树,和一棵
> 菩提树。我默默记下
> 伟大心灵的广漠。无名生命的
> 倦息。死去的愿望的静谧。
> ——《黄昏之晦暗》

池凌云诗歌的气息、气质和节奏感,不仅源于汉字在造型方面的视觉形象,也源于诗中意象所呈现的空间感,和穿越时间所产生的深邃历史感。换句话说,她让汉语诗歌尽其所能地发挥着在字形、字音和字义方面的长处,并把这些内涵结合起来:在"白杨林""烤红薯""繁星""真理"之间(《在开封》),"杉树""菩提树""伟大心灵"之间(《黄昏之晦暗》),诗人铺就了一个斜坡。阅读其诗歌,如同进行一场"缓慢的散步"。在对图景和声调迷醉式的沉迷中,我们不知不觉地来到"真理"、"荣耀"和"伟大"面前……

通过将感知瞬间、情绪状态和知觉运动经验进行系统性关联(如"白杨林"和"烤红薯的香气"对应着友人的相聚和友情的回荡,"杉树"和"菩提树"对应独自散步时的冥想和领悟),池凌云将声音、旋律、形象和意义,紧密团结为一个自然而神秘,同时也不可分割的整体结构。成熟的技艺使她既善于描述和抒情,同时也长于表达理性和观念:在静谧安宁的气氛中,丰富细致的图景更加清晰明澈、柔和动人,同时照亮了"真理"和"伟大心灵的广漠"。富含激情但又控制在低音域的声调,使"真理"和"伟大"细腻而微妙,同时又开阔而俊逸。

我想,是热情和激情、真诚和信念,以及成熟的技艺,使池凌云的诗歌呼应着书页间那些伟大诗歌的标准:将"真理"和"意义"呈现为一系列细致入微的形象和图景,以及令人迷醉的旋律和节奏,从而使阅读者深受感动和启发。在这个意义上,写诗和读诗,都是将自身置于一场朝向理想自我和现实的"缓慢散步"。■

发明一个亲爱的　池凌云研究集

一、隐忍与悲伤

诗诞生于抒情，或依敬文东之洞见，诞生于感叹[1]。抒情也好，感叹也罢，都在揭示一个真相：诗与"说"有关。诗学中的诸多议题，正是围绕"诗在说什么""该怎样去说""说成什么样"来展开。回到写作者本身，诗该说什么，是要面对的首要问题。在所说对象一致的前提下，诗人写作能力的高低，又能通过怎样说、说成什么样来辨别。

说，是表达的近亲。瓦尔特·本雅明（Walter Benjamin）爽快地指出，"难以想象任何事物可以不借助于表达便可实现其精神内容的传达"[2]。但说又不完全等同于表达，说比表达多了一层声色、形貌，仿佛是表达的肉身化显现。对诗歌这一需要共情性的文体而言，肉身化总是比抽象的表达更有吸引力，因此，好诗人一定是懂得说的艺术的。

池凌云正是一位善于说、懂得说的诗人。但假若你以为她口若悬河，巧舌如簧，那就大错特错了。她的说，并非辩口利辞，更非大马金刀，却具有一种绵长的感染力。有时，你读池凌云的诗歌，就像听她在克制地说话；她用隐忍之桨，不动声色地划过了惊涛骇浪。你能感觉到：这些诗的语调轻柔舒缓，甚至还有一点沉郁，但暗处的激流从未停止，它们回旋在诗歌深处的漩涡里，给优美的流动掺入了一丝不

---

(1) 敬文东：《感叹诗学》，北京：作家出版社，2017年版。
(2) 瓦尔特·本雅明：《论原初语言与人的语言》载《写作与救赎：本雅明文选》，李茂增、苏仲乐译，上海：东方出版中心，2017年版，第3页。

说出的质感
——读池凌云诗歌

杨碧薇

安。这些暗流也在暗示我们：池凌云的多数诗歌都不是"完成之诗"，而是处于生成状态中的、还可以继续繁衍的诗。低声说话、只说一半，是池凌云的高明之处：首先，她没有将诗封死在密闭的声部内，而是巧妙地留出一条条细小的声带；新的事物能通过声带参与到诗里来，带动诗歌的增殖。其次，当一条条声带如张口的手环一般环环相扣、组构一个整体时，必然的缺口就保证了声带的联接既是可行的，又是灵活的。透过"未完成的声带"，我们看到：池凌云在这一首诗里提出的问题，可能要在下一首诗里才得以解决；或者说，她提出的问题都没能全然解决，只是在这首诗里解决了一点，在那首诗里又解决了一点。这种书写状态或源于她所面临的暗流：她一直在斩断暗流，但刚斩断这一段，另外的暗流又涌过来，与斩下的暗流拼合，形成新的暗流……从这个意义上说，池凌云的诗歌又是时间之诗，需要在时间的刻度里来理解：此刻，她通过写作处理着过去遗留下的难题，同时新的暗流从诗的缺口中涌来。为了应对源源不断的暗流，她的诗终归要面向未来，对未来保持期许与敞开。

与池凌云本人带给我的爽利活泼印象有所不同，克制与隐忍，似乎已成为她诗歌里的恒温状态。这种状态强化了个人与世界的对立。基于对安全感的本能需求，诗人也想过消解自我、融入"世界"（他者），甚至是用集体性覆盖个体性，从而弱化与外部世界在对立中增长的紧张，并借此获得某种强有力的共鸣。在《寻找一间打铁铺》里，她表达了这种渴望、动机：

无数次，我从变旧的日子中出来
四处寻找一间打铁铺。
我猜想，总有一些铁匠守在炉边，
吭哧吭哧地拉动风箱，
把通红的炉火烧得更旺，
让火光冲破沉闷的黑夜，
像一种爱抚，穿破黑暗。

然而，这样的尝试终究是无效的，诗人并没有找到那间"打铁铺":"我最终没有找到它。我的两眼／因漫上泪水而看不清道路。"(《寻找一间打铁铺》)一次又一次的欲求而无果，池凌云的诗里铺满了秘密的悲伤:"你能想象／我平静的脚步略带悲伤。"(《黄昏之晦暗》)"像在回应一件悲伤的事／一头马放弃了漫步。"(《我今天只读两首诗》)悲伤无处不在，她写黑天鹅，像在说自己也有"一种无法言喻的脆弱／和寂寥"(《黑天鹅》);写荆棘，她也联想到自己的痛,"在肉体的深处，在橘色灯光的深处／我一见到它，就开始疼痛"(《去爱一丛荆棘》)……

悲伤堆积，但隐忍克制的女诗人早就放弃了向他人倾倒悲伤。诗歌，才是她盛放悲伤的最佳容器，才是她倾诉的客体和场域。池凌云的诗，也切切实实地诠释了诗歌的个人性——在公共性与个人性之间，诗歌首先是属于个人的，这一重属性永不会改变。在她的诗里，集体的声音几乎是缺席的，她发个体之声，呈现自我的身影:"我一个人在孤岛上奔走。"(《危险的旅行》)"我关闭自己／测量这卑怯。"(《赶灵魂》)又因诗歌的个人性能为诗人的存在提供独特的证明，它就是诗人在这世上活过的证据，故而池凌云终能接受个人命运里孤独的悲伤，并与它们和平相处:"这世界上的凄凉／每一个人都得独自承受。"(《被迫的沉默有一道圆形的伤口》)

二、"说"与"不说"

诗歌的个人性，还能促进诗人与诗的互动，一边是倾诉，一边是倾听。这一层关系，常能点醒诗人们放弃声嘶力竭，转向轻言细语，"喧嚣的时代，轻言细语可能是一种美德"[1]。长期"向内看"的视线和精神姿态，也帮助池凌云稳妥地维持着与诗歌的这一亲密关系。当生命中又一次出现莫测的急流时，她还可以运用个人化的表达方式，有惊无险地涉过，然后，小心翼翼地藏好难言的苦痛。最后，呈现在诗歌里的，是急流过去后一个平静通透的人。在漫长的跋涉中，她反复写

---

[1] 张杰、张耀尹:《鲁奖诗人张执浩嘈杂的时代轻言细语是种美德》,《华西都市报》2018年9月23日。

到沉默（静默），"骤然而来的沉默"（《赶灵魂》），"像遥远的树一样沉默"（《危险的旅行》），"穿着七彩的衣裳／像桅杆一样静默"（《深夜，想起某地即将开放的蝴蝶馆……》），"硬刺的沉默／嵌入一只手掌"（《去爱一丛荆棘》），"当一群乌鸦保持静穆，注视我"（《乌鸦的时刻》），并表达了想打破沉默的言说之难，"没有谁叫出声！／我靠着树干，慢慢安静下来"（《我已没什么事可做了》），"对着黑夜呼喊的嘴在零时闭上"（《水穿石》），"我开口，却已没有歌谣"（《寂静制造了风》）……

说，是诗人的本能。一个诗人能顺畅地说出，并不能证明其高级；相反，可能恰恰暴露出其写作尚在初级阶段的残酷事实。言说的艰难（如"不能说""说不好""该怎样说"）才是诗人进阶路上的必然困境。意识到言说的艰难，诗人才算是走向了写作的自觉。在池凌云笔下，"说"是无处不在的困难，也是其写作自觉的体现。就连在疯子身上，她都能看出言说之难："是什么阻止他说出对我们的看法？"（《疯子》）在惊险与平静、沉默与呐喊的火焰中，池凌云挺过了"想说"的诱惑，超越了"不能说""难以说"的困难，将诗歌的张力锻打出铁的光泽。在这块无言的、冷热交替的"铁"身上，她其实已坦诚了自身的内在困境。最终，她还是没有说出想说的话，而是转向了自我说服，将"不说"也锻造成诗意的一种。这一切，她在《交谈》中如是暗示：

> 我在这个安静的下午
> 反复诵读古老的训诫
> 从各色各样的果实中获得种子
> 以劳动换来粮食和衣物
> 不大声喧哗，小心过斑马线，靠右行
> 却在深夜为自己辩护：
> 部分河流并不流向大海。

从"急流"到"平安"，从"想说"到"不说"，过程是相当漫长的，何况其中充满了不可为外人道的挣扎！这个过程一点一滴地消耗了本能的、爆发式的抒情，将诗人的言说推入了思索与沉淀中。池凌云的不少诗歌,如《被迫的沉默有一道圆形的伤口》《黄昏之晦暗》《四月的物象》《交谈》等,都不是情感的瞬间爆发,而是深思熟虑之后由"感"而"兴"地抒述(这也是池凌云诗歌的主要发生方式),在这些诗的背后,有着无数的思考、沉积与自我消化。诗人并非不清楚漫长的付出也许只会换来不如意的结果:"对于你来说,我只是一个瞬间／你按住疼痛的太阳穴时想起的／一个陌生人的命运。"(《交谈》)也只有在蹚过这道漫长后,她才能在"交谈"(与他者或与自我)中说服自己,获得心安;才能重新获取"说"的凭证,由"说"到"不说",再蝶变到"说",让诗歌持续进阶:

> 而我一直在加深对你的谅解
> 并赞许你的胜利——一个我不认识的人
> 在另一个地方,被我珍惜。
> ——《交谈》

三、锻造与净化

有过漫长的煎熬、急流中的历练,池凌云的诗歌还能秉持轻柔婉转的风姿,就不是一件易事。更可贵的是,在轻婉的同时,她的诗还不失坚定的内力。我不时听到这些诗里传出铿锵的金属碰撞声。上文已提到她诗歌的张力具有"铁"的品质,"铁"这一意象准确地复现了她内心的激烈,并象征了她永恒的价值追求"要这些阳光／听铁与铁的敲击声"(《要这些沙……》),"用铁和沙混合成的嗓音歌唱"(《危险的旅行》),"让他疾走的铁栅栏"(《栅栏》),"一串钥匙,让我们／只对没见过上帝的铁器／熟记于心"(《慢吞吞的丝带与花树互相挤压……》)……"铁"是坚固的,在锻造过程中,需要大量的光、热与激情,换言之,需要足够的力量。这份力量,是推动池凌云的诗继续往前走的力量,在她心中,始终有对"铁"的不懈追求。虽然没有找到那间"打铁铺",但她找到了永恒笃定的信念。

但我知道，就在某一处
一定有一间打铁铺隐藏在那里，
铁匠们在用大铁锤狠命敲打烧红的铁器，
那火红的解冻层
原先是铁浆，后来露出锋刃——
一把刀慢慢成形。
——《寻找一间打铁铺》

所以，在池凌云笔下，虽有隐忍与悲伤，有不能言说的困难，但是，在漫长的自我争斗与内部消化后，诗歌为她开启了自我修复和净化功能。亚里士多德（Aristotle）认为，"净化"（Katharsis）是指悲剧会使人产生怜悯和恐惧，人们通过情绪的放纵和宣泄，最终使心情恢复平静。而在当代，"净化"的强势回归"与净化心灵或平复创伤的叙事观念有关"[1]。池凌云的写作，恰好印证了诗歌的净化功能。正因如此，在阅读了池凌云的诗歌后，我并不担心她的隐忍、悲伤和言说之难会弥散成一种更痛的"受难"。比起20世纪穆旦诗中丰沛的受难品质来说，池凌云更有一种默默承受的耐心，有朝向光明的本能。她的代表作《雅克的迦可琳眼泪》中有言，"悲伤始终是／成熟生命的散步。提前来临的／消逝，拉住抽芽的幼苗／正从深处汲取"。而她本人及其诗歌书写，也终能跳出黑暗，迎向生命的光照。

在幽暗的岁月里，她曾反复写到黑，"从此，我是黑色的影子"（《从黑暗中流出黑暗》），"用夜的／黑色，反射我们"（《在桥头》），"可是你知道黑暗是怎么一回事"（《玛丽娜在深夜写诗》），"黑墨水熟悉这经历"（《所有声音都要往低音去》）。但她也真实地体会到，再狭窄的命运都会有开阔，再深的黑暗也会有光："黑暗中是否会有金色的火焰升起？"（《我今天只读两首诗》），"让泉水带上微光，经过绝望的黑洞"（《让枯萎长高一点》），"最真实的光，把我望进去"（《黄昏之晦暗》），"想到明天的阳光将缓缓推送"，（《深夜，想起某地即将开放的蝴蝶馆……》）。诗歌，帮助池凌云完成了自我修复与净化。而修复

---

(1) 让－夏尔·达尔蒙：《文学与激情的疗救——"净化"对抗极端暴力》，肖熹译，钱翰校，《文艺理论研究》2015年第4期。

与净化,反过来也赐予了她的诗一份难得的质感:这些诗犹如一枚枚橡胶弹珠,平滑圆润、微温微弹,柔韧中包裹着顽强的瓷实,清透中折射出光线的深邃。在热闹又浮躁的当代诗坛,好质感始终是稀缺品。诗歌的质感,可以是光滑的丝绸、玻璃或瓷器,也可以是粗糙的石头、磨砂纸或盐碱地。不同类型的质感并无高下之分,关键是它们在诗里的呈现是否鲜明可靠。池凌云的诗让我体会到什么是好质感,也启示我:若非有漫长的泅渡、艰难的修复及孤独的净化,若非有荆棘的行程、实在的黑暗,又怎会白白获得这份上乘的质感?

由此可见,在池凌云这里,诗与人在彼此砥砺前行;她的人生有诗,诗中有生命。我继而看到:当代汉语新诗在不断拆毁与解构、一路负芒披苇之时,并没有丢掉自身建构性的、提升性的能力。■

2017 年 11 月 28 日,初稿于北京
2020 年 8 月 31 日,定稿于西安

发明一个亲爱的　池凌云研究集

第三辑

作品精解

发明一个亲爱的　池凌云研究集

女诗人池凌云,以《飞奔的雪花》为她的首部诗集命名。雪花,六角形、羽毛状,冰的姐妹,洁白、轻盈、纷纷扬扬,自由而灵动。当它向一个方向飞奔时,内心必有巨大的萌动,弥漫着爱与热,奋不顾身、义无反顾。这一语象的自喻性质,与我十年前与她初识时的感觉完全一致。一个多么聪慧、美丽、生动的女性,我这样对自己说。

后来她有数年中断写作。这不必查问,谁的生命史不带个人的特殊性?也许这正是一段沉潜和积累的时期。

然后,今年读到了她的《旧城》[1]。

我不敢相信这真的是她的作品。

《飞奔的雪花》大部分是独白式的女性之作,带一点青年女子的自矜、自爱与自炫,晶莹地闪烁。

这种声音,在她最近出版的诗集《一个人的对话》中依然听得到,但安详、宁静,如同雪花已经覆盖了大地,在日光照耀下,忘却了自己的美丽。而别开生面,让人大吃一惊的是30首《旧城》。一位女诗人,终于懂得了让思想穿透语象与情感,如同雨滴渗入大地,阳光穿透海水,从而超越了性别写作,从容步入了高品位的艺术殿堂。

我们习惯于赞美卡夫卡的现代经典《城堡》,却容易忽略就在身边出现的事物。"城堡",土地测量员一辈子都无法进入;"旧城"是敞

---

(1) 池凌云:《一个人的对话》,北京:中国文联出版社,2005年版,第135—169页。

神喻,依然隐身在城墙上
——评池凌云《旧城》　　　　　　　　　　　　沈泽宜

开的，谁都可以进入，或者干脆在那儿住上一辈子。这是二者的不同。但深邃、在坍塌中重建，却是二者的共同点。《城堡》几乎难以卒读，读者的心忍受不了那种灰暗、阴沉和压抑。这同样是《旧城》的主色调，但后者还多了一种日常的亲和感与某种程度的怀旧和眷恋。——当我这样说时，将立即受到攻击：你是不是打算把《旧城》捧到《城堡》之上？不！《城堡》在前，《旧城》在后，先哲的开创之功是无论如何不可抹杀的，对池凌云来说这是必不可少的启示，她当然是受惠者。除此之外我有两点反驳。其一：不同意"远来和尚念得好经"，哪怕是洋和尚也不一定"念得好经"，对中国人缺乏自信深恶痛绝。其二：后人为什么不能挑战前人的经典，持一份前人签署的"通行证"走得更远？

这是怎样一座旧城呢？这座城外观如此：

奇迹在拐弯之后消失
没有人长久地仰起头
为一只受伤的鸟儿辩护
用旧的竹编制品被丢弃在
墙角，惟一的花朵已经残败
遗留了几只猫搏斗的痕迹
我认识其中的几堵墙
他们有相同的年代
对立，却互相支撑
谈不上善或恶……(1)

在城里，人们"说些相似的话，像被念过符咒"(2)，"除了神喻，没有一个音节可以流传"(3)，"额外的馈赠／就是享受同一种幻觉"(4)，"在荒芜之前吃草／直到最年轻的羊／也已老迈。等待／最后一个冬日来

（1）见《旧城·第一巷》。
（2）见《旧城·第四巷》。
（3）见《旧城·第二巷》。
（4）见《旧城·爱之巷》。

临"[1]，"他们以素色的服装表达／谦卑，聚集在一个小小的房子／是否就要发出奇异的光／在同一个时间低下头／举起心中的花束／献给最高的神"[2]。这座城似曾相识，我们好像在那儿投宿过，三两天或者一生一世，它存在过并且继续存在着，在充满智性的语境中找回蕴含的生命原动力，在坍塌时走向另一种重建。

在这座城里，她看见了美，"人们记得她们最初的笑容／清纯漂亮的外貌／让过路的行人多次停顿"[3]，也看见了消失，"胸前亮着灯／像一只无所畏惧的萤火虫／猛地冲向黑暗"[4]，希望常常要变成深深的失望，不由得人扼腕长叹！

一切都让人灰心丧气，那么把目光投向孕妇们是否会更好些呢？在《孕妇巷》这首诗里，女诗人面对这群热爱孕育的女人时，如是说：

> 我凝视她们的脸，红润但浮肿
> 与我喜爱的柿子多么相似
> 刚刚入秋就举起红灯笼
> 轻轻一碰，就露出甜蜜的籽
> 一个身躯裂变出另一个身躯

"旧城"就这样多子多福，上一代高粱繁育下一代高粱，彼此相似，但一代不如一代。上引的这一诗节，在语言上也无可挑剔，"刚刚入秋""籽""另一个身躯"，这些似乎信手拈来的词语，完整地记录了一个急不可待、不计后果的过程，包藏着深刻的讽喻。这一"柿子"的比喻何等精彩，它是池凌云的独特创造。

30首《旧城》中，最让我震撼的是《八角桥》。它曾经是一座凌驾于水面之上的真实的桥，如今只剩下一个让人哭笑不得的地名。这座桥"纵容一条干涸的河流／暴露。没有献出一滴水／却从没受到责骂"，然而它仍然被叫作桥。诗人接着写道：

---

(1) 见《旧城·西山》。
(2) 见《旧城·信仰巷》。
(3) 见《旧城·康乐东路》。
(4) 见《旧城·西山》。

长期的欺骗，有一副和善的外貌
没有人走过的八角桥
桥下虚假的流水声
轻盈。我曾献上我
和我的姐妹。用笑声和歌声
把彩虹抬得更高

诗中的"我"是谁？仅仅是诗人自己吗？我觉得我和我的兄弟也在其中，共同参与了"把彩虹抬得更高"的作伪，虔诚而轻信。

然而你为何从不显身，在传说中变黑？
每一次我经过这片空地
看见人们依然抬高脚步
跨过不存在的八角桥

《旧城》中有好几首是写"过去留下的记忆"，"看见人们依然抬高脚步"却是"现在进行时"，名不副实、虚有其名的"八角桥"竟然以它的全部威压"依然"深深地楔入当下人们的心态与行为之中！一个细节，让人感慨万千。

《旧城》的主诗《八角桥》是关于细小事物的微观写作，它与卡夫卡庞然大物的"城堡"自然不能同日而语，但由于诗歌特有的以小见大的功能，它的象征意义和辐射作用，能让"八角桥"像传说中的息壤那样无限扩大，微观变成宏观，细小事物拥有了巨大的内涵。

在《旧城》中，池凌云设计了20条"巷"。这些巷，有的实存，有的虚拟，有的形而下，有的形而上。这是《旧城》在结构上独具匠心的安排。在虚与实、形下与形上之间有一片巨大的"空地"可供诗人想象力的自由驰骋，尽情对"旧城"作批判性的解读。其中，我们甚至还能看见诗人影影绰绰的自传色彩，让我们在主与客、热爱与痛楚、具象与超越之间流连忘返。

在池凌云对"旧城"错综复杂的感受中，细心的人还能读出有一种人道关怀在隐隐作痛。在《第五巷》中，诗人的目光停留在两个孤儿身上。两个因不明原因失去了父母的孤儿,"他们每天挨家挨户敲门／去阅报栏读长长的名单,寻找／亲人。到处打听／哪儿有新的名单出来／无依无靠让他们持久地／哀痛"。然而所有的努力都是徒劳,到头来还是无法与亲人相逢,只能在"夜深时,抱住鞋／睡在各自的台阶上"。孤儿们已经一无所有,但鞋万万不可丢失,得依靠它们天明时再出发寻找。"鞋"这个悲伤的细节让我怆然出涕。

　　从自我抒怀到关怀存在、关怀他者,池凌云经历了一个破茧而出化身为蝶的过程,她的写作天地从此将变得自由、开阔。■

发明一个亲爱的　　池凌云研究集

在新诗历史上，虽然作为潮流的"小诗"只是在20世纪20年代前期稍纵即逝，但自此之后小诗创作却从未间断过，产生了难以计数的作品。从更宽泛的角度看，对小诗的热情寄寓着某种具有现代意义的诗学观念。譬如，象征主义先驱波德莱尔所推崇的爱伦·坡有一个著名的极端说法：长诗是不存在的，因为诗表达的是受到刺激后的瞬间诗感，而那种刺激和诗感无法持续长久。[1]瞬间的诗感的想法，类似20世纪30年代废名提出的"当下完全的诗感"之说。不过，在"小诗"风潮的热心推动者周作人看来，小诗在中国其实"古已有之"，他眼里的小诗在简约、锤炼等方面与古诗有相通之处，并且与日本的和歌俳句、希腊的诗铭和印度的宗教哲学诗渊源颇深。[2]此外，小诗被认为在思维方式上与禅的顿悟相仿，接近于朱自清设想的"刹那主义"，即注重对现时或现在的捕捉。

在我所阅读过的数以千计的小诗中，池凌云的《歌》和《夏天笔记》给我留下了深刻的印象。这两首小诗，既符合我对小诗中某种内在力量感的期待——它们以凝练而富于意味的诗句吸引了我，又似乎为我敞开了通往池凌云诗歌世界的秘径。

《歌》从标题上将这首诗引向了诗的原初形态：一首诗以"歌"为标题，显然表明了它对这种原初形态的追念，同时由于"歌"的天然的

---

(1) 爱伦·坡：《诗的原理》，见伍蠡甫主编《西方文论选》（下），上海：上海译文出版社，1979年版。

(2) 周作人：《论小诗》《日本的小诗》《希腊的小诗》，均见《周作人批评文集》，珠海：珠海出版社，1998年版。

瞬间的光华
——读池凌云的两首小诗※

张桃洲

※ 原载《诗探索》，2010年第7期。

抒情性，又使得它与某种强大的抒情传统勾连起来。是的，中外历代诗中不乏以"歌"为标题的抒情力作，如奥地利诗人里尔克的《歌》："你使我孤单。只有你我无从分辨。／你一会是你，一会又是风声，／或是纯粹的芬芳"（林克译）；中国当代诗人海子的《歌：阳光打在地上》："那是长久的漂流之后／阳光打在地上，阳光依然打在地上"，均为体现了"歌"的咏叹特性的强烈抒情之作。因此，对于这首诗来说，标题具有一种预设功能："歌"在为其确定某种音调的同时，又勾画出一种姿态——于轻盈翔舞中的咏赞。

起句中的"此刻"给出了一个具体的时间刻度，起到提示读者的作用。如果说，这个词同许多类似写法一样，还显得有些寻常的话，那么紧接着的"奔涌的大海／正回到一滴安静的水"一句，就足以令人惊讶了。"正"呼应"此刻"，"奔涌"与"安静"相对；大海回到一滴水的说法极富想象力，其中的"回到"体现了对物的循环、关联的奥秘的洞察——不是一种从大到小的浓缩，而是回溯到物的原初状态。这令人不禁想到海德格尔关于艺术品能够敞开和持存物之"物性"的表述："岩石能够承载和持守，并因而才成其为岩石；金属闪烁，颜色发光，声音朗朗可听，词语得以言说。所有这一切得以出现，都是由于作品把自身置回到石头的硕大和沉重、木头的坚硬和韧性、金属的刚硬和光泽、颜色的明暗、声音的音调和词语的命名力量之中。"[1] 可以说，大海回到一滴水是一个双重发现和命名的过程：既重新发现和命名了大海，也重新发现和命名了一滴水；正是在这一基于回归的重新命名过程中，大海和水各自的本性得到了敞露。在新诗历史上，展现物的回归的切近例子是冯至的《十四行集》，该集的第 21 首写道："铜炉在向往深山的矿苗，／瓷壶在向往江边的陶泥。"而冯至诗中的思想和意象则直接来自里尔克的诗句："矿石有思乡病……它渴望沿着像血管似的矿脉，／流回到崇山峻岭中。"（《主宰世界的人》，臧棣译）这种对于物还原至原始状态的召唤与展现自有其深意。

接下来的第二节，以"它的心空悬／深蓝色的囊让它看上去更美"二句，进一步对大海回到一滴水的状貌进行了描绘。笔触集中在"心"

---

[1] 海德格尔：《艺术作品的本源》，见《林中路》（中译本），孙周兴译，上海：上海译文出版社，1997 年版，第 30 页。

与"囊",尤其是"深蓝色的囊"确乎给人优美的形象感,像天地间一枚完美无瑕的结晶体,"空悬"则显出大海的阔大、高远。这是一种双重观视的结果:从大海的极限处领略了水的纯净,反过来,透过一滴水感受了大海的"深蓝色",或者,正是一滴水集聚着大海的完整形象——所谓"一沙一世界",当"奔涌的大海"退回到一滴水,囊括的却是大海的万千气象。这里,诗中对"深蓝色"之美的礼赞,与流俗的回归自然的主题无关,实际上它承续了前引的里尔克诗中关于技术时代人的处境的思索,其中蕴含着辽远的人类的"乡愁"。此外,大海回到一滴水的过程,还关乎生命气息的延续、传递与生长的奥义,池凌云在另一首诗中写道:"一滴水生下另一滴水。"

值得注意的是,这首只有两节的小诗,每节第三行是相同的一句:"没有一首歌属于我。"这一关于"歌"的所属的否定性陈述及其显得执拗的重复,有一丝轻微的对于标题"歌"的讽喻。不过,字句间全无自怨自艾的成分,毋宁说呈示的是一种"欲辩已忘言"的境况——此情此景,恰是一曲无声之歌。在另一处,池凌云也有如此告白:"我开口,却已没有歌谣。"(《寂静制造了风》)这些反复出现的"没有"起到了抑制语速的效果,在一首小诗中,它有助于爆发力的收束,就如同"奔涌的大海""回到一滴安静的水"。

可以看到,与"没有歌谣"的表达相似,在池凌云的诗作中出现较多的是:"已经冷却"的篝火,"无可追忆"的"人间","提前来临的消逝",苦涩中升腾的爱与悲悯,偏于灰暗的语词色调……这一切表明,她的诗在总体上是一种退却之诗而非张扬之诗。在此,退却意味着从世间的喧嚣中穿越、隐身,转向对细小事物充满审慎、敬畏的关切。这一点在池凌云的短诗《夏天笔记》中也有充分的体现。

对这首小诗的分析还是应从标题入手:标题中的"夏天"提供了一个气候(人生的气候?)特征十分鲜明(如炙热)的语境,"笔记"具有刻写、记录(或许仅是断片)的特点;标题似乎暗示此诗可能是一份个人心境的记录,其中难免会有自剖、内心的辩驳。这由诗的首句"这么多技艺"所包含的辨析与选择即可见出端倪,"只学会一样"的"只"在语气上隐隐透出某种选择之后的自若。那么,究竟是什么样的"技艺"?人生在世无疑需要各种各样的"技艺",有关乎生存的,有关于处世的。按照西哲海德格尔的说法，"技艺"（techne）是"联结技术与艺术的中间环节"，它一方面指示了现时代技术的境况，另一方面孕育着"美的艺术的创造（poiesis）"，而后者才是现代"拯救"力量的真正来源[1]。常常被与"技艺"相提并论的是诗歌，作为"美的艺术的创造"之一种，同时作为一门古老的手艺，诗歌往往被视为一类更高的"技艺"。而此诗中谈论的"技艺"却是"燃烧"，在何种意义上"燃烧"是一种"技艺"？并且是必须经过学习而获得（"学会"）的"技艺"？在炎炎夏日，"燃烧"的确可能是唯一触动诗人的景象。或许，可以把"燃烧"这一"技艺"与写诗这一"技艺"联系起来：表面的"无用"、向四周辐射、"激情"的焚毁……倘若如此，这首小诗就可以被看作一首用来表白诗人写作志趣的元诗。

诗的第二节似乎在印证这种联系："为了成为灰烬而不是灰／我盘拢双膝，却不懂如何发光。""发光"大概也算得上二者的相似之处。不过，这里的"却不懂如何发光"和下文中的"即将消失""火焰已经很少"等句，延续了池凌云诗中一贯的否定性用法，是一种克制意绪、压低语调的手段。"不懂"即退却、规避，亦即对世态的"无知"（连接着"无用"）。此处尚有两点值得考究：其一，为什么说"为了成为灰烬而不是灰"？"灰烬"与"灰"的差异何在？池凌云另一首短诗《无尽塔》中有这样的句子："那灰烬的灰／绕过暝色四合的长廊。"也许，"灰烬"因保持残余的形象而隐喻着诗人所说的"未尽之辞"？其二，"盘拢双膝"显示了一种庄重、虔敬的姿态，这一姿态加重了随后一句中"却不懂"的"却"造成的否定性转折意味。

第三节的"即将消失"承接前文的"成为灰烬"。接下来的一句忽然引入了人称"你"，从而改变了全诗的人称结构。那么，这个"你"是谁？诗中的"你"和"我"构成什么关系？有两种解释：如果把此诗看作一首元诗，"我"当是指诗人自己，"你"也许指冥冥中无形的诗神或诗创造的冲动和动力？正是它在"消耗"着诗人的心智；也可以将标题中的"夏天"理解为诗的抒情主体，它的"燃烧"、被"消耗"和"消失"，一并被纳入一个关于诗歌写作的喻体中，最终从"已经很

---

(1) 参阅 P. A. 约翰逊《海德格尔》（中译本），张祥龙译，北京：中华书局，2002年版，第107页。

少"的火焰里散发出瞬间的光华。

附：池凌云诗二首

歌

此刻，奔涌的大海
正回到一滴安静的水。
没有一首歌属于我！

它的心空悬
深蓝色的囊让它看上去更美。
没有一首歌属于我。

夏天笔记

这么多技艺，我只学会一样：
燃烧。

为了成为灰烬而不是灰
我盘拢双膝，却不懂如何发光。

我即将消失，你还要如何消耗我？
火焰已经很少，火焰已经很少。■

发明一个亲爱的　池凌云研究集

我不知道在黑暗里除了我之外
还有谁不肯带着苦涩睡去。
而道路已经模糊,隐退的田园牧歌
滑过一声声哀鸣。

在黑暗里,一颗星星就要结束。
我不知道是谁越过榉树
长出蓬松长翼的手摸到一段陡岸。
在黑暗里。在黑暗里。

有人已经进入睡梦,我不知道
将发生什么,是谁又长出长翼。
但我梦见,我们集体
给岛上的大雁唱一支圣歌。
　　　　　——池凌云:《给大雁唱一支歌》

"我不知道在黑暗里除了我之外／还有谁不肯带着苦涩睡去。"首先请这两行诗替我说出第一句话。面对一首诗或一个诗人,除了心心相应的那一部分,我常常不知道该说什么。这行诗帮我打开了缄默之

透过朋霍费尔的心灵……
　　——读池凌云《给大雁唱一支歌》※

朵渔

※ 原载《江南诗》,2017 年第 5 期。

唇,让我有了一种对话和倾诉的欲望。"我不知道在黑暗里除了我之外",这首诗的开头同样是一个缄默已久的嘴唇,在试着啜嚅着说出,"我不知道",但说给谁听?更像是一种自言自语,或者在请求一个倾听者。"我不知道在黑暗里除了我之外/还有谁",这个意境过于辽阔,"在黑暗里",是如同黑夜一般普遍的黑暗,也是一种时刻,在此时刻,一种命运般的东西已经降临,但那如启示录般的新的元素也在孕育之中。在此时刻,面临着种种选择,是做一个时代的守夜人,守候黎明的到来,还是沉沉睡去,在梦中迎接光明的到来?在诸种选择之中,我们还无法分辨孰对孰错。"除了我之外/还有谁不肯""还有谁",这种带有"同时代人"印记的呼唤太过凄厉,不仅仅是一种命运共同的吁求,还带有一种春秋责备贤者的意味。"还有谁"!不是这种口气,而是满怀谦卑与悲剧感的,"还有谁不肯",这种句式的推演,是逐渐降调的,近似一种哀叹,"不肯—带着—苦涩—睡去",重音落在"苦涩"上。音调定下来之后(它的确是一种"在黑暗里"应有的音调),悲剧的氛围就越来越浓了。"不肯带着苦涩睡去",仅仅一个"不肯",已经说明一切。"不肯"是一个暧昧的词语,本身就带有犹豫和彷徨的味道,它首先表明了态度,但也预示了结果,悲壮的意味自在其中。我对这个"不肯"真是心有戚戚。不肯,说明作为同时代人的知识—诗人共同体虽未必坚固,却也没有烟消云散;不肯,又带有不甘和无奈,妥协的意味也很明显。这种妥协源于"在黑暗里"的无边虚妄感,看不到出路,无法做出选择,每一种选择都让人觉得徒劳无益,唯有带着苦涩沉沉睡去,虽然心有不甘。这也让我想起朋霍费尔在纳粹的监狱里所发出的慨叹,"在人类的历史进程中,确实没有哪一代人像我们这一代人这样,脚下几乎没有根基"。没有根基,也就是本雅明意义上的"经验的贫乏",这种无根基感,是所有"站在历史转折点上的、负责任而有思想的"几代人都能够感受得到的,是我们共同的命运。

让我们重新再读几遍这句诗:"我不知道在黑暗里除了我之外/还有谁不肯带着苦涩睡去。"请求的意味越发浓重。"除了我之外",包含着一个"请求你"的意味,这种请求或吁求,是对同代人的声气相求。为什么是"除了我"?"我"真的准备好了吗?在"我"之外,还有谁？在做怎样的选择？再看第二句诗：

> 而道路已经模糊，隐退的田园牧歌
> 滑过一声声哀鸣。

"而道路已经模糊"，我们选择过什么样的道路？无非是在理想主义、现实主义、自由主义或虚妄的田园牧歌式的道路之间来回转。狂热的理想主义者总缺乏那么一点现实感，以为自己的一腔热情足以拯救世界，因此道德狂热者最容易崩溃，当他遭遇现实的公牛有力的犄角时，最容易陷入沮丧与虚无，并轻易向现实胜利的一方投降；自由主义者渴望世界建基于自己的根基之上，他会现实地在规则和良心之间做出选择，以求两害相较取其轻，但往往在取舍之间已颠倒了利害关系。"隐退的田园牧歌"式的道路选择是失败者的共同归宿，对于心怀理想的自由人而言，这种归宿绝非美妙，而是充满了痛苦和妥协。"有些人企图躲进自己的个人美德的内殿，以逃避乱七八糟的公众生活。然而，他们面对自己周围的不义，不得不闭目塞听。必须以自欺作为代价，他们才能保持自身的纯洁，远离承担责任的行动所带来的污垢。否则他们所获得的一切，和他们弃之不为的一切，仍将扰乱他们内心的平静。而面对这种纷扰，他们不是在精神上走向崩溃，就是发展成为一切法利赛人中最伪善的人。"朋霍费尔的这番话有如隐退者内心的"一声声哀鸣"，宣告所有的道路都不过是失败者的道路。

如此，我们终于遭遇到，"在黑暗里，一颗星星就要结束"。这并非悲剧的终点，而是我们现实中遇到的一个严重事件。不是吗？在黑暗里，一颗星星结束了，死亡来临。在这样的雾霾时代，我们的天空早已不再是灿若繁星，而是寥若晨星，每一颗星的结束，都应该是一个惊心动魄的事件。然而这些年里，我们遭遇了太多的死亡，就如朋霍费尔所言，我们已经非常切近地认识了死亡，死亡已不能让我们感到震惊。"从根本上说，我们感觉到，我们确实已经隶属于死亡，于是新的每一天，都是一个奇迹。要说我们欢迎死亡，那是假话。"生的意义依然存在，对生的眷恋才能凸显死的价值。"我们仍然热爱生命，但是我认为，现在死亡已不可能使我们惊慌失措。"当那些上升为星辰般的英雄人物悲剧般地结束了自己的使命后，接下来会是什么？我们在等待着什么？等待一个时刻吗？等待奇迹的发生吗？必须是这样，如果没有一个可资等待的时刻，没有一个可兹期待的奇迹，黑暗便无法度过，我们也无法继续生（而非仅仅"活着"）。这个无法预料的时刻，以及必定会发生的奇迹，其实是"我不知道"的。这便近似于一种祈求，"我不知道是谁越过榉树／长出蓬松长翼的手摸到一段陡岸"。不知道，是谁。但又是确定无疑的，因为这种祈求近似于一种神启，无论是谁，越过榉树——一种确然的人物和事件，然后是"长出蓬松长翼的手"，一个童话——这近似于上帝重临般的神迹。"长出蓬松长翼的手"，值得在此停留片刻。诗人发明这一意象时，大概也近似于神启，是天使们送来的礼物，而非诗人预先的准备，他／她只是接受这份恩典。这便是双重的神启——诗人得之，诗人说之。然后是"摸到一段陡岸"，一个具体的事件。而这一切的发生，依然是"在黑暗里。在黑暗里"。

让我们略作喘息，看看朋霍费尔会如何教导我们对待"在黑暗里。在黑暗里"这个严重的时刻。朋霍费尔认为，在此时刻，选择做一个悲观主义者是比较谨慎的选择，因为这无论如何都不会落空，但又太过不负责任。他鼓励我们去做一个乐观主义者，或者说一个悲观的乐观主义者。"乐观主义的本质在于，它不担心现在，而在别人都已心灰意懒的处境中，它却是灵感、活力和希望的源泉；它使人昂首向前，去争取自己的未来，而绝不把自己的未来交给自己的敌人。"这有些难，是一条充满信仰与辉煌的窄路，仿如当圣城即将被毁灭时，先知耶利米的呼告："在这片土地上，房屋、田地和葡萄园，还将可以再次来到。"当绝望来临时，必须克服这绝望，肩扛责任，将每一天当作最后一天来度过，直到希望的重临。"这是一切似乎都是最黑暗的时候，这也是神圣者预言并明证光辉美好的事物将要来临的时候。为了未来的人们而思索、行动，毫不畏惧、无忧无悔地承负起每一天——我们必须以这种精神在实际生活之中。勇敢而又坚持到底，这非常不容易，但这又是绝对必要的。"

重新回到这首诗，看看这首诗最终将我们带向何处，是否正如朋霍费尔所言，以一种乐观的态度，期待"光的重临"。

有人已经进入睡梦,我不知道

将发生什么,是谁又长出长翼。

"有人已经进入睡梦",这再正常不过,多数人会选择最舒适的姿势度过暗夜,守夜人永远是少数/异数。"平庸之恶"也多由那些装睡的人扮演。朋霍费尔在论述善与恶时说过,善的最危险的敌人并不是恶,而是愚蠢。因为恶尚可辨认和抵抗,而愚蠢根本无法防卫,因为"愚蠢根本不服从理性"。"十分肯定的是,愚蠢是一种道德上的缺陷,而不是一种理智上的缺陷。"也就是说,愚蠢是一种特定环境的产物,是后天形成的,而非天生的;愚蠢的人也可能是智力超群的人,是"精致的利己主义者",是一群"装睡的人"。仅仅是"装睡",做一个"沉默的大多数"问题还不大,可怕的是他们的人性会被利用,被收编,"一旦这些愚蠢的人交出了自己的意志,变成了纯粹的工具,他们就能做出任何最为罪恶的事情,但他仍然始终不可能了解这些事情是怎样的罪恶。在此,存有人性被恶魔般地扭曲的危险,它会对人们造成无可补救的损害"。"有人已经进入睡梦",我们必须确认,人有进入睡梦的权利,即便"我不知道将会发生什么",也不能阻止他人进入睡梦。同时,在辨认善与恶、善与愚蠢的同时,切记不可陷入对人性的轻蔑。一旦陷入对人性的轻蔑,人与人之间的关系就会变得窒息和干瘪,"一个人倘若轻视别人,他就不可能想与别人一起去做什么事情。我们所轻蔑的别人身上的缺点,至少在一定程度上,常常也是我们自己的缺点。我们期望于别人的,比我们自己准备去做的要多,这是怎样常见的事!为什么我们直到现在还对人性抱有这类高傲的看法呢?"在此一人性的陷阱面前,朋霍费尔呼唤一种宽容与信任的高贵品质,因为只有在我们确立了信任的地方,我们才能够"学会把自己的生命交托在他人手中"。"我不知道/将发生什么,是谁又长出长翼",这是一种规避了人性风险的高贵的期冀,高贵是因为在黑暗中依然充满了期冀,相信天使会来临,但又不一厢情愿地要求每个人都必须做天使;高贵是因为"有人已经进入睡梦",而"我"依然"不肯带着苦涩睡去",甘愿做一个充满期冀的守夜人;"高贵,是从自我牺牲、勇气,以及对自己、对社会的一种始终如一的责任感当中产生和发展起来的。它期待他人对自己的应有的尊重，也对他人表现出同样的尊重，不论他们所处的社会阶层是高是低。"一句"我不知道"，似乎带来了我们寻常所见的虚妄与迷惘，但接下来——

但我梦见，我们集体
给岛上的大雁唱一支圣歌。

这首诗一开始就写了，"而道路已经模糊"，我们也解释了诸种道路确已陷入困境的现状，但依然心有不甘，依然期待着这首诗能在最后给我们揭示一条道路。我很兴奋地在这首诗的最后读到了"我们集体"这个词，"我们"尚不足够，需要通过爱的关系组成一个相互团结的"集体"。唯有"集体"的力量尚可组成一个精神之链，带"我们"穿越黑暗。在黑暗中，"我们集体"能做什么？"给岛上的大雁唱一支圣歌"，啊圣歌！这是最好的选择吗？是我们可以立足的根基吗？"是谁站在自己的根基之上？只有这样的人——他的终极标准，不是在自己的理性、自己的原则、自己的良心、自己的自由或自己的美德之中，而是当他受到召唤，要凭着对上帝的信仰和绝对专一的忠诚，去采取顺从和负责的行动时，他准备牺牲上面那一切。这样的人是力求使自己的整个生命，成为对上帝的问题和召唤的一个响应。"透过朋霍费尔的心灵，我们确信，"我们集体"所唱的那支"圣歌"，也许就是"对上帝的问题和召唤的一个响应"；我们终于找到了这样一条道路——这是一条上升的道路，一条免于虚妄的道路，一条接近神性与终极信仰的道路。

池凌云并非一开始就确信我们能够找到这样一条进路，事实上，她的内心也是充满惶惑的，只是这惶惑中又有一根乐观的、倔强的、努力朝向光的脊柱。我们在她的一些诗里也能时常听到这种战栗与不安，比如仅仅几声蛙鸣：

好像在告诉我：
已经到了严重的时刻！

但我听不懂它们在说什么,
它们遭受了什么。
是什么正在降临,
会有什么要降临。
——《泽雅山上的蛙鸣》

她预感到了某种时刻的降临,关键是,她依然相信要降临的不仅仅是灾难和末日,也许还有光明和希望。为此,她会不停地为自己打气,对每件事、每个人都充满信任和希望,努力赞颂这"残缺的世界":

我不知道还会遇到什么?
我的黑房间,每天都有一个新的声音
提醒我老了,我已失去力量。
每一天我都对自己说,我要勇敢些!
遇到任何事都别惊慌,
爱人离开,也别惊慌。
——《黑房间》

……伤害依然存在。而仅仅一阵微风,
让我们重返梦中,那一刻
我几乎原谅了这世界所有的不堪!
——《我几乎原谅了这世界所有的不堪》

在这严重的时刻,诗人能为我们带来什么?除了预报灾难的来临,诗人还能为我们带来希望吗?诗人不仅仅是预报灾难的孩子,她/他应该还是召唤天使重临的光明的使者。他应该有爱与美的能力,有宽恕和确信的能力,能够带给人们信心,能够"原谅这个世界的所有不堪"。在处处皆是深渊、随时会遭临虚无的时代,朋霍费尔也发出过类似的疑问,他在《我们仍然有用吗?》一文中说:

我们一直是种种罪恶行径的沉默的见证人。我们的头上已经滚过了许许多多的风暴。我们已经熟悉了欺诈和模棱两可的讲话技巧。经验使我们怀疑他人，使我们丧失了开朗和坦率。痛苦辛酸的斗争，已使我们困倦消沉，甚至玩世不恭。我们仍然有用吗？我们所需要的，不是天才，不是玩世不恭者，不是愤世嫉俗者，不是机敏的策略家，而是真挚的、坦率的人。要使我们能够找到重返纯朴与真诚的道路，我们的精神包容量足够充分，我们自身的正直足够问心无愧吗？

朋霍费尔的用意似乎在于，不必纠缠于"我们是否仍然有用"，关键是"要使我们能够找到重返纯朴与真诚的道路"。只要我们还能重返纯朴与真诚的道路，我们就还能够有救。重新回到有希望的道路上来，"生活在细节中"，不要失去生活和爱的能力，不要被深渊吸引。唯有爱和信心，才能够带我们走出"在黑暗里。在黑暗里"的时代雾障。池凌云的大部分诗作，仿佛她尘世的祈祷词，她依然拥有爱与回忆的能力、美与善的祈望，就像她回忆"1986年夏天的某个夜晚"时那样：

我的红色连衣裙在自行车轮子上飞舞
一度像黑夜里的霓虹。
我偶尔用手压一压飞得过高的
裙角，暗叹一路的流水
把我引向不可知的命运。
　　——《1986年夏天的某个夜晚》■

发明一个亲爱的　　池凌云研究集

> 让枯萎长高一点,再去收割。
> 让接骨木,接住渴念死亡的沟槽。
> 让灰色的嘴唇独自言谈。
>
> 让天黑得晚一点,草木在地上画出颜色。
> 让泉水带上微光,经过绝望的黑洞。
> 让笔锋站立,刀斧自己出门。
> ——池凌云《让枯萎长高一点》

这首短诗是池凌云诗歌创作中的一首卓越之作。这里所谓的"卓越"是基于时代性和个人言语独特性的淬炼,同时也基于当下生命境遇的某种突破性表达。正如德里达在论及保罗·策兰诗歌时所说"它们(策兰诗歌)将成为标记语言的事件",在当代汉语诗歌的表达中,这样的语言,这样直抵生命根基的诗句,也足以成为标记汉语诗歌表达的"事件",这样的诗句,第一次读到,便被深深震撼。虽然它们本身造就了一种修辞学上的奇观,但我并不打算拿语言在修辞学上的效用去诠释它,因为它的每一个句子背后,站的是穿过整个时代的重负而来的高贵心灵。它的决绝,导出的是从卑微的生命处境中自然涌出来的光——那不歇的生命意志。它是弱小、卑微的个体面对死亡,面

不屈的精神之骨
——池凌云诗歌《让枯萎长高一点》释读※

阿甲

※ 此文未公开发表。

对强大的世界，面对僵硬的权力话语系统的一次"祈求"，但同时也是"一个在文化上只造就死亡，或被死亡文化所消费"（阿多尼斯语）的时代里一次不屈的"樱犯"。尽管它以谦卑的喃喃之语说出，但仍具雷霆之势。

让枯萎长高一点，再去收割。

一个祈使句，没有过渡和铺排，破空而来，一下子就定出了作品的主题基调，并且，叙述主体和应和者同时被带入语言现场的决绝之地，"让……"也使叙述主体的音调和姿态显现，那是"祈求"的姿态，低处的弱者的姿态，同时也昭示了被"祈求"对象的强大和不可抗拒。是"祈求"，是被剥夺中的最后的挽回。"让枯萎长高一点"，"枯萎"是一切卑微之生过早失去鲜活之容后的基本样态，因为生之根基已贫瘠，各种风雨日常性的耗费又在不停地剥蚀侵蚀，因为一切最底部、最根基处的生命已无法对抗，无法保有自身天然的鲜活之容。他所面对的对手太强大了，所以"让……"，是"祈求"之声，是没有退路者最后的"祈求"。但这时一个反向的词语出现了，"长高"，悖论式的塌陷中的"生长"，挽救了最后的生之尊严，这是处于苦难之地的心灵卑微之中依然葆有的倔强，是失败而依然不失盾牌的生命态度。"再去收割"，是一种无畏的释然，因为死亡，或除了死亡之外，你不可能拿走更多。"让枯萎长高一点"，是"枯萎"宿命般不可避免与"长高"这生命意志不甘就范的对峙，也是苦弱生命绝境里的呼告，让那种柔弱的"向死而生"的生命意志达到极致。一个内心如何一次次"先死"过的人，才能配有这种绝望；一个精神世界如何严厉的人，才能把自己一次次置身于受难的天台。

让接骨木，接住渴念死亡的沟槽。

"接骨木"，多么神奇的名字，像弗里达·卡洛碎裂后被拼接起来的脊椎骨，它是过于强盛的生命意志投放到生之险境后的一种生命景观，是厄运也奈何不了的挑战之姿。它"接住"的是碎裂的脊椎：那

"渴念死亡"的不屈之骨,"沟槽"是断裂,是无法抚平的伤痕,尘世的苦累和精神的难耐,造就了这种对"死亡"的"渴念",因为死是解脱,死是放下一切生之重负。"接骨木"的出现,是一种精神支撑的"现身","接骨木"让生命之流继续涌动,让"沟槽"那精神苦累中的裂痕得以支撑。但精神的"接骨木"并非在自然生命中天然地葆有,它要从精神的根基处"培养"并"成长"起来,而苦难是它的生长基,所以西蒙娜·薇依说"受苦是这个世界的积极品质",正是因为苦难会在绝境中催生这种精神之骨的成长。"接骨木",同时又是多么神奇的一种植物,它在诗歌星空中闪闪发亮。仿佛某个具有相同"精神血缘"的诗歌家族成员之间的接头暗号。它联结着俄罗斯"白银时代"那些星座般灿烂的名字:茨维塔耶娃、阿赫玛托娃、曼德尔施塔姆、帕斯捷尔纳克。茨维塔耶娃在名作《接骨木》中写道:"那些小小的浆果竟比毒药／更甜蜜。怎样的颜料在融化／那种红布,漆蜡和地狱的／混合,无数念珠的闪光／鲜血被烘烤时的气味。"这里,"接骨木"已成为茨维塔耶娃自身命运的一种指称,它黑红色的饱满浆果,是"鲜血被烘烤的气味",是生之充溢对死亡古老的"渴念"和超越。布罗茨基曾盛赞茨维塔耶娃的精神品级,称她为"穿裙子的约伯",那是任何苦难和厄运都摧折不了其坚韧的精神信仰的约伯,是在绝境中不迁怒于命运依旧抱有爱和希望的约伯。在池凌云身上,自俄罗斯诗歌家族而来的这种教益和滋养尤为深厚,她也曾为此精神的相遇写下诸多感人的诗篇,她的气质禀赋里,这种精神的无畏和纯粹,又多么接近于她俄罗斯的精神前辈,诗人就是见证时代,为所有不幸者、苦难者发声的歌者,她的一系列诗歌正在成为俄罗斯诗歌家族远东的一个精神支脉。

让灰色的嘴唇独自言谈。

在这里,诗人还在"祈求","灰色"是那失却鲜活之容的甚至失却性别的一种生命表征:是营养不良、是困顿、是黯然,也是整个时代搅拌成的一种失去防御和自我绽放能力的生命样态:是从根子上席卷过来的深深厌倦和疲倦,因为它失却了那涌自生命的血,"灰色"是一种"失血"的生命样态。"独自言谈",又是对这种"失血"样态的超越和不屈,"言谈"意味着发声,意味着对"沉默"的打破,因为"沉默"在许多时刻,会被认为是屈服和默认。而"独自",是没有应和者时,自己说给自己,也是生命态度的敞开,正如池凌云在另一首诗中所说:"你是独自抑制黑暗的人,你为你将要说出的一切而活。"在这里,诗人好像背负时代的重负,始终保持诚实朴素的心,"保持对弱的低语的忠诚,让自己的声音一直与那些饥饿和艰难的声音在一起"。追寻"正在失去的事物中那些永不消失的东西"。诗人就是要诉说那艰难的光亮,即便是已"失血"的,"灰色"的嘴唇。

让天黑得晚一点,草木在地上画出颜色。

"天黑"是光亮的消失,是将浸入"覆没之地",但这里"天黑"不是自然生命节律中的"天黑"或死亡,它是"非自然状态",因为一切生命样态未及自然长成,未及绽放出生命自身的光亮,所以这种摧折了生命光亮的"天黑"是真正的"覆没",没有回声和光亮的万劫不复之地,是没有拯救的真正"漆黑"。"草木在地上画出颜色",多么惊艳的一个诗句,生之鲜活之容既已被夺去,余下的便是疲倦厌倦的生命之"灰",当"草木"众生的自然光亮和色泽已经不能昭明,"活"不出来的时候,在"地上画出"那种光亮和"颜色",是绝望中最后包裹着的自我拯救,那甚至不是梦想,因为梦想是外在的渴望达到的理想之地,在这里,只是让"草木"恢复到"本然之态",但这种本然的样态都被剥夺,成了难以抵达的梦想之地,"草木在地上画出颜色",那是"祈求"枯死前,让生命拥有一次属于自身的光亮,那是最后的泪水绘出的图画。

让泉水带上微光,经过绝望的黑洞。

最后的泪水就是一种拯救,绝望也不能阻拦泪水的奔涌,"泉水"意味着清澈和无辜,《易》"蒙"卦曰:"山下出泉,蒙。""蒙以养正,圣功也。"拯救和希望都是不易的,因为从来都不存在未经历过心灵深渊的所谓"拯救",这种从生命绝境中历练出、最终决出的"泉水",

才有可能是清洁的生命触到的拯救之源,是从苦难中涌出的"微光"。它已经突破山体的重压,从"绝望的黑洞"中涌出,带着自身的光亮。诗人,永远置身于垂死的语言遗产中,只有在自身鲜活的肉身生命中重新"经验"它,"唤醒"它,他才能成为诗歌语言的"领受"者,但一个词语真正要带上一个诗人的"指纹",则需要从最卑微的生活开始,从低处、生活难耐之处开始,从"语言破碎"之处开始,在精神之火难挨的炙烤中,铸就一种诗歌语言的"新躯体"。这点上,池凌云无疑是极为出色的,整个时代的诗歌景观中,充斥着大量的轻薄的"才情之诗""知识之诗",那种用于廉价的审美消费之诗,唯独缺少那种担负并穿越了整个时代命运,具有坚硬的"精神之核"的,从个体生命的受难之地长起来的诗歌。这样的诗歌,注定不能被"消费",这样的诗歌,是邀请,也是责难。

让笔锋站立,刀斧自己出门。

"笔锋站立",是见证者的真正挺立,她已经经历了那种绝望,经历了那种心如死灰之境,当死亡也不能夺走更多时,她才能成为一个真正的见证者,因为她已经克服了身上所有的装饰,所有多余的东西,甚至死亡。最后所剩余的东西,是精神不灭的东西,是从生之尊严中决出来的"遗产"。这"遗产",必须穿过"枯萎",穿过"死之渴念",穿过"灰"色疲惫的生命样态,穿过泪水"画出的颜色",穿过"绝望",而抵于不可磨灭的精神台阶前,是人的绝境,同时也是精神的高峰。"刀斧自己出门",那外来的和自己挥向自己的,在"站立"的笔锋前,都被破掉,失重、失效。因为已经没有东西伤得了那更为久远的精神之光,它来自人类高贵的根基。

海德格尔在《诗歌中的语言》一文中这样写道:"每个伟大的诗人都只出于一首独一之诗来作诗。衡量其伟大的标准在于:诗人在何种程度上被托付给(anvertrant)这一独一性,从而能够把他的诗意道说纯粹地保持于其中。"这首精神之火似乎即将燃尽的心灵难耐之作,有点接近哲人所说的那种将"诗意的道说纯粹地保持于其中"的"独一性"气质。这首只有六行的诗歌集中体现了池凌云诗歌写作的诸多精神母题：关于受难与生命的尊严，关于破碎的现实与见证者的良知，关于在极度贫乏的绝境中依然葆有的爱的能力。它似乎通过诗人黯淡的口在向整个时代发声，而贯穿于作品背后的是当代汉语诗人中极为少见的诗歌写作中情感的真正纯粹和精神世界的严厉。它以委婉的语调说出，六个祈使句一联到底，有一种断崖般密集逼仄而不容喘息的陡峭，但弥漫而出的却是大地般宽广的救赎之力。这是一首极度的"绝望之歌"，但它艰难捍卫了精神之光；这是一首决绝的"向死之歌"，但它时时指向生之尊严；这更是一首末世的"挽歌"，但它的曲调已越出时代的围栏，在精神的高空搭建。∎

发明一个亲爱的　池凌云研究集

我无法描绘一棵树
它的憧憬引来永无终结的风
所以,到一棵树中去。

我不了解毫无保留的枝杈
那绿色,像要记录下什么
所以,到一棵树中去。

要医治一天的扭曲和贫乏
轻易就熄灭的火,被一个念头捆住
所以,到一棵树中去。

它比我看得更清楚——
生命之美深藏于根须和落叶
空气和土壤互相唤醒,获得新的素质
所以,到一棵树中去。
　　　　　　——池凌云《到一棵树中去》

池凌云是一个拥有强大的内在力量的诗人,她的许多诗说出了生

《到一棵树中去》点评※　　　　　　　　　　　　　　　　西渡

※ 西渡编:《诗歌读本》(初中卷),桂林:广西师范大学出版社,2010年版。

命、大地和宇宙的秘密。这也是一首说出了秘密的诗——这是一个诗人和一棵树共享的秘密。树木拥有一种神奇的力量，它自处卑微的地位，把空气、土壤和阳光转换为生命之美。在这一创造的过程中，树木体现了一种非凡的坚韧，无论在何种情形下，它永远屹立不动，忠实于它所扎根的大地，也忠实于自己的命运。在这首诗里，人的世界和树的世界是在一种强烈的对比中呈现的。人的世界充满了扭曲和贫乏、短暂的热情（"轻易就熄灭的火"）和无谓的执着（"被一个念头捆住"），因而远离了生命之美。树的世界正好相反，它扎根土壤，和永无终结的风互相呼应，而且总是毫无保留地献出自己，因而体现了生命本质之美。所以，诗人反复向读者发出呼唤：到一棵树中去。这一反复也赋予了诗歌稳定的节奏和速度。

就诗的构思而言，诗人先从两个否定性的陈述起笔（"我无法描绘""我不了解"），然后迅速地引向一个不容置疑的结论（"所以，到一棵树中去"）。在头两节中，这种肯定和否定处于一个相持以至对峙的状态，到第三节，否定性的力量开始退场，变成了一种积极的"医治"，最后以对树木生命之美的赞颂结束。构思严密而表达精当准确，毫无多余的修饰成分，达到了高度凝练的状态。

事实上，树木所拥有的品质也正是诗人所有的。诗人正是依靠一种类似树木的坚韧，从艰难的生活中成长起来，不断丰富自己的生命，同时把爱和温暖带给一个并不总是美好的世界。诗人的成长过程体现了一个类似树木把阳光、土壤和空气转换为生命之美的过程，其中蕴含着真正的力量和尊严。■

发明一个亲爱的 池凌云研究集

富于歌唱的银色的雨
锦瑟的心。唇的
吟诵，改变着一棵静止之树。

你的月亮追过白桦林
拨弄松的细枝。我竟会以为
是大提琴扬起她的秀发
她的眼神胜过菊花。

我看见她不会走动的黑色腕表
向她倾斜的肩。他们的笑容
都有挥向自己的鞭痕
这痛苦的美，莫名的忧郁
没有任何停顿。

只有白色的弦在走动
它们知道原因，却无法
在一曲之中道尽。

《雅克的迦可琳眼泪》点评 ※ ——————— 西渡

※ "中国好诗"栏目，中国诗歌网，2016年10月24日。

遥远的雅克的迦可琳

这就是一切。悲伤始终是

成熟生命的散步。提前来临的

消逝,拉住抽芽的幼苗

正从深处汲取。

——池凌云《雅克的迦可琳眼泪》

诗和音乐的关系一直是诗学中的一个大题目,两者曾经同源一体,后来逐渐分道扬镳,同时又彼此向往。诗人常常从音乐中汲取灵感,音乐家则从诗中得到启示。这是因为它们都是表现人类情感的艺术形式,具有内在的一致性。池凌云曾说:"诗歌在被写成之前,诗人的心中总是有一种旋律,哪怕是苦楚的磕磕碰碰,因表达的艰难而断断续续的语言节奏,也会有相应的一种旋律。"这和瓦雷里的看法惊人的相似。这首诗就是诗歌从音乐得到启示的极好例证。

《雅克的迦可琳眼泪》是奥芬巴赫著名的大提琴曲,音乐表现爱情失意的悲伤,旋律哀婉动人。这首曲子最有名的演奏者是英国大提琴演奏家杰奎琳·杜普蕾,她以自己高超的演奏艺术和悲剧的身世进一步赋予了这首曲子一种命运的神秘(作曲家叫雅克,演奏者叫杰奎琳,曲名叫《雅克的迦可琳》,难道不是某种神秘的天机吗?)。这首诗,一方面呼应着乐曲的悲伤主题,另一方面也向这位为音乐而生的演奏者表达了深情的敬意。诗的第一节表现诗人的听乐感受,静止之树可以看作诗人自身的隐喻。第二节,"你的月亮追过白桦林/拨弄松的细枝"可以说是对乐曲中缠绵情意的意象表达。接下来,便出现了演奏者的形象:"大提琴扬起她的秀发/她的眼神胜过菊花。"第三节的人称变化,把乐曲所表现的悲伤变成了人类的普遍命运:"他们的笑容/都有挥向自己的鞭痕/这痛苦的美,莫名的忧郁/没有任何停顿。"第四节进一步深化了音乐(诗)和人类命运的主题。"白色的弦"尽管对人类命运有深切的同情,但即使它们也无法道尽人类的悲伤。第五节回到悲伤主题:"悲伤始终是/成熟生命的散步。"接下来是一个奇特的动态复合意象:"提前来临的/消逝,拉住抽芽的幼苗/正从深处汲取。"幼苗尚在抽芽,"消逝"已迫不及待地扑在它的身上汲取，这就是所谓向死而生的命运，生命的一切美好、无奈、艰难都在其中了。

  这首诗的语调婉转动人，具有明显的音乐效果。但诗人并没有采用一望可见的外在的音乐性形式，而是用活泼的口语、灵活多变的句式、长短行的交错、人称和意义的变化来达到一种综合的旋律效果。这个效果是有意义参与其中的，它本质上是语言的，而不是纯声音的。说明诗人对诗歌和音乐表达手段的异同有非常自觉的认识。实际上，尽管诗和音乐有内在的一致性，但因为表现的手段不同，诗的音乐和真正的音乐区别甚大——诗人永远需要记住，诗的音乐归根到底是一个比喻——简单以诗的手段去追慕音乐的效果，永远也不会完全成功，反而有失去诗的音乐的独立性的危险。■

发明一个亲爱的　池凌云研究集

在孤独中入睡，在寂寞中醒来

上帝知道你是什么样的人，玛丽娜

你从贫穷中汲取，你歌唱

让已经断送掉的一切重新回到椅子上。

你把暗红的炭火藏在心里

像一轮对夜色倾身的月亮。

可是你知道黑暗是怎么一回事

你的眼睛除了深渊已没有别的。

没有魔法师，没有与大海谈心的人

亲爱的，一百年以后依然如此

篝火已经冷却。没有人可以让我们快乐

"人太多了，我感到从未有过的寂寞"

为此我悄悄流泪，在深夜送上问候。

除此之外，只有又甘甜又刺痛的漆黑的柏树

只有耀眼的刀尖，那宁静而奔腾的光。

——池凌云《玛丽娜在深夜写诗》

池凌云（1966— ），浙江温州人。我倾向于把《玛丽娜在深夜写诗》（2009年）视为对话性自传。看过不少诗人写给其他诗人的诗，往往不能把握好对话的尺度。这首诗给我印象深刻的地方在于，其中没有对大诗人的盲目崇拜，也没有不加节制地施舍同情，而是发自内心的敬重与赞美，以及对写作对象的深入理解与高度认同，这是两颗心穿越时空的交流，是迟到但感人的抚慰。一句话，作者确实把写作对象写成了自己的朋友，作者也因此成了写作对象的知音。全诗节奏自然、语调深情，恰切地成就了这对诗人知音。

很显然，此诗前九行是对写作对象的描述。这样的描述内在地包含了对话，或者说这是一次毫无分歧的对话，以至两个诗人的对话变成了一个诗人对另一个诗人的描述。在后六行中，作者把对方直接称为"亲爱的"，随后把自己与对方合称为"我们"，只有两个人的"我们"，这两句也因此成为"我们"重合度最大的部分。所谓"篝火已经冷却"正是渴望已经冷却，"没有人可以让我们快乐"，这是很清醒的句子，它表明如今不快乐，此后也无快乐可言，也就是说，对快乐的渴望已变成绝望，生活从此失去了对他人的期待，并任由自己陷入无边的寂寞当中。"人太多了，我感到从未有过的寂寞"这句引诗非常动人，人多与寂寞加深形成了巨大张力。此句音调很低，接近内心独白或自言自语，因此保证了它的真实性和感染力。正是在这个地方，两颗寂寞的心叠合在一起；正是在这个地方，两个诗人的对话变成了作者的自传。可谓"同是天涯寂寞人，相知何必曾相逢"！独特的是，一个在深夜阅读的诗人找到了多年前一个在深夜写诗的诗人，并使她写下此诗，她要把流出的泪，涌动在心中的问候送给那个让她流泪写诗的人，不管对方是否还活在尘世。这种不顾一切的"送诗"行为当然体现了一位诗人对另一位诗人的友谊，同时也体现了作者自身的寂寞。就此而言，这首诗具有复调性，或者说存在着友谊与寂寞的双重主题。

此诗还存在着一个"没有""只有"的结构："没有"的是想要的生活，"只有"的是不想过的生活。更确切地说，"没有"快乐，"只有"寂寞，可以说这个结构不仅强化了主题，也强化了理想生活与现实生活的巨大反差。接下来的一个问题是，当作者如此体谅一位异国诗人时，谁来体谅她自身的寂寞呢？■

发明一个亲爱的　池凌云研究集

每一次我从医院门口经过
总是低着头,眼睛躲避着别的
被疾病折磨的人。

为了乞讨,残肢者露出结痂的伤口
畸形的躯体,趴在地上,
他们身边都有一个放零币的碗。
在去往医院的路上
我也无力。有一些疾病
需要赶走灵魂,躯体才能健康。

我一次次赶灵魂,不去看比我更痛苦的人。
看到他们,我的痛和孤独会加深。
而我能承受的已经有限。我关闭自己
测量这卑怯……骤然而来的沉默。

我感到羞耻。身后,他们早已消失,
没有人知道我的贫乏——这难以完成的
苦涩有限的爱。
　　　　　——池凌云《赶灵魂》

《赶灵魂》点评　　　　　　　　　　　　　　　　崔勇

※ "好诗赏读"栏目,中国诗歌网,2017年12月27日。

诗人拜伦有一次对来访的朋友说："我宁愿死于痨病。"因为"女士都会说'看看可怜的拜伦吧，他弥留之际显得多么有趣啊'"。对于诗人，尤其是浪漫主义诗人来说，日常生活的乏味是比疾病更难堪的存在。苏珊·桑塔格提醒我们："每一个降临世间的人都拥有双重公民身份，其一是属于健康王国，其二则属于疾病王国。"而在很多文学艺术作品中，"疾病本身一直被当作死亡、人类的软弱和脆弱的一个隐喻"。

上面这些来自桑塔格《作为疾病的隐喻》一书中的言辞，都可看成是为池凌云这首《赶灵魂》准备的。诗歌一开头就写了一出特殊的场景：在医院的门口，她遇见了那些被遗弃的人，这是一个残损者的世界，在一般情形下，它与健康的世界是隔绝的。事实上，医院的存在一方面是为了对疾病给予治疗，另一方面也是为了把疾病的世界与健康世界加以隔绝，给健康的世界以表面的镇静。一个健康的人进入医院，就是进入那个被隔绝的疾病王国，他的身心都受到了扰乱。诗人由此对那个表面光鲜的健康王国产生了怀疑——那个世界的存在是以疾病王国被强行隐匿为前提的——她对自己的健康也产生了怀疑：我是健康的吗？我的躯体也许健康，但我的心灵同样健康吗？诗人意识到，自己实际上属于眼前这个疾病的王国，因为她的心灵和这些残损者一样，也是残缺的。一次次，"我"为了向别人展示自己的健康，也为了向自己隐瞒心灵的病情，而不得不把灵魂赶走："我一次次赶走灵魂，不去看比我更痛苦的人。／看到他们，我的痛和孤独会加深。／而我能承受的已经有限。我关闭自己／测量这卑怯……骤然而来的沉默。"

"不去看比我更痛苦的人"，是一种心灵的缺损，但是去看却意味着承担难以承受的存在之重。这一方面固然是痛苦的景象本身将刺痛我的神经，更重要的是，它将使我意识到自身的残缺，"我的痛和孤独会加深"。"我"不堪承受，所以关闭自己。"我"意识到这是一种卑怯的行为，所以有"骤然而来的沉默"。这沉默实际上是来自灵魂的拷问。

事实上，灵魂一旦触及，就不可能被赶走，而是"赶来"了。在灵魂之眼看来，每一个乞讨者似乎都在对她说：我就是你，我的病就是你的病。诗人本能地看到了她亦不过是一个"露出结痂的伤口"的乞讨者——池凌云这样的诗人,几乎每一首诗歌都是她魂灵的结痂的伤口,她的每一次书写,都不过是一次伤口的裸露。正因如此,她对那些残损者所承受的生存之痛可以说有着感同身受的理解。诗人感到了爱的"难以完成"。作为凡人,我们只能献出一种"苦涩的'有限的爱'",而那更大的爱是艰难的事业,凡人几乎难以承担。

这个诗人,或许还没有完成她的爱,但她已经可以凝视深渊。这首诗呈现了诗人对自身心灵的拷问。诗人没有给予残损者廉价的同情,以显示自己的高贵和慷慨,而把自己放在和残损者同等的地位。同时,一种界限也是分明的:我无法上前拥抱这些乞讨者,甚至拒绝去看。而正是在这里,诗人显示了可贵的诚实。我们都需要爱,渴望爱,但又无力去爱。这正是人的真实处境。在这一爱的匮乏的处境中,我们都不是无咎之人。但诗人至少已经正视了人间的苦难,把隐藏的疾病王国显露在我们眼前了。

再往前一步,这一诗的见证,也许将成为通往爱的途径。■

发明一个亲爱的　池凌云研究集

> 只有笼子里的鹦鹉在观察她
> 花了一生长出的尖嘴闭拢,端庄
> 而恍惚。这是湿润的月份
> 鹦鹉不说话已经很多天了
> 它明白一个人不能同时拥有两个世界
> 它无法使她相信自己所说的话:
> 大地在腹部以下,而流水一直在天上
> ——池凌云《它,或她》

语言行为的一大功能在于最大限度地突出词语,获取语言的物质成果。这也是诗人写作心理的某种内在倾向。从这个意义上说,诗人同时生活在两个物质世界中,语言的和非语言的。前者虚幻而撩人,后者真实而粗鄙,两者永不停歇地撕扯着诗人,犹如某种古老的刑罚。

池凌云这首诗就是这种刑罚的产物。"鹦鹉"无疑是语言世界的缔造者,这个"笼子"里的世界只关乎语言的真实性,而漠然于"笼子"外的那个世界。悖论在于,语言的提供者恰恰是"笼子"外的"她",构成笼中世界的材料来源于与之敌对的一方,因此这里面有某种微妙的反讽。

此诗最主要还是传达了一种经典的忧郁,即分身乏术。"鹦鹉"在

《它,或她》点评 张典

※ 此文未公开发表。

"湿润"的天气里"不说话",是因为明白作为一个人的"她"不可能走进用语言自设的笼中世界进而取代"它",也不可能相信由自己说出并由"鹦鹉"传扬的那些游离于"她"所凭附的那个世界的语言。也就是说,她并不信任它。当写下的诗篇自成世界,诗人却离它而去。

无须探究最后一句可能蕴含的幽邃用意,但一眼就能获知作者内心的诗便是这种反世界的语言建构。只是,一个人确实不能同时拥有"两个世界",但同时生活在"两个世界"还是可能的,因为诗歌的秘密,就在于能派生出许多个不同世界中的自我。■

第四辑

诗人访谈

发明一个亲爱的　　池凌云研究集

回地：你的这本暗红封面的诗集，环衬漆黑，朴素庄重，有洁白的内里。从第一首《辜负》到《遗失的旋律》，再到最后一首诗，我感到一种挽歌气质渗透于许多诗行：你似乎在创造一种我们时代的挽歌，以你自己的音高、语调和速度："和我一起吟唱吧，破损的／琴弦，弹出深褐的暮色／这残余的一天还未结束／故事已陈旧，痛带来的景象／却是全新的——作为中年的赠礼。""只有风，河流，石头是纯洁的／只有它们与消失的名字对称。""而每一根白发的另一头／都连着一个亲爱的人／他们是复数，也是单数。"在《肖像》一诗中，你写道："……如果涌出泪水／那是盐并不了解我们。爱的运动／是残酷，是不断地丧失／就像一切从来没有发生过。"请问你怎样定位自己的诗歌？你如何处理所处时代与诗歌写作的关系？你是否认为一个诗人生活于多重时代之中？

池凌云：为了回答你的问题，我重新拿起这本暗红的诗集。"挽歌"这个词也让我心惊，你是第一个这么说的人，值得我反思。凯尔泰斯说："最令人恐惧的未知因素是：自我。"对于我来说，写作的过程，其中重要的一条，也是对自我认识（或提升）的过程——我们对生命的了解总是太少，因此，我对一切抱有好奇，我看到的东西总是有它全新的蓬勃的一面。我也感觉到无处不在的忧伤的旋律。是的，经过我们的日子，有赞歌，但最后必定是一曲挽歌，这是每一刻的告别所决

池凌云访谈录　　　　　　　　　　　　　提问者：回地，诗人，《低岸》主编

※ 池凌云：《潜行之光》，武汉：长江文艺出版社，2013年版。

定的,也是我经历的这个时代和我的生活所赐予的。一个诗人,除了要唱出自己内心的歌,还要替那些无言者,甚至是失踪者唱出秘密的歌。我肯定还没有达到这一点,但是我对那些紧闭的嘴唇印象深刻,那些从被迫关闭的嘴唇中永久遗失的话语,一直是我最珍视的东西,我甚至对它们充满了亲人般的感情。我留恋过往的一切,那些曾经伴随我们生命的,不管幸与不幸,都是一种恩赐。我难以抑制地要去感叹:个体生命的渺小,和精神可以达到的那种伟大。我常常把自己看作一个生活的收藏者,但我能保留的很有限,于是"惜别"成了一种常态,这是我的低音区。我也有发出高音的时候,为了那值得赞美的一切。米沃什说:"一位作家最重要的一项工作,就是向读他作品的人,展示出一个能使其生活变得更热情的空间,亦即使我们免于像银河一般的死寂。"所以,我也在写作中不断修正自己。

《遗失的旋律》是写给一位诗人朋友的,他的生活经历了一些变故,对亲情的依恋成为一种折磨,半年之间白了头发,"而每一根白发的另一头/都连着一个亲爱的人/他们是复数,也是单数",我很能理解其中的滋味,除了给这位没见过面的远在大洋彼岸的诗人道声珍重,无法再做些什么。

"……如果涌出泪水/那是盐并不了解我们。爱的运动/是残酷,是不断地丧失/就像一切从来没有发生过。"这是我《肖像》一诗中的句子。该谢谢温州的诗人马叙,我是在看到他的钢笔肖像画之后写了这首诗。那是一张包扎着白色绷带的脸,眼睛和嘴都被绷带覆盖。这不是我们自己的脸吗?而泪水流出得还是太容易。

我对我自己的诗歌不想做出"风格类型"的定位,定位也是一种桎梏,我需要另一种可能性,以及更多的可能性。或许这只能是一种愿望,不过我愿意去尝试。但我有自己喜欢的趣味。趣味很重要,对作品和人都是如此。我还希望书写的内容必须忠实于自己的心灵,忠实于"饥饿"的事物,那是言说之根。不知这些话可否理解为我对诗歌的某种定位?

写作无法脱离时代,不管是什么风格类型。每一步行走,我们的脚必须实实在在踏在生活的土壤上。即使是很内心的、个人化的作品,也与这个时代有关。个人形象后面的巨大投影就是时代的一部分。我看重直接言说的能力,我所写的有关甘地和六月记忆一类的诗,就是这种作品。这是我的位置和态度。一个诗人可以保持沉默,但是不能没有立场。我们这个时代,充斥了"帮闲"的和自恋狂式的写作,它们是飘浮的尘埃,很容易随风吹散。真正的写作,需要在场者的良知和写作者的洞见,并以此为阶梯,触及更高的"人类文明"的大主题。但无论什么主题的写作,都必须具有文学的审美价值,这是写作维护自身尊严的前提。

诗人应该生活在多重时代中。我理解,这就是艾略特所说的历史感。一个诗人如果仅仅关心当下的、与我们有利害相关的事物,他的精神必定是单薄的。事实上,诗人需要不断丰富自己的心灵。诗人的鼻子应该能闻到另一个时代的蜜汁和血腥,能想象那些黏稠刺目的液体。历史感造成了一条秘密的自由通道。对历史的纵深感,对远去事物的在场感,对未来的预见性,是一个好诗人的必要禀赋。很多人强调经验对写作的重要性,对我来说,另一个词同样重要,那就是"未来",或者说"未知"。写作不仅是经验,也应该是对未知事物的探索和辨认。这也特别吸引我,可能我的写作中还没有充分显示。我在组诗《偶然之城》中作了一些尝试,以后还会作更多的尝试。

回地:哈罗德·布鲁姆认为:"诗的力量的定义之一:它把思想和记忆十分紧密地融合在一起,以至于我们无法把这两种过程分开。在一首具有真正的力量的诗的写作过程中,作者有可能不回顾一首更早的诗吗,无论它出自他本人还是别人之手?"你怎样看这一问题,以及怎样看诗歌写作的"原创性"问题?

池凌云:你的问题一个比一个厉害。应该说,每一首诗的写作都是不一样的,一个诗人在一首真正有力量的诗的写作中,我觉得不只是回顾一首更早的诗,而是回顾自己的一生,已经过去的,与即将到来的,"我"是在我的历史的某一个时刻中,但这个时刻不是孤立的,它关联着过去和未来,甚至通向起源与结束,没有止境。那样的情境让人有神圣感,也有巨大的虚无感,只有紧紧抓住这个无限的"我",让这个"我"挽救现实的我。这也是写作的意义所在。

关于原创性,我想这是一切艺术要追求的。诗歌的原创性有点不好说。我更愿意把每一首好诗都看作心灵共同的产物。我觉得应该用独创性或者探索性描述更合适。语言上的足智多谋也还不算原创性,语言也可以常常花样翻新,新的很快也可以变成旧的。而在主题方面,有些几乎是永恒的主题,这些都不构成醒目的原创性,除非有《神曲》《杜伊诺哀歌》那样的作品问世。在这样的情境下,我觉得能有独创性与探索性也是可贵的,这也是我评判一个诗人是否优秀的一个标准。在艺术上得到充分训练的前提下,独创性与探索性的持续发展,并与作者本人的精神气质、生活现实契合,就是诗人成长的可能之道。

回地: "到处都有漆黑的房间,安放／预言和酣睡——火焰在水晶中冷下来／去一个空寂的村落,在深夜点灯——／刀鞘中藏起锋刃,黑色泥土中合拢花。""水晶"的意象,是你诗歌中反复出现的,还有"火焰",你的许多诗,有一种令人着迷的魔法气质。你认为是怎样的内驱力造成了作品的这样一种气质?你认为诗歌写作在一个精神生活被不断祛魅的时代,是否需要赢回一种真正的魔法的力量?

池凌云: 我在小地方成长,现在也还生活在远离文化中心的小地方。如果没有一双能辨别的好眼睛,可能觉得生活已经太五光十色了。我们不能改变生活,只能让眼睛保持纯粹的黑色,看到真正要看的东西。我是以我的"小",去获取天地的"大",以我的谦卑,去获得一点点增加的感激,保持爱的能力,赢得自我心灵的成长。这或许就是我的"魔法",但我并没有魔法。我的书桌上有一块水晶,还有从恒河带来的石头,这些都是我读书时作镇纸用的,不过这些只是巧合。

我希望自己能真正了解写下的词。比如水晶,它的形成过程,它在火中,这些让我想到了与它相通的生命状况。如果生命经历给过我一些智慧,也就是这样的时刻了。水晶、火焰、灰烬,这些反复出现的意象,是生命的某一刻的意象。让它们在一首诗里流动,感觉既痛楚又愉悦。那是重生的痛楚和愉悦。在气韵上,我还是摆脱不了女性气质,我对一些类似皱褶和花边这样的小手段还时有留恋,对于这些,我不刻意回避,时光终会给我白发,也会让我达到最后的朴素。

如果存在一种写作的内驱力,那就是爱的能力。生活像一口井,我们不断汲取的同时，也要生成新的源泉，不然很快就会枯竭。只有保持爱的能力，才不怕枯竭。这是一生的修为，就是所谓的诗如人，人如诗。这是一种境界，需要对一生提出要求。我也看到了一些人，说的与做的完全不是一回事，没有愧心，甚至没有羞耻心。这样的人实际上已经结束了写作生命。保持惭愧的能力和反省能力，赢回的应该不只是魔法的力量。其实我们不一定需要魔法的力量。一个有尊严的人，具有独立人格的人，有爱的能力的人，在日渐庸俗的生活中本身就具有魔法。

回地：诗歌《巫术》，可以看作对一种可怕的虚无处境的"反巫术"命名："受伤的心灵，给不出流泪的理由／……黑暗给不出丑陋和不公开之恶。"在残酷的"硬事实"与诗歌语言的灵动多变之间，你是怎样取得一种平衡的？你重视技艺吗？你是否认为技艺是一种发明，或一种智慧的呈现？

池凌云：我学习诗歌写作也有不少年头了，语言艺术的手艺也学会了一点点。当你被残酷的事实教训久了，就会"说"了。你不可能不认得那个打你耳光的人。我宁愿这首诗不被理解为一种语言的平衡术，而是一种对善与美的呼唤。我常常感到善的力量快用完了，因为恶的破坏层出不穷，能量总是大于善。想想我们力不从心的时候，就让人感到悲哀。但我还不是一个绝望的人，写着、读着，也能排解一些坏情绪。

我当然重视技艺。一句老话叫"诗歌是语言的艺术"，还有"诗歌是一种发明"，说得真不错。关于语言艺术，我在很早以前的一篇小文中曾写道："微笑地迎立在读者阅读它们的途中，同时回首向诗人使用它的方向眨眼。"这是一位外国诗人的话，我忘了是谁说的了，但我很喜欢这种感觉。对技艺的理解，这些年我也有了变化，过去我可能对语言表面丝绸般的光滑和音韵感兴趣，但现在我更喜欢沉积岩的纹路。如果读策兰的诗，我们该闭口不谈技艺，而是应该沉默或羞愧。技艺也不是学习就能得到的，很多时候是一种"借用"，因为所有好诗句（技艺）必须有通向自身血脉的根。我看有些作品，语言虽然也漂亮，但与写诗的那个人没有关系，这样也就不可信了。有些临时激情之下的产物，也不可靠。我也做得不够好，特别是面对帕斯捷尔纳克这样一句话："要尽其一生，追求质朴。"——这里边的伟大，让我惶恐啊！但我一生都会感激，我读到了这句话。

回地：黑暗、影子、阴影……死亡……是你的诗中反复出现的词。"你要学会远离光也能生活"，你写道。"……寂灭／犹如新的创造：死亡的完美嗓音。"甚至，"死亡是一桩沉默而持久的事业"。对于你来说，写作是不是打通生死界限，领悟生死奥秘的一把钥匙，一种发现？而在某种意义上，发现是相认的同义词。

池凌云：我写下的词，诗歌中出现的意象，部分来自我真实的生活，部分来自我的心灵。诗人必须对自己要写下的东西诚实。而对于一个写作者，某一刻的幻象也是实像。事实上，每一个写作者都有"第三只眼睛"，通灵的能力并不那么玄妙，对世界始终保持一种好奇，有思想的力量，就可以做到。写作到底能打通什么界限？如果真能打通就好了，那是一种很高的境界。打通时光甚至生死的界限应该是很高的修为，我还远远达不到。但这不妨碍我去领悟一切东西，领悟和发现，是很美好的事，我曾经希望自己写得久一点，最好能写到晚年，这就需要保持领悟和发现的能力，这也是我说的"爱的能力"之一，这一点很重要。失去这个能力，最好的源泉也将枯竭。

回地：诗人应该有血亲意义上的精神亲戚？请问你的精神近亲有哪些？

池凌云：读精神气质接近的大师的文字，得到的滋养肯定更多。阅读时，感情也会起作用，会让我们更愿意做一个忠实的读者。我的精神亲戚有很多，茨维塔耶娃、阿赫玛托娃、策兰、米沃什、曼德尔施塔姆、凡·高、卡夫卡、薇依、帕斯捷尔纳克、布罗茨基……我不知道我是否真的得到滋养了，这样报名字也让人恐慌。我还喜欢一些作家，比如里尔克、勒内·夏尔、尼采、特朗斯特罗姆、博尔赫斯，等等，但冒认亲戚也不好。国内的诗人我就不报了，有机会我会当面说出我的感谢。其实我读书还是太少了，先天不足，加上记忆力不好，还要应对日常工作，学习还很不够，我常常为此苦闷。

回地：你的作品中反复出现一个神秘的"你"，还有"她"："……我们可以告诉她／我们颠沛流离的一生，孤独的／一生，全是因为她／——一个可以抱在怀里哭泣的人／然而，对于你，除了我们／已没有一处安全的地方／你没有别的机遇。你知道你是谁。"（《发明一个亲爱的》）你认为诗人是否有多重自我？你如何看待她们？

池凌云：我常常感到孤独，《发明一个亲爱的》也是孤独的产物，我惭愧我的内心还不够强大。这是一种弱的表现，在写作中，当弱找到一个"她"，赋予"她"生命，这弱也有了意义。

关于多重自我，一个普通人也有，诗人更是如此，体验他者是我们的使命。当我独自一人，我也在与他人相处，与另外的自我相处。我对每一个自我给予有血肉的生命，这样才不会陷于无意义的空想。尊重每一个生命（哪怕你的抒写对象是动物或植物），让一切平等。我不喜欢俯视的角度，因为我们不是上帝，装成上帝来说话是一种对他人的轻慢。我的诗中如果有一个"你"，那是一个人对另一个说话，是对理解的一种渴望，也是一种真诚的付出。这个"你"也是我要为之写作的那个人，他（她）的存在，是我流逝着的生命的全部安慰。

回地："燃烧"是你的关键词之一。你甚至说，燃烧是你学会的唯一的手艺。记得骆一禾在诗论《美神》中述说的主题之一就是"燃烧"。与骆一禾那明朗高亢的音调相比，你的"燃烧"是另一种风格，另一种背景：你的宇宙背景是"谈论银河让我们变得晦暗"，是"残缺已成为事实"（《你日食》）。你的"宇宙的摄像机"在晦暗、冰冷而残缺的宇宙中，要预防冻僵吗？你的最重要的防御机制是什么？能否明示给读者？

池凌云：骆一禾是我尊敬的一位了不起的诗人，我不敢拿我诗歌中的"燃烧"一词与他放在一起说。写作对于我，是一种自我拯救的途径，那么多黑暗，那么多残缺，要自救只能靠自我的力量，只有自己把自己点燃。但我毕竟是一个弱者，总是对一切抱有希望。我甚至像个孩子那样希望有一架"宇宙的摄像机"，能洞察一切，眷顾一切弱小的生命。

我的最重要的防御机制？我有吗？我觉得我没有。事实上我不防御,我在接受(我们对于庞大的体制不是如此吗?),该流血流泪都去承受。承受了也就有了防御机制,因为你已经不怕了。另外,我一直庆幸的是能够写诗,走在嘈杂的毫无希望的路上,也会有一丝诗歌带来的窃喜。见到我的人,也有说磨难的生活没有在我身上留下痕迹,不像是"苦过"的人。我是属于那种表面看自愈能力较强的人,这得益于我从小到大的生活磨炼。从小我就知道,永远没有外力,摔倒时第一个念头就是怎么更快地站起来。但本质上我也是脆弱的,一切只因我热爱生命,所以还都可以忍受。

另一个重要的原因是,我一直觉得自己有两重生命,一个是物质的生命,另一个是精神的生命。没有经历过长久的孤立无援,大约有些人会难以体会这复杂的心情。写作给我一副精神的骨骼,让另一个生命站立。多年前,我就觉得没有什么可以真正打败我了。除非我自己要倒下,那是精神之躯的倒塌。所以我担心力气用尽的那一刻。

回地:诗人应是窥破时间奥秘、获得罕见智慧的一种人。你在《遥寄无名》一文中写道:"我写下了苦难和幸福之间的秘密。"你的诗歌中,流水和忘川的背景不时隐现……你是否认为真正的写作是一种智慧?据说你受印度文化的浸染深厚。你认为诗歌写作、诗人,与宗教、信仰之间处于怎样的关系?

池凌云:好的写作是一种大智慧,需要用一生的努力去获得。但幸运的人并不多,其中的艰辛与喜悦,只有诗人自己知道。"……我的生命生活在诗里。为了写诗我把生命打碎成灰泥:我把青春,友谊,安宁和世俗的希望都研碎进去。我看到别人在享乐,而我却独自站着……我埋葬了我的青春,筑起一座云的墓碑。"叶芝这些话读来真要让人颤抖。这是一种什么智慧啊,我宁愿是一个别的词,一个我还未想出的与墓碑有着同样重量的词。

这是作为一个诗人的精神存在,也是我退守到最后仍不能放弃的地方,我需要让自己充满美好而古老的记忆,而不是沙石。但悲哀总是一阵阵袭来,有多少人会怜惜这样的渴望呢?哀伤感油然而生。我不能不写到流水,不能不写到忘川,这些事物与我的灵魂是那样亲近。而智慧总嫌不够,只有期望那随时间而来的智慧,某一天像一封信递送到我的手中。

我没有受印度文化的浸染，我只是去过印度的一个观光客，喜欢那里的风物，人的美丽、纯善。我出身一个小地方，生活在小地方，也习惯了这样的环境。而文化对一个人造成浸染是一件很不容易的事。

回地：近年来，你的诗歌音调渐渐趋向低沉，诗作《所有声音都要往低音去》《让枯萎长高一点》，以及创作谈《向低处的声音致敬》，这些都预示着你进入一个新的阶段，步履不是迈向高处，而是向僻静之境前行。你关心"现实中的失语，在诗歌中该如何表现？"这些观念的形成，与你身处的具体现实（生存的，政治的，以及诗歌文化的境遇，等等）处于一种怎样的关系？你怎样理解庞德的"诗人是一个种族敏锐的触角"这句话？

池凌云：有一种前行不是攀登，而是向下掘进。每一个诗人可能都有写作中的方位感，有人喜欢站在高点，越是在高处越是表现得才情充沛。而我习惯了偏居一隅的状态，这与我的性格契合，也有利于保存自我的本真。《所有声音都要往低音去》这首诗给我惹了不少麻烦，我是压低了声音的苦涩的赞美，为一种值得尊重的行为和我认同的价值发声，也是作为一种见证和记录。但即使是这样，还是得到了"告诫"。《让枯萎长高一点》也是一种特定处境下生命的悲哀的愿望。

你说向偏僻之境前行，的确有这样的感觉，但是我也有同行者，想起在另外的年代人们也是这样过来，感觉就不孤单了。

这些年，我们经历了很多，但又有多少以诗歌的方式被写出来呢？很多时候我们一直处于失语的状态，语言表述的困难和种种人为的障碍，这种困扰一直存在。我常常想到那些未被写出的诗歌，它们应该是什么样子？现实中的失语，在诗歌中该如何表现？是否也有一种失语之诗？这些诗一定不是抒情诗，一定不是小夜曲，也不会是虚张声势的正义口号。一种"失语"之语，或意象断裂之诗，存在于诗行与诗行之间，在空白的地方。毕竟我们已经目睹了那么多无声的苦痛，毕竟他们辛劳、苦痛时，我们在场。

庞德说："诗人是一个种族敏锐的触觉角，应该是这样，任何一个关键的历史时期，诗人总是比其他文体的作者最先发声。诗人不能因怕疼而藏起自己的触角，诗人应是一个无防卫的人。"

回地：保罗·策兰诗歌的不断译介，这些年来引发了国内诗歌爱好者的阅读和关注。你在文章中多次提到他。他对你的写作影响大吗，尤其晚期策兰孤绝的诗歌写作？

池凌云：策兰是个很特别又很重要的诗人，我恐怕只是提到，还没有能力真正谈策兰。读策兰很难，他是个需要你用热爱和虔诚去读的诗人。将策兰的诗歌随手一翻，是得不到什么的。我曾经说过，一些诗歌不是为了渴望理解而存在，有些甚至是为了拒绝肤浅的理解，这是一种魔力。策兰就是这样的具有巨石般沉重而又兼具语言魔力的诗人，他的写作不是为了渴望理解，他是为了呼吸。需要用很长的时间去读策兰，他的身世、他背负的苦难，我们无法真切去体会，但他是个富矿，你只有一点点去靠近这受难的灵魂，或许会有所收获。

我不敢说策兰对我的写作有影响，策兰只对那些他认为懂得倾听的心灵送去特别的花束。他在给同是犹太人的伟大诗人奈莉·萨克斯写信，信的结尾这样写："致以石楠和矢车菊，致以忍冬、毛地黄和金雀花（不是刺人的荆豆）。"（《策兰致奈莉·萨克斯书信两封》，王家新译）

多么特别的花束，这是有共同命运的人才会有的密语吗？后来我了解到：石楠，对烟尘和有毒气体有一定的抗性；矢车菊，以顽强的生命力博得了普鲁士人民的赞美和喜爱，因此在普鲁士民间被奉为国花，但全株有小毒；忍冬，也称金银花，自古被誉为清热解毒的良药，甘寒清热而不伤胃，芳香透达又可祛邪；毛地黄，较耐寒、较耐干旱、耐瘠薄土壤；金雀花，抗旱耐瘠，能在山石缝隙处生长。看看，这些都是什么花啊，同命运的人们就是这样送上带有暗语的问候和勉励。

策兰的诗，我还需要慢慢去领悟，现在谈对自己写作的影响和体会都还太早。

回地：你怎样理解古典、传统和现代性的关系？

池凌云：一个优秀的诗人需要有历史感，但这并不是说，古典是我们可以现成支取的一笔遗产。每个诗人和传统的关系都是一个秘密。

我也有属于我自己的秘密,但我从古典和传统中汲取得远远不够。

就写作的技艺层面而言,我们和古典诗歌的关系并没有那么密切。毕竟我们使用的语言和古典诗歌的语言已经有了很大的不同,我们必须为现代汉语发明自身的技艺。我们不可能再去踱方步穿长衫,也不必为音韵的表面整齐而改变我们自身的发音习惯。生活早已给了我们复杂的内涵,连丧失的方式也是全新的。就让灵魂自己去合成新的诗歌吧,这里必定已经存在着现代性。

任何写作者身上都或多或少天然地带着来自传统的血液,我觉得不必过于看重这三者之间的关系,那样无异于给自己划出一个不能逾越的边界。边界外面能有什么危险呢?那发出的声音还是我们自己的,我们不可能因为声音的稍微改变,就改变了种族。我想我仍然忠实于自己的种族,忠实于这一种族在现世的命运。■

发明一个亲爱的　　池凌云研究集

纪梅：我还清晰地记得六年前在开封与您见面的情形。晚餐时诗人们朗诵诗歌，我朗诵您的《黄昏之晦暗》："总有一天，我将放下笔／开始缓慢的散步。你能想象／我平静的脚步略带悲伤。那时／我已对我享用的一切付了账／不再惶然……"此刻我忍不住多引述几句："我不是一个逃难者／也没有可以提起的荣耀／我只是让一切图景到来：／一棵杉树，和一棵／菩提树。我默默记下／伟大心灵的广漠。无名生命的／倦怠。死去的愿望的静谧。"朗诵时我深深为这首诗的语调和节奏所着迷。今天再读，我意识到，或许是一种属于"晚年"的智慧和神秘感——就如老歌德说的"我们要在老年的岁月里变得神秘"——赋予这首诗动人的声调。虽然写下这首诗歌的时候您刚刚步入中年。当然这种与实际年龄的不协同在一个诗人身上出现是正常的：这是阅读和写作的馈赠，是"生活在多重时代"的结果。用这首诗中的一个概念说，《黄昏之晦暗》是一首"缓慢的散步"的作品。"散步"也是这首诗让我注意到的第一个关键词。我后来发现，就在一周前写的另一首诗《雅克的迦可琳眼泪》中您也写到了"散步"："遥远的雅克的迦可琳／这就是一切。悲伤始终是／成熟生命的散步。"我们知道，"散步"这种缓慢的、平静的行走适宜观察和思考，这个词在此或许同时隐喻着对生活的观察、对生命的体验以及写作的过程。同时，只有"缓慢的散步"才能产生回顾过往的感慨："那时／我已对我享用

对话池凌云 ※　　　　　　**提问者：纪梅，青年学者，云南大学文学博士**

※ 原载《诗歌世界》，2016年第2期。

的一切付了账／不再惶然。""散步"一词还让我想起宗白华先生的文章《美学的散步》,在其中他引述了莱辛对希腊雕塑作品《拉奥孔》的评价。在精神和肉体都陷入莫大的悲愤和痛苦时,拉奥孔的面孔却表现为微呻而不是狂吼,这被莱辛解释为雕塑家"在所假定的肉体的巨大痛苦情况下企图实现最高的美"。《黄昏之晦暗》同样具有这种美。它在平静和从容中蕴藉着深厚、宽广和驳杂的经验——而"悲伤""惶然""广漠"等词暗示了这种经验不乏痛苦和晦暗。您当时写作这首诗的时候,是否也是有意识地将痛苦和晦暗的经验统一于"美"的声调和画面之中?"美",就像亚当·扎加耶夫斯基说的,在某些国家"是一个特殊的问题"。而我们正处于他所说的范畴之内。在献给茨维塔耶娃的诗歌《不是火灾,是深渊》中您曾写到"巨大而艰难的美"。这是否代表了您对"美"的理解?

池凌云:那是一次美好的聚会。你那天朗诵的神情,让我印象深刻,相信在场的很多人都会有翩若惊鸿的感觉。你提到的《黄昏之晦暗》与《雅克的迦可琳眼泪》写于2010年,那一年我写得比较多。写的时间久了,每一个诗人都会有自己的语调与节奏,不管是哪种风格和题材,诗人最终都会有自己的"口音"。你刚才提到的诗歌,也是我一贯的语调。我还有另一些看上去风格不同的诗歌,比如《一朵焰的艰难》《让枯萎长高一点》这一类,表面上好像语言方式不同了,但还是有我自己的语调。关于诗歌的语调和节奏,我喜欢带一点点沉稳的低音,高音和激越的节奏应该是年轻时候的音调,人到中年,一些话语已经不那么容易脱口而出了,说话的对象也不一样,甚至不愿意多说。生活中我们也遭遇过很多无效的语言,失声的语言,虚弱的低语,无奈的哑默,在这样的语境下,写下的诗歌不可能有太多高音了。歌德说"我们要在老年的岁月里变得神秘",其实于我而言,不是要去"变得"神秘,而是很多时候的无法言说、删减、哑默带来的一些改变。"悲伤始终是／成熟生命的散步。"这是接纳了生活的赠予的一个人的某个时刻的样子。我在生活中见过很多这样的人。人的一生所能做的很有效,我们能用于奋斗的生命也很有效,去努力,去承受,最终实现了什么,那就不是自己所能选择的了。磨难往往会把人压得哑默,而不是狂吼,看看我们周围那些生活过得不好的人,他们早已哑默无语,少有人用力去狂吼。磨难会销蚀人的力气,让他连吼一声的力气都没有,所以拉奥孔的面孔会表现为微呻而不是狂吼。对于声调和画面,我有自己的偏好,低处的声音,甚至是水下的声音。我一直认为,好的写作不应该只是高声谈论自己,过度宣泄铺张的情感,那些被抑制之后、压抑之后发出来的声音,那些弱的、节制的声音,更值得用心聆听。

  我没有刻意在诗歌中塑造美的画面和声调,我喜欢真实、真诚、虔诚,哪怕文字最终显露出稍稍带有复杂,甚至晦涩的声音和面貌,如果人的一生也是一首诗的话,那么这样的面貌也是必然存在的一种。但任何时候,我希望自己永远不要放弃对美的信念,可能是这种隐藏在文字背后的信念,让你感觉到"将痛苦和晦暗的经验统一于'美'的声调和画面之中"。诗歌是最能体现作者心性的文体,装不了,也假不了,什么样的人,最终会被诗歌展示出来。你所说的"美的声调与画面",这是多年以来类似手艺人的一种自觉,就像一个爱着木工活的木匠,要使用墨斗、刨木头、凿好榫头,随之而来的是一个器具的形成,和随着呼吸声散落的薄而微卷的刨花。这个过程已经变得很自然了。而美是艰难的,所以"悲伤""惶然""广漠"也在所难免。

  "在一百年之后／你仍属于你——巨大而艰难的美。"这是我献给茨维塔耶娃的一首诗中的句子,对她的赞颂,对她所受苦难的悲伤,对她留给我们的诗篇的感慨,我只写出了一点点感受。所有给予我们艺术和精神滋养的人,总是以不同方式告诉我们生命之美的存在,我会一直去靠近、去学习,以免我们成为深渊中一个个不同名字的"孤儿"。

  纪梅:米沃什把诗歌定义为"对真实的热情追求"(《诗的见证》)。他的同胞,即认为美"是一个特殊的问题"的扎加耶夫斯基,在"捍卫热情"时不忘提醒人们:"我们必须防范修辞,有些本来值得称道的人就成了它的猎物。"他还说:"向'高度'的远征应在个人诚实的状态下进行。"(《捍卫热情》)您的诗歌也多次出现对"诚实"和"真实"的推崇:"……仅有一根竹竿的人,诚实是惟一的武器／以为无私的爱可以唤起人类的本性"(《圣雄甘地》),还有写给茨维塔耶娃的诗:"你用些许骸骨和诗行让他们活得真实。"(《所有火焰和黑暗,所有深坑》)在当代诗歌和诗歌批评中,美/修辞与真实的辩证关系得到了诸多探讨。您是如何看待这一问题的?

池凌云: 米沃什把诗歌定义为"对真实的热情追求",他是基于这样的理念:没有任何科学和哲学可以改变一个事实,也即诗人站在现实面前,这现实每日新鲜,奇迹般复杂,源源不断。这种直接的感知的确比任何精神建构都更加真实,诗人的所有文字都与对现实的真实感知有关,这是创作的重要源头。任何文字,如果没有了真实的生活体验作为基础,难免凌空虚蹈。植根于真实的土壤和情感写下的文字,才有生命力。扎加耶夫斯基的这番话,也是对过头使用修辞的一种提醒。诗歌中必要的修辞应该也是遵循一首诗内在的需要,与整首诗形成一个生命体,离开这个生命体的可有可无的虚浮的修辞,只能是一个物件上的散沙,随时都会被抖落。"美/修辞与真实的辩证关系",这句话其实也可以理解成一种诗艺的探讨,关于诗艺,我在一篇文章中说过,所有诗艺都必须有通向自身血脉的根。诗艺就像一棵树的枝桠,我们需要茂盛的枝桠,风中摇曳的叶片,但根须还要向下,深深扎进泥土。

纪梅:《黄昏之晦暗》第二个引起我注意的关键词是"悲伤",并且是"略带悲伤":这是隐忍的、内敛的、含蓄的悲伤,以及对悲伤节制的表达。后来我发现,您的很多诗歌都明显地有着"哀歌"的气质,呈现出悲伤、怜悯和隐忍的语调。那是一种"黄昏"的声音,如同废墟之上的"安魂曲"。正是这种"压低了嗓音的吟唱"使批评家王家新先生将您誉为"中国的阿赫玛托娃"。您在诗歌中也多次提及阿赫玛托娃和茨维塔耶娃,亲切地称她们为"姐妹"。这两位碰巧也是我所喜爱的诗人。能具体谈谈您和她们的亲缘关系吗?您最初将她们引入您的诗中,是出于同为女性诗人的生理亲近和情感亲密,还是考虑到因为彼此在生活经验的近似而形成的互文性的修辞策略?

池凌云: 诗歌中的哀伤气质是性格的原因,也是生活的经验和洞察。一个快乐的人装成忧伤毫无必要,一个心有悲伤的人,无法只唱欢乐的歌。我是个对悲伤比较敏感的人,生活中的熟人有不幸的事,我也会受感染，去医院看到鲜血淋漓的人，我会脚发软。看到别人流泪，我会难过，甚至也流泪，我属于泪点比较低的人。一次得知一个朋友两个月内失去双亲，与她通电话时，她说父母不在了，现在回老家，第一眼看到的是门上的一把锁，然后两个人都哭。这也是我性格中有比较软弱的一部分的原因吧。生活中总是有各种让人伤感的事物。我听过一件事，某地一位年纪不小的外来务工人员，因为没有佩戴工作证，被供职的小商品营业单位按规定罚款十元，当天晚上，这个人上吊自杀了。罚款十元一般人应该承受得起，他为什么这么做？据说这位在当地务工很多年，他的子女也在当地做工，设身处地想想，几代人都背井离乡打工，看不到希望的感受，对于他们，美好、希望，这是一个多么遥远的词。我是从农村成长起来的人，哪怕我自己没有受过多少苦，我对贫瘠、饥饿、隐忍、洒落进土地的汗水、收成这些词还是有感受，它们让我动心。

　　但即使有悲伤的感受，我也不想过于铺张，我们的父辈一直朴素隐忍地生活，我也在向他们学习。靠近他们的抒写，也是一种小小的承担。就好像，当邻居家在办丧事，你总不能在家大放交响乐吧。

　　如果我的诗歌中有表达的节制，那也是多年来诗歌训练和趣味的结果，好多时候看似节制的表达，恰恰能帮助你到达你想要到达的地方。激烈、激情是一种手段，节制、含蓄也是一种手段，而且节制的处理并不会影响诗意的饱满，我比较喜欢后者。适当的谦逊，对学习和写作都是一件好事。我们平时说话也不会把话说满了、说绝了，除非是比较特别的时候。我也有用词比较狠的时候，但我不喜欢往死里写。比如写绝望，我会力求死而复生。"一颗碎成两瓣的珠子能愈合。／如果不能依靠它，我最终也能独自完成。"这是我一首《手珠》里的句子，诗歌艺术也是一种发明的艺术，诗人应该是可以尝试把一颗碎成两瓣的珠子愈合的人。这也是写作的意义所在。

　　对把俄罗斯这两位女诗人写进诗歌，这纯粹出于对她们的喜爱。这么伟大的诗人，诗人中有几个会不喜欢呢？她们的人生和诗歌是世界诗歌史上凄美的传奇，一个美好的存在。包括所有伟大诗人，都是诗神给予后来者的赐福。我阅读这些人，乐在其中。关于与她们近似的生活经验，放眼国际诗坛，诗人中恐怕谁也没有与她们近似的生活经验。但好诗对读者的召唤和感染是没有国界的。我在诗中写到她们，本意不是互文的策略，而是一种诗意的召唤。

纪梅：《黄昏之晦暗》还有一个引人注目之处，即您多处使用第一人称"我"引领自白和动作，频繁到几乎每行或隔行就会出现："我依然笨拙，不识春风"；"我不知道该朝左还是朝右。我千百次／将自己唤起，仰向千百次眺望过的／天空。……"不过，如此频繁出现的自白，并未让我联想到"自白派"诗歌，而是感受到了"晚年"回忆录式的平静和从容。这是一种因超越了性别而显露出智慧的从容。我们知道，在您之前成名的不少女诗人都明显受到"自白派"的影响。而您的诗歌，似乎一开始就警惕于"女性"的标签。您是如何看待自己"女性诗人"这一生理性身份的？又是何时开始意识到需要超越这种身份的？

池凌云：自白派诗歌的几个代表性诗人我也都挺喜欢，在她们那个年代，这种带有"爆破音"式的诗歌在当时造成了一定的冲击力，有其特殊的意义。这种诗歌还带有青春期特征的高亢音质，不是所有诗人都适用，也不是一生都适用。如果普拉斯和塞克斯顿活到晚年，不知道后期还会不会这么写。自白派诗歌的风格，在20世纪八九十年代，汉语诗歌中一些优秀的女诗人也有所展示。作为女性，我的诗自然也注意表现女性独有的感受和意识。实际上，女性的共同境遇和感受作用于诗歌，成就了一种我们可以称为女性诗歌的东西。但我不认为女性诗歌是一个固化的、已经完成的东西，而是一个不断的实践过程，是一个在实践中不断被超越、被丰富的东西。这也正是女性诗歌的活力所在。生硬地把诗与某些概念捆绑在一起，并不利于诗歌的成长，也不利于诗人的成长。我希望自己作为一个人写作，而不仅仅是作为一个女人写作。

我的作品中也经常出现女性的"她"。身为女人，我对女性命运有自己的深刻体验……很多事情就发生在我自己身上。女性的无助感、无力感，使她们渴望与另一种力量相遇，或者渴望萌生另一种可能的力量。我感觉自己与她们是一体的。我对那种无助中伴随着坚韧，隐忍中滋生不竭勇气的女性内心也不乏深切的体会。我看到很多女性身上都有这样的禀性,所以我写到"她"时,总是充满怜惜,对"她"说的话,也是对我自己说。

但如果单单为了达到一种诗意的极致,去追随一种已经成为一种现象的"口音",甚至不惜歇斯底里使用语言,这还不是我想要的方式。而且对于女性诗人的界定,我觉得也没必要刻意去阐明身份性别。一直以来,我们读诗,只是看这是好诗或是不好的诗,也不会以女性诗歌作为一种评判标准。当然,女性天生细腻、坚韧、敏感、缜密的特质,能给诗歌带来很多诗意的元素,女性天赋中具备的我不会放弃,但作为一个"人"的存在,是我时时需要面对的。也是一生需要面对的。

纪梅: 您诗中经常有"旋转的碎屑""破损的乐器""破碎的愿望""瓷器破碎的声音"等破碎的意象,除了与我们所处的碎片化的分工社会相关,您的这种视角和定性还与什么独特的个人经验有关吗?

池凌云: 这与写作时的心境有关,"瓷器破碎的声音"这是来自一首悼亡诗,那位去世的诗人结局很悲惨,他写过以瓷器作为隐喻的诗歌,他有特指的"瓷器"随着梦想的破碎而破碎。我另一些有关碎屑、破损、破碎之类的词汇也是带有特定指向的一些隐喻,都需要与一首诗歌整体放在一起解读。时间的艺术,会将一些事情变得破碎,也会修正一些破损的东西。我也有许多基于赞美和温暖的诗。希望以后有更多温暖的事物引导我,多写一些温暖的诗。

纪梅: 您的自传性文章《遥寄无名》让我了解了您的成长经历,也令我对您充满深深的敬意:从物质和精神双重贫乏的乡村成长为一个优秀的诗人,仅有勤奋是不够的,还需要有对艺术的领悟能力,以及不为碎屑和痛苦所摧毁的爱的能力。令人叹服的是,虽然充斥着破碎的意象和晦暗的色调,您的诗歌中更浓烈的色彩和力量仍然是爱——我想"哀歌"本身也是基于爱之切而生哀的艺术。作为与他人建立共通体的方式,爱这种能力和写作一样需要不断练习和学习。就像您在《手珠》中写的:"教我满怀柔情/以一种我还未学会的爱。""……我相信/一颗碎成两瓣的珠子能愈合。/如不能依靠它,我最终也能独自完成。"在诗歌中我们看到您与曾经对抗的亲人达成了谅解,并给予深沉的爱:"我们从不问过错在谁,只在沉默中复原。"(《那时候我们不知自己身在何处》)似乎在您这里爱更加关乎"愈合"和"复原",犹如肢体残缺的病人带着迫切性和必需性期待能够恢复完好的状态。你还曾引述卡夫卡的一句话作为题记:"我永远得不到足够的热量,所以我燃烧——因冷而烧成灰烬。"这让我更加认为爱的愿望在您这里和写作的渴望一样出于贫乏和"饥饿"。就像燃烧是出于温暖的匮乏和需求。"这么多技艺,我只学会一样:/ 燃烧"(《夏天笔记》);"火焰,火焰。我惟一的养料。"(《词与词源》)燃烧:发热,生暖,这是爱的隐喻?

池凌云:"哀歌"本身也是基于爱之切而生哀的艺术。你能这么解读我很开心。我热爱生活。我们这一代人,少年时的生活、学习环境都不是很好,只不过我选择了诗歌写作,才得以发出声音。在我这里,爱关乎"愈合"和"复原",写作,也是促使爱的能力的提升的劳动。勒韦尔迪说:"诗歌不仅仅是才智的表演,诗人写诗不是为了消遣,也不是给某些读者解闷。诗人的心灵充满着忧虑,他挂虑着那些不顾一切阻碍,把他的心灵与外部的可感世界联系起来的依赖关系。"他还说:"看上去最平静的诗歌,总是一种真正的心灵悲剧。"他还是一位超现实主义者呢,他认为诗人的任务在于从他所及的范围内闪烁着的东西中创造新的星星。这样一位创造新星星的诗人,也隐秘地蕴藏着心灵悲剧。或许许多诗人都是这样。

我在诗歌中使用隐喻的时候比较多,你提到的我使用的这些词,这些还是能直接产生联想的,包括其他一些词,都与爱的隐喻有关。

纪梅:我们都生长于一个米沃什所说的"小地方"。您认为这种成长环境在多大程度上影响了您以后说话的音调?在《黄昏之晦暗》中所显现的克制和内敛,以及在其他诗歌中沉入"低处"的声音,是否属于米沃什所说的"保持着一个小地方人的谨慎"?

池凌云:我生长在一个小地方,成长环境与性格气质都会影响一个人抒写的音调。我知道小地方视野的局限,很可能会造成偏狭固执的个性,我不愿意自己成为那样的人,我会去吸取好的东西。努力让自己丰富起来的方法，对世界上未知的东西保持好奇和敬畏。在诗歌写作这条道路上，我始终会有一种学习的心态，我相信这样才能走得更久。这不是保持"一个小地方人的谨慎"，我不会畏惧什么东西，而是发自内心地去多了解一点，让自己丰富起来。一个志得意满、口出狂言的人不会再有大的进步，在艺术上真理在握的做法也只能把有可能增加的道路堵死。这不是我喜欢的做法。

我的父母对我也有影响，他们都是为人谦和、与世无争的人，即使损害到他们，也不会跟他人争斗，忍让。举一个小例子吧，我父母家房子的后门被一个邻居砌了一堵墙，本来后门就是道路，但这位邻居认为还有一堵墙的地是属于他们的，他们的家离这堵墙几十米，墙外就是道路，他们无法利用这堵墙给他们自己圈地或者带来任何好处，只是让我父母家无法打开后门，与他们协商过几次都不行，最后这堵墙就一直堵着我家后门几十年。有些事不是通常的方法可以解释、处理的。

克制与内敛的反义词是张扬和高调吧？张扬和高调也不是我喜欢的方式，我没有什么可以张扬和高调的话要说。我觉得一个人不能失去自省的能力、惭愧的能力，写作从某种意义上来讲就是修行，我觉得自己还远远不够，还需要增强应对生活的各种能力。一个人的精神气质决定了他写什么样的文字，这里边有生活对人的磨蚀，有个人的心灵尺度。

纪梅：在您的诗歌中，我发现几个主要的颜色：黑色、灰色、蓝色。关于黑色的诗句多得不胜枚举，它们或指向生存经验，或属于西渡先生所说的"黑暗意识"。"蓝色"则集中出现于2010年和2011年，从《殇——致大提琴演奏家杜普蕾》《深蓝妖》到《蓝蜻蜓》《海百合》《蓝色时期》，蓝色多与海水的意象和视觉经验有关。至于"灰色"，有时关乎"灰烬"："那灰烬的灰／绕过暝色四合的长廊"(《无尽塔》)；"为了成为灰烬而不是灰／我盘拢双膝，却不懂如何发光"。(《夏天笔记》)有时关于灰发："我该向灰烬致歉，我并没有存在于一小撮灰中。／我的黑发／从白灰中回来。"(《雪之女王》)"从一张折叠过的纸／从一个变小的句号，我来。你采下／它们，用枯萎的手／让收藏多年的黑发变灰。"(《在所有细节中》)因为知道您对策兰的热爱,所以"灰发"这一意象让我想起策兰的《死亡赋格》:"你灰发的舒拉密兹……"这是否属于过分联想和过度阐释?另外,您对这三种颜色的钟爱是否还有别的寓意?在《中年》一诗中有"如果起得早／我能看见远方在蓝色与灰色之间变幻"。这三种颜色是否在某种程度上代表了您在不同时期的写作风格或情绪状况?

池凌云: 黑色、灰色、蓝色是我看到比较多的色彩,或者说现象。这与我站立的位置有关。有一位诗歌荣誉很多、谙熟人际关系的诗人在一次小型作品研讨会上对一位年轻女诗人说:"我就搞不明白,你们为什么写那么多哀伤绝望的诗?你们的生活不是过得好好的吗?"这位女诗人后来躲在厕所里哭了半天。她的内心那位大诗人怎么会知道。不同的人生命运写不同的诗,或许这也可以算是诗歌差异化的魅力所在吧。

当然,我的世界也有很多色彩,我在公园和一些山野也看到很多色彩绚丽的鲜花,但我最终落笔于野花,却写了这样的句子:"在冬天,河流被眼眸烧焦,／不知野花为何还在开放?／她们一次次被斩首／给她们无知的颜色抵罪。"我猜想,这不是存在于我一个人内心的秘密意象,也可能包藏了某一代人内心深处的一种记忆。

关于灰烬与灰,我发现它们是不一样的,就像力气与力量,也是不一样。在我的意识中,灰烬比灰更加彻底,更加容易消散。灰烬包含了更多情感化的东西。"让收藏多年的黑发变灰",当时我没有暗示是"灰发的舒拉密兹",这个暗喻的线有点过于遥远了。

纪梅: 您诗歌中多处吐露孤独和寂寞,以及通过写作对孤独的排遣,如"我不翩飞便有无尽的寂寞"。不过您也偶尔流露出对语言的怀疑:"事实是,我每天使用的语言／并不能消除我与它之间的障碍,／我像一个仆人,比他早起／小心翼翼地干活,／有时像抚摸金子一样抚摸它们／内心却有一种无法排遣的忧虑。""……你忍住／徒然颤动的嗓音。一个潜行者／最终无法对自己的命运说话。"(《雨夜的铜像》)"传记给不出一个完整的人生／望着苍穹,我无力的诗行给不出一把燃烧的火。"(《巫术》)那么,您是否认为诗歌足以表述您的全部经验?

池凌云: 人都有孤独的时刻,诗人可以写自己的孤独,不写作的人对孤独的体验就不被大多数人知晓了。我碰巧是能写下一部分孤独感受的一个。不过,我确实常常感到孤独……我这是基于每一个人都有渴望生活得更好的权利的愿望。人生太短暂了,许多梦想都来不及实现,很多事来不及去做一些努力做一些改变……对于写作来说,孤独是最好的伙伴,就像一个人身处旷野,思想就开始活动了。亨利·米肖每周定一天完全静默,不接电话,不见人,一句话也不说。好像还有另外的诗人也有以这样的方式让自己"向内"。很多人都是这样吧,在日常生活的时刻难免孤独,在写作的时候浑身踏实,阅读自己喜欢的书,读到有点难度的微妙之处,那心领神会的时刻的愉悦,也是旁人无法体会的。

关于诗歌抒写经验,我觉得除此之外应该还有另外的途径。诗歌肯定与经验有关,但一个人的经验是有限的,生活赋予一个人的经验和阅历,是否就是一个写作者最终的天花板?我们不可能去制造一些跌宕的人生供我们去体验去写作,一个时代的大环境也无法去改变。看俄罗斯白银时代的诗人,时代和命运是造就伟大诗人的重要因素。我们这个时代的诗人的体验也是足够多的,但除了已经发生的与正在发生的生活体验之诗,应该还有未来之诗,在我们要去往的路上向我们眨眼的诗。

我的诗歌还在途中,我写下的只是一部分感受,肯定还无法表述全部经验。我们的经验也在生长,一些事,在不同的时期回想,也会有不同的感受。我们的许多经验还是遭到生活反驳的经验。勒内·夏尔说,"诗人是无数活人的容貌的收藏者","诗是已经实现的愿望的爱,然而愿望仍然是愿望"。我所经历的经验对于写作还远远不够。而且艺术形式的可能性很多。或许还有另一种途径,可以让人在过去和未来两个台阶之间站稳的途径,我觉得都值得试一试。■

发明一个亲爱的　池凌云研究集

附 录

创作年表

发明一个亲爱的　池凌云研究集

1966 年	12 月，生于浙江省瑞安市塘下镇北堡村，起名池玲云。小村风貌平平，有温瑞塘河的支流流经小村。父亲池仁秀，生于 1939 年 8 月 2 日，瑞安中学毕业，民办教师。母亲颜碎菊，生于 1944 年 5 月 16 日，没有上过学，家庭妇女。姐姐池万玲，生于 1963 年 9 月，高中毕业，当过教师，后转为个体经营户。大弟池云良，生于 1969 年 11 月，高中毕业，务农，2000 年去意大利做工，后经商。小弟池万进，生于 1972 年 12 月，初中毕业，先后做过车辆维修学徒工、临时工司机、个体小贩、民营企业员工。
1971 年	在河边玩耍时，被邻居女孩推入小河，幸被路过的大人看到，获救。
1972 年	9 月，进入当地三都学校就读，至初中毕业。初中时开始读父亲带回家的《艳阳天》《青春之歌》《茶花女》《苦菜花》《绿野仙踪》等书，从此喜欢上阅读，在小本子上悄悄记录读过的书目。
1980 年	9 月，在梓岙高中就读。
1981 年	家里因为常年口粮不足，积欠下几百元债务，父母接受媒人说媒，为其订婚，将 290 元礼金用来还债。之后几年，为解除包办婚姻不断抗争。深感孤苦无助，开始在日记本上

	记录心事。对文学的热情越发高涨，先后参加《鸭绿江》《语言与逻辑函授大学》《诗刊刊授学院》等函授培训班学习，开始诗歌写作练习。
1982年	9月，在三都学校任代课教师，最初教小学语文，后教初中语文。
1985年	在县妇联的帮助下解除婚约。在温州市报纸副刊及当地工人文化宫内部交流报刊上发表诗歌作品。将原名池玲云改为池凌云。参加瑞安"瑞兴文学社"活动，不定期出版文学社成员作品油印本。
1986年	读到朦胧诗诗人作品和1986年中国现代诗群体大展作品及宣言。接触少量外国诗人作品，甚爱俄罗斯白银时代的诗人作品。
1989年	4月，儿子龚培诚出生。
1991年	诗歌习作陆续在《东海》《诗歌报》《绿风》《江南》等刊物发表。
1992年	参加诗刊社刊授学院改稿会，认识诗刊编辑王燕生老师，持续多年得其鼓励。
1993年	进入瑞安报社工作，先后担任记者、编辑工作。
1994年	参加诗刊社第12届青春诗会，发表组诗《飞奔的雪花》（《诗刊》第11期）。
1997年	第一本诗集《飞奔的雪花》（作家出版社，1997年12月）出版，共收入早期诗歌习作71首。
1999年	经女诗人荣荣提议，与浙江女诗人千叶、汪怡冰、荣荣合出诗歌作品集，四人分别从平湖、宁波、温州前往杭州，在汪怡冰家交流看稿，彻夜长谈，商议确定选集名为《光线——浙江实力女诗人四人选集》（中国国际广播出版社，1999年11月）。次日到照相馆拍合照，作为作者像用在书中。
2002年	开始接触互联网，在北回归线、诗生活论坛、早班火车等诗歌论坛交流作品。与梁晓明、刘翔、南野、阿九、沈方、森子、邹汉明、商略等人交流。部分作品收入《北回归线》

《诗生活年选》等。《春天的第十二个夜晚》等4首入选《狂想的旅程——新女性新诗歌》(海风出版社,2002年8月),《对一朵野花的十种比喻》等12首入选黄礼孩、江涛主编的《诗歌与人——2002中国女性诗歌大扫描》。

2005年　诗集《一个人的对话》出版(中国文联出版社,2005年3月)。

2007年　诗歌《布的舞蹈》入选《诗刊五十年》诗选。

2010年　年初父亲因病去世,写下多首怀念之作。1月,《池凌云诗选》由长江文艺出版社出版,列入"中国21世纪诗丛"。诗集出版后,诗人、评论家王家新、西渡、桑克、张桃洲等分别撰文评论。10月,组诗《沉重的呼吸》在《十月》发表,并获十月诗歌奖。10月,参加中国人民大学国际写作中心"中韩诗人作家对话会",参加的诗人、作家有朴宰雨(韩国)、金光圭(韩国)、孙郁、阎连科、王家新等。诗歌《到一棵树中去》入选钱理群、洪子诚主编的《诗歌读本》初中卷。

2011年　诗歌《雅克的迦可琳眼泪》等28首,入选由世宾、陈培浩主编的《完整性写作》(青海人民出版社,2011年12月)。

2012年　《栅栏》等3首收入由汉学家顾彬编译的《尘世中的花园——来自中国的声音》。9月,应邀参加韩国"金达镇国际文学节"及"韩中诗歌朗诵会"活动,参加活动的诗人有翠西·K.史密斯(Tracy k.Smith)(美国)、高贝弘也(日本),以及中国、韩国诗人。《寂静制造了风》等3首入选韩国《诗爱》诗选,由汉学家朴宰雨翻译。《寂静制造了风》《玛丽娜在深夜写诗》入选王家新主编的21世纪通识教育系列教材《中外现代诗歌导读》(中国人民大学出版社,2012年6月)。6月,自传体散文《无声的河流》在《大家》杂志发表。

2013年　12月,诗集《潜行之光》(长江文艺出版社)出版。《一个人的对话》等14首诗歌入选洪子诚、程光炜主编的《中国新诗百年大典》(长江文艺出版社,2013年3月)。11月,参加深圳第七届"诗歌人间"活动,诗歌《到一棵树中去》《未写之诗》被谱曲演唱。《海百合》等8首诗歌入选潘洗尘、树才主编的《生于六十年代》(长江文艺出版社,2013年6月)。

2014 年	第四卷第二号刊，美国《今日中国文学》发表《菊问》《布的舞蹈》等5首，由汉学家吴盛青、顾爱玲翻译并撰写评论。《到一棵树中去》等22首入选谷禾主编的《蓝诗歌》（长江文艺出版社）。
2015 年	9月，获"第一朗读者"最佳诗人奖；参加诗人黄礼孩主办的第十届"诗歌与人·国际诗歌奖"活动。
2016 年	6月，参加西昌邛海"丝绸之路"国际诗歌周活动，参加活动的有23个国家的近百位诗人。10月，参加"国际诗人在中国——六位诗人的朗读现场"，参加的诗人有洛尔娜·克罗齐（加拿大）、胡安·卡洛斯·梅斯特雷（西班牙）、西川、商震、赵四。12月，参加汕头大学诗歌节"我们的存在"，参会诗人有顾彬（德国）、杨炼、翟永明、George Oconnell（美国）、李亚伟、陈育虹。
2017 年	3月，《黄昏之晦暗》等24首诗歌入选刘春主编的《在夜晚的高原上——当代诗人十二家》（广西师范大学出版社，2017年3月）。6月，《雪地里的白桦林》等6首发表在美国笔会旗下杂志《呓语》（Glossolalia），由美国翻译家凌静怡（Andrea Lingenfelter）翻译。部分诗歌作品刊发在英国的世界文学杂志《立场》（stand）213期，由英国翻译家LuisettaMudie, Helen Tat 翻译。9月，参加韩国"东亚的和平与诗歌的未来——韩、中、日诗人大会"，参加会议的有来自中国、日本、韩国等国家百多位诗人。主编温州儿童诗歌作品集《星星玩跳伞》（浙江少年儿童出版社，2017年12月）。11月，参加德清莫干山国际诗歌节活动，参会诗人有多多、王家新、乔治·欧康纳尔、尼古拉·马兹洛夫、陈育虹、沈苇、史春波等。
2018 年	11月，应邀赴香港科技大学作文学创作主题演讲。获第五届东荡子诗歌奖·诗人奖。
2019 年	8月，参加青海国际诗歌节。9月至11月，创作组诗《青海书》（20余首）。

图书在版编目（CIP）数据

发明一个亲爱的：池凌云研究集 / 张光昕编 . ——北京 : 华文出版社，2024.1

（隐匿的汉语之光·中国当代诗人研究集 / 张桃洲，王东东主编）

ISBN 978-7-5075-5689-6

Ⅰ . ①发… Ⅱ . ①张… Ⅲ . ①池凌云 - 诗歌研究②池凌云 - 人物研究 Ⅳ . ① I207.22 ② K825.6

中国国家版本馆 CIP 数据核字（2024）第 014903 号

发明一个亲爱的：池凌云研究集

丛书主编：	张桃洲　王东东
本书编者：	张光昕
责任编辑：	杨艳丽
出版发行：	华文出版社
地　　址：	北京市西城区广外大街 305 号 8 区 2 号楼
邮政编码：	100055
网　　址：	http：//www.hwcbs.cn
电　　话：	总编室 010-58336210　编辑部 010-58336191
	发行部 010-58336202　010-58336230
经　　销：	新华书店
印　　刷：	三河市龙大印装有限公司
开　　本：	710×1000　　1/16
印　　张：	21.25
字　　数：	220 千字
版　　次：	2024 年 1 月第 1 版
印　　次：	2024 年 1 月第 1 次印刷
标准书号：	978-7-5075-5689-6
定　　价：	78.00 元

版权所有，侵权必究